라
자
린

라
자
린

1판 1쇄 찍음 2014년 8월 13일
1판 1쇄 펴냄 2014년 8월 19일

지은이 | 거 해
펴낸이 | 정 필
펴낸곳 | 도서출판 **뿔미디어**

편집장 | 이재권
기획 · 편집 | 윤영상

출판등록 | 2002년 9월 11일 (제1081-1-132호)
주소 | 경기도 부천시 원미구 상동로 117번길 49(상동) 503호 (우)420-861
전화 | 032)651-6513 / 팩스 032)651-6094
E-mail | bbulmedia@hanmail.net
홈페이지 | http://bbulmedia.com

값 8,000원

ISBN 979-11-315-3406-9 04810
ISBN 979-11-7003-235-9 04810 (세트)

라 자 린

 〈완결〉

조각을 찾아서

FAIARIN

BBULMEDIA FANTASY STORY

거해 판타지 장편소설

contents

1장
상처 입은 드래곤

RAJARIN

미지의 금속으로 이루어진 표면에 손바닥을 대었을 때, 생물의 체온과 흡사한 따뜻함이 전해져 왔다.

리디아는 왠지 모를 편안함에 취해 눈을 감았다.

순간, 그녀의 머릿속에 흘러 들어온 영상이 펼쳐졌다.

지금 시대와는 어울리지 않는 이상한 복장을 입은 중년의 남자.

그는 바닥에 엎드려 오열하는 듯했다.

그리고 회색 빛깔의 흐릿한 형체―언뜻, 덩치 큰 기린을 연상시키는―가 입을 벌리고 그 앞의 뭔가를 물어뜯고자 하는 모습.

'이것은…… 누군가의 과거?'

갑자기 형체 주변을 맴돌던 안개가 서서히 걷혔다.

'흐읍!'

리디아는 그 아래 나타난 광경에 숨이 멎는 것 같은 충격을 받았다.

전신이 연하늘색 비늘로 덮인 거인.

어깨에 솟은 두 개의 뿔은 끊임없이 냉기를 흘렸고 엉덩이뼈에서 나온 꼬리에 얼음 조각 같은 돌기가 일렬로 돋아 있다.

목과 뒤통수 전체에 난, 일곱 뿔이 눈의 결정처럼 투명한 빛을 발하는 가운데 거인의 용모가 드러났다.

그 얼굴은 인간의 그것과 완벽하게 같았다. 이마 가운데 눈이 하나 더 있는 것을 빼고는.

'넌……'

리디아는 그를 알았다.

늘 그녀를 바라보며 애태웠던 친구.

그녀의 마음이 다른 이에게 가 있다는 것을 알면서도 그 다른 이와의 우정 때문에 아무것도 내색하지 못했던 바보.

아르 호바—제르 호바—의 참전 제의를 처음에는 거부했었지만, 그녀의 결정에 따라 결국 전쟁에 앞장섰던, 그의 이름은…… 레스모이.

자비로운 용의 블레이즈에 녹아 버리는 그 순간까지도 애정을 담은 눈길을 주었던 그가. 리디아를 향해 고개를 돌렸다.

'미안해.'

진심이었다. 흐르는 눈물을 주체할 수 없었다.

'루산.'

레스모이가, 루산이 리디아에게 괜찮다는 듯 고개를 저으며 조용히 웃는다.

빛이 사라지고 눈을 떴을 때, 아까의 강렬함에 잠시 앞을 분간할 수 없었다.

그러나 조금 시간이 지나고 멀리서 미약하게 어둠을 밀어내는 빛줄기를 확인했다.

루산이 먼저 그곳을 향해 걸어갔다.

어둠에 어느 정도 익숙해지고 리디아가 아이들을 슬며시 살피기 시작했다. 흐릿한 가운데 각자의 표정이 그대로 드러났다.

자오링은 두 눈에 흥미를 가득 담은 채 루산의 뒷모습을 응시하고 있었다.

주먹을 꽉 쥐고 입맛을 다시는 모습에서 자오링이 전투의 냄새를 맡았음을 알 수 있었다.

역시나 키릭은 무표정한 얼굴로, 세이비어의 검자루를 만지작거렸다.

세이비어가 약하게 진동한다. 키릭 또한 저 앞에 있을 무언가가 자신들에게 결코 호의적이 아님을 깨달았다는 뜻.

싸움을 준비하는 둘과 달리 데일은 차분했다.

리디아는 데일의 마음을 엿보고 싶었다.

그러나.

그런 생각을 하는 순간, 갑자기 소름이 돋았다.

어둠 속에서 떨리는 리디아의 눈동자에. 데일의 큰 눈이 그녀를 응시하며 빛나고 있었다.

루산은 싸크비스의 모습을 확인할 수 있는 거리에 이르렀다. 끝도 없을 것 같이 높은 천장에서 가늘게 들어온 한 줄기 빛이 위대했던 드래곤의 앞쪽에 하얀 원반을 만들었다.

돌로 만든 의자에 편안하게 앉아 있는 싸크비스의 형체가 보였다.

침묵 속에서 그의 거친 숨소리만이 들린다.

루산의 심장은 방망이 치듯 빠르게 두근거렸다.

"……싸크비스?"

그릉.

잠들어 있었던가. 루산의 물음에 그제야 그가 반응했다.

"나야. 르싼."

자신의 본래 이름을 말하며 루산이 더욱 가까이 다가갔다.

철컹!

갑자기 쇠사슬 소리가 그에게서 울렸다. 잠시 멈칫거렸던 루산은 다시
용기를 내어 한 걸음을 디뎠다.

그때였다.

싸크비스가 있는 장소를 시작으로 셀 수 없을 정도로 많은 빛덩이가 벽
을 타고 일제히 생성되었다.

"윽!"

인상을 쓰며 물러나는 루산. 어둠이 완전히 사라진 뒤 간신히 눈을 뜬
루산은 경악을 금치 못했다.

"뭐…… 뭐야, 그 꼴은."

싸크비스의 모습은 충격적이었다.

온몸이 자잘한 상처들로 덮여 마치 그림을 그려 놓은 듯했다.

다리 하나는 완전히 뭉개져, 채 썩지 못한 살덩이 사이로 탈색된 뼈가
보였고 아래턱의 일부가 으깨진 상태.

석류석 같이 빛나던 눈의 오른쪽은 텅 비어 그 속에 애벌레 한 마리가
꿈틀거린다.

게다가 안면을 세로로 가르고 지나간 깊은 상처가 싸크비스의 호흡을
따라 벌어졌다 모였다를 반복했다.

순간 루산은 구역질이 올라오는 것을 느꼈다.

스르릉, 철컥.

쇠가 마찰하는 소리는 싸크비스의 가슴을 뚫고, 원형으로 이루어진 벽에 박혀 있는 여덟 개의 사슬에서 들려왔다.

"대체, 이게 다 뭐냐고!"

"……."

가늘게, 아주 가늘게 싸크비스가 뭔가를 중얼거렸다.

"뭐?"

"죄의 대가이자 시련……."

싸크비스가 다시 하는 말을 알아들은 루산의 얼굴이 파랗게 질린다.

"당신은…… 그대들은 죽음을 이겨 낼 수 있습니까."

쿠릉.

천장의 작은 구멍으로부터 세찬 바람이 들어왔다.

정확히 말하자면 싸크비스가 그것을 빨아들인 것이다.

슈우우우웁─!

묵묵히 루산을 지켜보던 키릭은 순간 싸크비스에게 빨려 들어가는 기운을 보고 그와 유사했던 상황을 떠올렸다.

저것은 분명 타락한 드래곤 헤테르프가 인간의 모습을 버리고 그 본연의 상태로 돌아가던 때와 같다.

그렇다면…….

"거기서 나와!"

키릭이 루산에게 외쳤다. 그 외침에 루산이 어리둥절한 표정으로 키릭을 바라보았다.

쩌엉!

싸크비스의 근처에서, 있지도 않은 무언가가 깨지는 소리가 울려 퍼졌다.

그리고 흐트러졌던 공간이 다시 정상으로 돌아왔을 때, 자오링의 입에서 감탄인지 공포감의 표출인지 모를 신음이 흘러나왔다.

크릉……. 철컹, 철컹!

입을 막고 뒷걸음치는 자오링. 조금 전 보였던 투지는 온데간데없다. 그런 그녀의 등을 살며시 쓰다듬으며 축언을 읊기 시작하는 리디아는 눈을 꼭 감은 채 가늘게 떨고만 있다.

키릭의 이마에서 땀이 솟아 볼을 타고 내려와 턱에 고였다.

똑 떨어지는 땀방울에 멀리 있는 '추악한' 괴물의 실체가 둥그렇게 반영되었다.

탁한 회색 비늘을 세운 드래곤.

이들의 눈앞에 고대의 마수가 살아 숨 쉬고 있었다.

싸크비스는 드래곤으로 현신했어도 인간일 때 가지고 있던 심한 상처들을 그대로 드러낸 상태였다. 그리고 그것이 그를 더욱 두렵게 만들었다.

"야! 너 왜……."

루산의 호통은 더 이상 이어지지 못했다.

쾅!

얼음 조각들이 루산의 앞에서 잘게 흩어지며 그의 몸이 피를 뿌리며 휠휠 날아갔다. 싸크비스가 긴 꼬리를 빠르게 휘둘러 루산을 가격했을 때, 무의식적으로 루산이 공기 중의 수분을 얼려 방어막을 형성했고, 그것이 그의 목숨을 구했다.

빠른 속도로 반대편 벽을 향해 꽂히는 루산. 그대로 가다간 머리통이 터져 버릴 수도 있었다.

휙!

녹색 아지랑이를 남기며 자오링이 움직였다. 싫은 녀석이긴 했지만— 키릭 다음으로— 지금 순간에 그를 받아 낼 이는 그녀 자신뿐임을 자오링은 알았다.

"윽!"

루산을 받자마자, 충격과 직진하는 힘을 등 뒤로 뿜어내는 수법을 펼쳐 속도를 줄인 뒤 '천근추'라는 놀라운 공부를 발휘해 빠르게 바닥으로 착지한다.

콰광!

자오링의 두 발이 바닥을 깨고 발목까지 박혔다.

"쿨럭!"

그제야 루산이 검붉은 핏물을 토했다.

스우우우웁!

드래곤 싸크비스가 빛으로부터 막대한 에너지를 빨아들였다.

"드래곤 블래스트."

차분한 데일의 말에 키릭이 살짝 인상을 썼다.

이런 상황에서도 어찌 저리 아무렇지도 않은 척할 수 있을까. 아무리 친구라지만 얄미운 감정이 드는 것도 당연했다.

찡!

싸크비스의 하나 남은 눈이 강렬하게 빛났다.

쿠아아아아아!

드래곤의 입에서 하얀 기둥처럼 냉기가 형상화되어 이들 셋을 향해 발사되었다. 블래스트의 진로를 따라 얇은 얼음판이 생겼다가 부서지며 영롱한 광경을 연출했다. 하지만 그 아름다움이 결국 죽음의 선고라는 것을 모르는 사람은 없었다.

콱!

키릭이 한 발 강하게 내디디며 베텔기우스의 방패를 발현시켰다.

촤아아아아아!

절대영도를 무색하게 만드는 냉기와 푸른 열기가 부딪쳤다.

짝! 짝!

자오링은 루산의 뺨을 힘껏 후려쳤다.

"멍청한 놈!"

눈을 까뒤집고 피를 게워 내는 루산은 뭐가 좋은지 웃음마저 머금고 있었다.

"미친 거 아냐?"

약간의 내공을 더해 사정없이 루산을 때려 보았지만 이 어리석은 친구는 도무지 정신을 차리지 않는다.

콰아아아아아!

순간 오한이 확 올라왔다. 어마어마한 추위를 느낀 자오링은 저도 모르게 시선을 키릭과 나머지가 있는 방향으로 돌렸다.

"으, 으어."

드래곤의 입에서 쏘아진 무시무시한 소용돌이가 친구들을 강타했다.

그 순간 자오링은 자신의 눈을 의심했다.

키릭이 땅에 꽂은 세이비어의 바로 앞에서 청색으로 빛나는 타원형의 방패가 드래곤의 공격을 막아 내고 있었다.

냉기의 폭풍은 거기에 막혀 마치 겹겹이 쌓여 가는 해일처럼 퍼지며 얼어붙어 둥그런 공처럼 공간을 장악해 간다.

'저게…… 키릭의 힘? 이거 보통이 아니잖아.'

자오링은 그동안 키릭을 우습게 본 자신이 너무나도 멍청했음을 깨달았다.

얘기로만 들었던 드래곤의 한 수를 방어해 낼 만큼 키릭은 강했다. 과연 자신도 저럴 수 있을까?

슈우우우우.

싸크비스가 입을 닫고 숨을 고르기 시작했다. 몸 상태가 정상이 아닌 듯, 지속적으로 공격을 하기는 힘들어 보였다.

빠직! 후두두둑. 치이이이아―

아이들을 둘러쌌던 얼음 파도가 갈라지고 무너지며 곧바로 증발해 사라졌다.

푸른 불꽃이 머금은 열기 또한 가공할 만한 것이었기에.

크르릉! 철컹!

싸크비스가 불쾌한 듯 목을 비틀며 으르렁거렸다.

그러던 중 그의 눈이 자오링과 루산이 있는 곳에 닿았다.

이것으로 싸크비스의 다음 목표는 정해졌다.

"루산! 루사아아아안!"

퍽!

이번에는 아주 호되게 루산의 콧잔등을 내질러 버리는 자오링. 갑자기 뒤집어져 있던 루산의 동공이 서서히 내려왔다.

"루산! 루사아안! 루산! 정신 좀 차리라고오!"

"이거 꽤 위험해. 링이 있는 쪽에 네 방패를 보내 줄 수 있어?"

서서히 말라가는 옷을 툭툭 털며 데일이 키릭에게 물었다.

키릭이 보기에도 상황은 급박했다. 싸크비스는 채울 수 있는 모든 기운을 흡수한 듯 보였고 자오링을 향해 입을 크게 벌린 상태였다.

"젠장."

지잉―!

방패가 다시 허공에 나타났다.

싸크비스의 블래스트가 빠른 속도로 자오링에게 쏘아졌다.

순간 방패가 터지듯 흩어졌다가 그녀의 앞에 위용을 드러냈다.

펑!

두 번째 블래스트는 약했다. 방패에 가로막히자 큰 소리를 내며 점점이 공기 중으로 퍼지며 사라졌다.

후웅—

분노한 드래곤이 키릭을 향해 날개를 휘둘렀다. 강한 냉기가 바람에 섞여 그곳으로 회오리쳤다.

리디아는 키릭이 상당한 힘을 소모했음을 깨닫고 그에게 버프를 시도했다. 그러나 그것마저 완전치 못했다.

어마어마한 압력이 이들을 덮쳤고 바람의 일부가 칼날이 되어 키릭의 몸을 가르고 지나갔다. 짧은 신음을 토하는 키릭. 하지만 리디아의 축언으로 상처가 빠르게 아물었다.

크아아아!

싸크비스가 또다시 루산 쪽으로 얼음 폭풍을 날렸다.

"아! 워 차오!"

자오링이 욕설을 내뱉으며 루산을 잡고, 잔상이 남을 정도의 속도로 공간을 벗어났다.

데일은 끊임없이 바닥에 뭔가를 쓰고 그렸다가 지우기를 반복했다.

키릭은 계속해서 싸크비스의 공격을 방어하기 바빴고 리디아는 그를 보조해 힘을 실어 주고 있다. 루산과 자오링은 자리를 옮겨 가며 드래곤에게 장거리 공격을 퍼부었다. 루산이 쏜 얼음 화살은 강력했으나 싸크비스에게 큰 피해를 입히지는 못했다.

그 자체로 얼음의 화신이라 할 수 있는 드래곤에게 같은 성질을 가진 공격으로는 효과를 보기 힘들었기 때문이다. 틈틈이 내공을 극도로 끌어올린 자오링이 장풍을 날린다. 오히려 이런 단순한 공격이 싸크비스의 회색 비늘과 가죽을 어지러이 찢어 놓는다.

다만 이상한 점은 싸크비스가 용언을 사용하지 않는다는 것이었다.

용언을 외칠 필요가 없는 블래스트와 로어, 브레스만을 뿜어내며 스스로의 힘을 소진하고 있었다. 확실히…… 저 드래곤은 뭔가가 불안정하다.

'드래곤 하트.'

데일은 싸크비스의 드래곤 하트를 관통한 쇠사슬이 그의 이성과 힘을 억누르고 있음을 확신했다. 과연 누가 위대한 흑룡족에게 저 정도로 강력한 제한을 걸어 놓은 것일까. 데일의 뇌는 쉬지 않고 생각을 거듭했다. 그러면서도 바닥에 쓰고 지우고를 멈추지 않는다. 왜?

"으으으윽!"

얼음 칼날이 키릭의 왼쪽 이두근 부위를 쓸고 지나갔다. 살점이 한 움큼 떨어져 나가며 피를 뿌린다.

리디아가 재빨리 치유를 시도했지만, 그 때문에 축언이 잠시 중단되었다. 그녀 또한 이러한 사태에 당황했음이 분명했다.

팍! 팍!

싸크비스의 긴 목덜미에 루산의 화살이 꽤 깊이 박혔다.

"다스!"

루산이 주문을 외쳤다. 그 순간 화살이 박힌 부위가 부풀어 오르다가 곧 펑 터져 버렸다.

"옳지!"

이번에는 효과가 있었다. 화살 자체에 냉기를 담지 않고 물리적인 힘으로만 싸크비스의 몸에 상처를 입힌 뒤, 내부에서 냉기를 폭발시킨 것이다.

쿠오오오!

싸크비스가 고통에 겨운 비명을 토했다. 두 개의 상처에서 푸른색 피가 분수처럼 뿜어져 나온다.

철컹! 철커덩!

싸크비스는 몸을 비틀며 몇 걸음을 뗴었다. 하지만 드래곤 하트를 관통한 쇠사슬이 그의 움직임을 제한했다.

다시 말해 미쳐 버린 드래곤은 지금 서 있는 장소에서 더 이상 이동할 수 없다는 뜻이었다.

슈우우우우—

싸크비스는 지속적으로 천장의 구멍을 통해 에너지를 흡수했다. 그가 부릴 수 있는 모든 힘의 원천은 그곳에서 나왔다. 자연의 힘을 빨아들이고, 자연을 거스르는 싸크비스.

콰아아아아아!

잠시 중단된 축언의 부재는 컸다. 키릭이 전력을 다해 방어벽을 펼쳤으나 그의 전면부 절반이 얼어 버렸다.

"악!"

리디아도 약간이나마 냉기의 피해를 입었다.

루산과 자오링이 아무리 활약한들 저 무지막지한 괴물의 공격을 언제까지나 견뎌 낼 수 없었다. 어느새 데일의 머리 위에도 하얗게 눈이 내렸다.

키릭으로부터 나오는 열기가 점점 약해지고 살을 에는 추위가 이들 주변에 휘몰아친다.

데일은 대체 무엇을 하는 것일까. 죽음의 위기가 코앞에 있거늘.

그때 데일의 눈이 반짝 빛났다. 그리고 동시에 바닥에서 붉은색 글자가 서서히 떠오르기 시작했다.

"……올 씽 아이, 접속 코드 해제."

오직 리디아만이 데일이 중얼거리는 말을 알아들었다.

2장
그들의 이야기(3)

RAJARIN

젝스나이츠의 수도 로스트시론에는 오늘도 어김없이 비가 내렸다.

대륙 중부가 수확으로 한창 바쁜 이 시기, 북부는 본격적인 우기에 접어든 것이다.

검은 먹구름이 하늘을 뒤덮어, 대낮인데도 불구하고 지상은 어둠에 물들어 있다.

시민 대다수가 조용히 하루를 보내고 있는 이 순간, 도시 중앙의 의사당 건물 내부는 타오르는 횃불들로 환한 분위기를 연출했다.

"자자, 다들 잡담을 멈추고 주목하시오! 듀카릿 각하께서 오셨습니다."

누군가의 외침에 백 명에 달하는 귀족과 평민회의 의원들이 자리에서 일어났다.

작은 투기장을 연상케 하는 홀 입구를 통해 병기를 휴대하지 않은 호위대 장교 두 명이 먼저 들어왔고, 그 뒤로 백발의 준수한 노인이 손을 흔들며 입장한다.

공화국에서 가장 위대한 가문의 수장이며 두 명의 집정관 중 제일로 일컬어지는 맥 듀카릿이었다.

젊었을 적, 로슈르 제국에서 유학 생활을 하다가 남부의 전장으로 자원해 얼음 대지의 야인들과 전쟁을 치른 사실은 그를 공화국 최고의 사나이로 평가받게 만들기도 했다.

'종신 집정관'이라는 지고한 자리에 오른 현재, 국내정무에 크게 관여하지 않은 채 외교적 문제에만 가끔 참여하던 듀카릿이 금일 이곳에 등장한 것은 상당히 이례적인 일이었다. 건강해 보이는 그를 보고 의원들 모두가 숨을 죽이며 존경의 눈빛을 보냈다.

"존경하옵는 콘술. 그대의 부름을 받자와 모두 이곳에 모였습니다."

노령의 법무관이 의원들을 대표해 듀카릿에게 경의를 표했다. 그의 안내를 받으며 홀 중앙에 듀카릿이 섰다. 듀카릿은 백 명의 의원들 하나하나와 눈을 맞추며 한참을 침묵했다. 홀은 넘치는 긴장감에 휩싸였다.

이제 곧 듀카릿의 입에서 나올 말이 젝스나이츠의, 자유무역연합 전체의 운명과 관련되어 있기 때문이었다.

"긴장되오?"

묵직한 듀카릿의 음성 이후로, 여기저기서 침을 삼키는 소리, 답답함을 이기지 못해 크게 한숨을 쉬는 소리가 들린다.

"우리 연합과 제국 사이에 비극적인 일이 있었소. 의도야 어찌 되었던 결과가 그러했소이다. 해서 본인과 제국 국무장관의 '공식'적인 만남을 통해 사후 처리를 논할 수밖에 없었다오. 여기까지는 그대들도 잘 아는 바일 게요."

몇 명의 평민 출신 의원들이 듀카릿의 기세에 눌려 고개를 돌렸다.

이번 사태를 일으킨 이가 같은 평민 출신 호민관 자칼롯이었기에 괜히 죄스러운 마음이 들었기 때문이다.

"정말 생각할수록 어리석기 짝이 없소. 대체 무슨 권리로 그런 일을 주관했냐는 말이오. 누가 호민관 자칼롯에게 투표도, 동의도 없었던 조약을 승낙하였소? 법무관, 당신이오?"

법무관이 고개를 저으며 한숨을 쉬었다.

"그럼, 재무관, 총감, 안찰관, 그대들이오?"

지목당한 이들도 전혀 몰랐다는 뜻을 표했다. 듀카릿의 날카로운 눈이 평민 의원들 중심에 있는 한 사내에게 향했다. 중간 정도의 키에 울퉁불퉁한 근육이 무척이나 인상적인 중년인. 그는 듀카릿의 엄중한 표정을 마주하고도 얼굴색 하나 변하지 않았다.

"······트리부네스 밀리티움(군사 호민관), 후라니오 가낙. 넌 알고 있었나."

듀카릿은 가낙에게 만큼은 분명한 하대로 말했다.

둘의 관계를 잘 아는 의원들은 공적인 자리에서 행하는 듀카릿의 '실례'를 탓하지 않는다.

가낙이 머리를 긁으며 자리에서 일어났다.

"아아, 이렇게 직접적으로 절 찍어 주셔서 영광입니다. 지엄하신 콘술."

유들유들한 태도로 살짝 웃음기마저 머금은 가낙은 계속 말을 이었다.

"결론부터 말씀드리자면, 알고는 있었습니다."

순간 장내는 의원들의 웅성거림으로 소란해졌다.

가낙의 말에 따르면 그 자신의 의무를 위반했다는 것과 마찬가지였기 때문이었다.

그는 이런 중대한 일을 독단적으로 처리하려던 자칼롯을 당연히 고발했어야 했다. 하나 가낙은 그러지 않았다.

"호민관 가낙. 그대는 방금 그 말로 인해 탄핵의 대상이 되었소."

의원 한 명이 기가 막힌 듯 혀를 차며 말했다.

그를 시작으로 여기저기서 비난이 쏟아졌다.

"잠시만, 제 말을 끝까지 들으셔야지요."

잠시 뒤, 소란이 잠잠해졌다.

"아, 아. 큼……."

가낙의 저런 당당한 모습은 어디에서 나오는 것일까.

"이 일은 전적으로 저와 자칼롯 호민관의 권한 내에서 이루어진 일임을 먼저 말씀드립니다."

"권한?"

듀카릿이 인상을 찌푸리며 중얼거렸다.

"예. 바로 이 장소에서 여러분들이 주셨던 그 권한 말입니다."

"제대로 설명하시오."

순간 가낙의 표정이 차갑게 식었다. 그는 가끔 이렇게 다른 이들을 긴장하게 만드는 묘한 힘이 있었다.

"검은 하현달."

이 명칭이 나오자 듀카릿을 포함, 의원 전체가 말문을 닫았다.

"이번 사건은 검은 하현달 지휘부로서 행한 업무임을 밝힙니다."

"검은 하현달이 공식적인 외교 업무까지 관여한다는 말은 처음 듣소만."

법무관이 의심쩍은 눈길로 가낙을 바라본다.

"공식이요? 여기 계신 모든 분들께서 분노하신 이유는 이 사태가 비공식적인, 독단에 있기 때문이 아닙니까."

사실 가낙의 말이 옳았다. 그것이 말장난에 불과하더라도.

"공개하기 어려운 부분이 있긴 하지만 절차적으로는 아무런 문제가 없었습니다."

"스스로를 변호하는 겐가."

듀카릿이 물었다.

"아뇨. 그게 통할 거라는 생각은 애초에 하지 않았습니다. 전 단지 상기시켜 드리려는 의도일 뿐입니다. 공화국의 시민들과 여러분께서 저와 자칼롯 호민관에게 주신 '신성한' 의무에 관해서요."

검은 하현달은 자유무역연합 12개국의 의지가 모여 만들어진 조직이다.

각 나라마다 2~3명의 승인권자가 있어 내부적 합의에 의해 그들의 임무를 수행한다.

정보를 공유하는 것은 기본이고 각자가 정해 놓은 선을 넘지 않는 한도 내에서 상대 국가를 감찰하는 역할까지 맡는다.

또한 국가는 그들의 일에 일절 간섭하지 않는 것이 불문율이었다.

오로지 자신들의 나라와 연합을 위해 목숨을 바칠 각오가 된 이들을 검증하여 승인권자로 임명했기에 전폭적인 지지를 보내는 것일지도 모른다.

알로게이라 자칼롯과 후라니오 가낙은 젝스나이츠 검은 하현달의 승인권자다.

가낙의 말대로 자칼롯이 행한 비밀 회담이 검은 하현달이 추구하는 '연합을 위한 일'이었다면 자칼롯을 벌할 이유가 없어진다.

하지만.

"보시오 트리부네스 밀리티움. 문제는 말이지요……. 너무 멀리 나갔다는 겁니다."

안찰관이 우울한 어조로 말했다.

"오, 존경하는 아이딜리스. 저 또한 그 지적이 틀리지 않다고 생각합니다. 자칼롯은 정말로 멀리 나갔어요. 저에게 한 마디 상의도 없이, 다른 국가들의 지휘부에게 언질조차 없이요. 그는 분명 벌을 받아야 합니다."

"앞뒤가 맞지 않잖소."

"알아 달라는 겁니다. 그의 행동도 결국 공화국과 연합의 번영을 위한 것이었다는 걸요."

가낙은 돌려 말하고 있지만 듀카릿의 지적처럼 자신을 변호하고 있는지도 모른다.

가낙이 자리에 앉자 그를 노려보던 듀카릿은 이내 표정을 풀고 다시 말을 시작했다.

"이제 제국 국무장관과 나눈 '공식적' 회담의 결과를 말씀드리겠소."

모두의 눈동자가 듀카릿의 입으로 향했다.

"애초에 우리 연합은 제국에 배상을 생각했소. 영토의 일부가 될 수도 있고 막대한 금전 또는 양질의 노동자를 무상으로 공급하는 것 같은. 무조건 지고 들어갈 수밖에 없는 상황이었으니까. 하나, 제국은 그런 것을 원하지 않더구려."

"관련자를 넘기라거나 그런 정도입니까?"

"아니오. 놀랍게도 로슈르 국무장관 비델 경은 그 어떠한 배상도 필요 없다고 하였소."

"에?"

뜻밖의 말에 상당수 의원들이 벌떡 일어나 놀라움을 표한다.

"설마요."

"이번 사태는 그저 국경에서 일어난 작은 비극으로 여기자고 그가 먼저 말했소이다."

"믿을 수 없습니다! 무려 마르테라고요. 로슈르에서 가장 신망 받던 충신이란 말입니다. 제국에서 그의 죽음을 그리 가볍게 여길 리가 없습니다."

"본 집정관의 말은 진실이오."

공화국 그 어느 누구보다 위대한 이의 말이다. 따라서 허튼소리라 따지기 어렵다.

"그럼……."

모두의 마음속 의혹이 증폭되어만 간다.

"그들 내부에도 뭔가 혼선이 있는 듯하오. 어쨌거나 비델 경의 말은 황제의 뜻이라 보아도 좋소이다. 내 두 눈으로 황제의 직인을 보았소. 또한 우들란트의 섭정께서 친히 공증을 마치셨소. 게다가……."

듀카릿은 잠시 말을 끊었다가 다시 입을 열었다.

"호전적이기로 유명한 이황자 카리웅도 황제의 뜻에 따라 이 사태를 여기서 마무리하기로 했다 하오."

그제야 모두들 웅성거리며 안심했다는 표정을 짓는다.

"이제 저희는 무얼 하면 좋겠습니까."

역시나 냉정하고 논리적인 재무관이 나섰다.

"불행한 사태로 생을 달리한 이들에 대한 애도를."

그로부터 몇 시간 뒤, 모두가 떠난 홀.

결코 어둡지만은 않은 공간에 밖에서 쏟아지는 빗소리만이 가늘게 들려온다.

저벅, 저벅.

조용한 걸음으로 누군가가 홀로 들어왔다.

후라니오 가냐.

그의 얼굴은 아까와는 전혀 다르게 무척이나 심각하게 굳어 있었다.

눈을 감고 천장에 뚫린 작은 구멍으로부터 직선으로 내려오는 미약한 빛에 얼굴을 대는 가낙.

누군가를 기다리는 모양새가 분명하다.

"왔는가."

숨소리조차 없었다. 하지만 어느새 가낙의 뒤편에 검은 하현달 요원 한 명이 서 있다.

"자칼롯의 행방은?"

"……죄송합니다."

"신기하군그래. 자네들이 그를 찾지 못한다는 사실이."

가낙이 살짝 비웃는 표정으로 요원을 돌아보았다.

그 말이 틀리지 않는 것이, 자칼롯 스스로가 공화국 내에서 만큼은 검은 하현달의 감시망을 완벽하게 구축해 놓았기 때문이다.

작은 움직임 하나하나도 소홀히 하지 않는 것이 자랑이라면 자랑.

자칼롯은 평소에도 젝스나이츠의 검은 하현달은 제국의 사냥개들과 견주어 크게 뒤지지 않는다고 자부했었다. 심지어 은밀하게 연합 전체에 충성스러운 심복들을 뿌려 두기까지 했었다.

즉, 이들의 시선을 피할 곳은 거의 없다는 말이다.

하지만 벌써 사건이 터지고 몇 개월이 지났지만 자칼롯을 찾아내지 못했다. 그리고 가낙은 그 이유가 이들이 무능해서가 아님을 알고 있었다.

어쩌면 자칼롯을 찾고도 명목상의 지휘자인 자신에게 알리지 않았을지도……

"자네는 말이야."

"예."

"자칼롯이 죽었다고 생각하나?"

"……."

"침묵으로 부정하는군."

보통은 침묵이 긍정을 나타내지만 가낙은 오히려 정반대로 해석했다.

"살아 있다면 언제쯤 돌아오겠나?"

"제가 감히 판단할 문제는 아닌 듯합니다."

가낙과 대화를 나누는 요원은 자칼롯의 측근 중의 측근이었다. 예전 자칼롯과 마르테의 회담을 주선하는 데에 직접적인 활동을 했던.

"저를 부르신 연유가……."

"종신 집정관을 감시해 줘."

"예?"

"우리 모르게 뭔가를 꾸미고 있어. 아, 이건 그냥 느낌이야."

가낙이 눈을 찡긋하며 요원에게 웃음을 보낸다.

"그는 처음부터 제국 국무부 장관과 회담할 때, 우리 측 요원들의 동석을 허락지 않았어."

"감히 말씀드리지만 섣부른 짐작이라 사료됩니다."

"누구보다 그를 잘 아는 이가 나야. 같은 핏줄이란 게 이럴 때 도움이 되지."

"……."

"가서 자네들의 임무를 수행하도록."

"예."

요원은 더 이상 반대 의견을 내놓지 않고 몸을 돌렸다.

"아, 하나만 더."

"말씀하시지요."

"자네들이 그동안 충성을 바치던 자칼롯은 이제 공화국과 연합의 반역자나 마찬가지야."

요원은 또다시 침묵으로 부정했다.

"그간 나를 이인자 정도로 여기며 무시했던 부분에 대해서는 용서하지. 하지만 앞으로는 자네들의 그 절대적인 충성, 나에게만 허락해야 할 거야."

"명심하겠습니다."

요원이 이 말을 끝으로 사라졌다.

그의 뒷모습을 지긋이 바라보던 가낙의 입가에서 웃음이 사라졌다.

단순한 성정에 폭력과 전쟁을 좋아한다고 알려진 후라니오 가낙.

외부에 잘 알려지진 않았지만 공화국과 연합 내에서 일어났던 수많은 반란─군인, 귀족, 평민을 가리지 않고 일어났던─을 무자비하게 진압하며 위용을 뽐내 왔던 전사.

하지만 그것은 그의 진정한 실체가 아니었다.

자칼롯의 평가대로 비상한 지능을 소유했고 심계의 깊이가 보통이 아닌 이가 가낙이었다. 은근히 자신을 감시하며 뭔가를 꾸미던 자칼롯을 안심시키기 위해 검은 하현달을 부릴 권한 대부분을 자칼롯에게 양도한 것도 미래를 내다보고 행한 가낙의 선택이었다.

또한 그것은 그가 모시는 '주인'의 뜻이기도 했다.

트라폴리아 대륙 전체와 다른 대륙들에도 세력을 가지고 있는 아주 비밀스러운 조직의 주인.

그의 지시가 끊긴 지 오래되었지만 가낙은 여전히 그를 숭배하며 자신의 진짜 역할을 다하는 중이었다.

"자린을 위하여."

* * *

폴른 자치령은 트라폴리아 대륙 동남부에 위치한 제국의 일부다.

약 50년 전, 제국이 북부의 몇몇 공화국을 본떠 그 체제를 시험적으로 운용해보기 위해 세운 작은 계획 도시였다.

'듀크'라 불리는 상징적 지도자—황제의 형제 중 하나—를 두고 그 아래로는 주민 투표를 통해 선발한 관리들이 그 지역의 정치, 행정 전반을 책임지는 특별행정구역.

하지만 그곳에 사는 그 누구도 자신들이 로슈르 제국과 별개라고 생각지 않았다.

그들은 분명 자랑스러운 제국민이었고 또 언제든지 제국의 행정권 내로 정식 편입될 것이라는 믿음을 가지고 있었다.

도시를 벗어나 드넓은 목초지 너머 대륙의 꼬리뼈인 폴라렌 산맥이 시작되는 땅.

어딘가에서 수백 마리의 말이 땅을 박차는 장엄한 울림이 퍼졌다.

기병 사단급에 맞먹는 숫자의 인마들이 지축을 흔들며 이동을 계속했다.

대부분은 체인 메일을 걸친 경기병들이었으나 맨 앞에서 이들을 이끌고 있는 무리들은 태양 기사단이 틀림없었다.

그리고 휘날리는 깃발 사이로 한 남성의 모습이 보였다.

리아레 카리융 세프라임. 제국의 이황자.

제국 사냥개들의 정점에 선 사나이이자, 최근 군 통수권의 절반을 황태자로부터 위임받아 실질적으로 제국 내에서 가장 강력한 권력을 가진 인물이 된 카리융. 그가 왜 수도로부터 까마득히 먼 이곳에 엄청난 군세를 이끌고 나타난 것일까.

카리융의 눈에 지평선을 뚫고 서서히 올라오는 건축물이 보였다.

그의 눈이 잠깐 빛났다. 저곳에서 자신이 원하는 뭔가가 이루어지리라는 희망 같은 것?

　500에 이르는 기병 대군은 이제는 높이 솟은 탑의 모양이 완연한 그곳을 향해 더욱 힘주어 군마들을 재촉한다.

　"록리 삼촌."

　말에서 내린 카리용은 탑 입구에서 자신을 맞이하는 노인을 보며 환하게 웃었다.

　철커덕.

　비슷한 미소를 머금은 노인이 다가와 카리용을 힘껏 껴안자 두 사람의 갑옷이 마찰음을 낸다.

　"나와 계실 줄은 몰랐네요."

　"누구보다 먼저 널 보고 싶었다."

　카리용 뒤에 늘어선 500의 병사들이 말에서 내려 현 황제의 동생이자 제후국 조나스의 왕, 마다르 록리 세프라임에게 경의를 표한다.

　"언제 늙으실 거예요?"

　"죽을 날만 기다리는 노인네한테 거 무슨."

　가벼운 농담을 걸 정도로 카리용과 록리는 각별한 사이였다.

　예전 남부의 전장에서 함께 침략자들에 맞서 싸운 전우였기도.

　"많이도 끌고 왔구나."

　기사들과 기병들을 둘러보며 록리가 말했다.

　"명목상 친위대 훈련 및 제후국 순방이 아닙니까. 태자이신 형님께서는 더 이끌고 가라고 하셨는데 제가 거절했죠."

　카리용이 황태자를 언급하자 록리의 얼굴에 살짝 그늘이 드리워진다.

　"자자, 이제 들어가요. 다들 안에 계시죠?"

　"하나 빼고는 다 왔다."

카리용은 그 하나가 누구인지 짐작한 듯 피식 비웃음을 흘렸다.

뚜벅, 뚜벅.

탑 꼭대기까지 이어진 원형의 계단을 따라 두 사람이 걸어갔다. 처음 만났을 때와는 사뭇 다른 분위기였다. 이윽고 그들이 넓게 자리한 방에 이르렀고 카리용이 먼저 그곳에 들어선다.

그의 눈동자에 둥근 탁자를 두고 앉은 다섯 인물들이 들어왔다.

각기 제후국의 왕들과 자치령의 듀크들이었다.

'역시……'

이곳에 없는 한 명은 제후국 몰타의 왕 마다르 카라스 세프라임. 카리용과 카본의 삼촌 중 하나다.

최근 법식을 깨고, 황제로부터 허가를 받지 않은 채 제후국의 통치권을 얻었다.

"왔구나."

무척이나 호화로운 비단으로 몸을 치장한 뚱뚱한 인물이 카리용을 반긴다.

"뮈겔 삼촌, 욜 삼촌, 치크 삼촌."

자신보다 연장자인 세 사람에게 먼저 인사를 보내는 카리용.

"카로이 형, 제니. 오랜만이다."

세 명의 왕과 두 명의 듀크들의 눈을 차례로 맞춘 뒤 카리용이 샐릿을 벗는다.

"태양의 보살핌이 영원히 함께하길."

뮈겔이 이들을 대표해 이황자에게 예를 보였다.

이윽고 가벼운 덕담과 서로의 안부를 물으며 잠깐의 시간을 보낸다.

"의외로구나."

카리용은 사전에 이들에게 '혈연'의 의미로 만나자는 전갈을 보냈고 따라서 이 자리는 공식적 지위를 배제한 가족 모임의 성격이 강했다. 연장자인 왕들이 카리용에게 하대를 하는 것도 당연했다.

"뭐가요?"

"네가 우리를 소집한 것."

"소집이라뇨. 그저 그간 못 뵈었던 삼촌들과 사촌들을 보고자 했을 뿐인데요."

"형님께서는 편안하시냐."

이제야 황제의 안부를 묻는 뮈겔이다.

카리용은 그에 답하지 않고 그저 씨익 웃어주었다.

그러자 다른 왕들이 살짝 불편한 표정을 짓는다.

"그래……. 조금 거동이 힘드시다는 것 정도는 알겠다. 카본이 공무를 대행한다지?"

"꽤 되었어요."

"……."

"아버지 황제께서는 더 이상 태양 아래에 몸을 두기 어렵다 하셨죠. 아마 지금 그늘 속에서 조용히 수면을 즐기실 수도."

"카리용. 우리 솔직해지자꾸나."

광대뼈가 유난히 돌출된 노인 치크가 입을 열었다.

"카본이 황제의 자리를 물려받을 날이 정해졌느냐?"

"……."

"혹, 현 황제……. 그래 형님께서 서거할 날이 얼마 남지 않았더냐?"

"왜 그리 생각하시죠?"

"수도에서 멀리 있다고 해서 우리의 귀가 완전히 닫혀 있다고 여기지 말거라."

카리융은 뒷머리를 긁으며 치크를 응시했다.

"네가 정치 권력에 관심이 있는 줄은 몰랐구나."

이 말은 곧 이곳에 모인 이들의 마음을 대변하는 것이었다.

결코 은밀하지 않게, 각국의 왕들과 듀크들을 무척이나 외진 곳으로 부르면서 그저 가족모임으로 생각하라는 것부터가 말이 안 되었다.

이럴 경우 당연히 황제 대행인 카본에게 먼저 보고를 함이 옳다. 그러나 이들은 그러지 않았다. 그것은 카본에 대한 불신과 카리융을 향한 신뢰가 낳은 결과였다.

"흠, 그 말씀은 바로 본론으로 들어가자는 뜻이군요. 좋습니다. 저 좀 도와주셔야겠어요."

"네가 우리에게 도움이란 단어를 말하는 날이 올 줄이야."

장난스럽게 받아들이기엔 카리융의 눈은 너무나도 진지하다.

"프린셉스 일렉토르―선제후―로서 권리를 주장해 주십시오."

"뭣!"

가만히 있던 록리가 벌떡 일어나며 소리쳤다.

"내가 잘못 들은 모양이군."

뮈겔은 귀를 후비며 얼굴을 찡그렸다.

"다시 한 번 말씀드리죠. 황제 선출에 대한 권리를 행사하시란 말입니다."

"허허, 허허허허!"

기가 막혀 버린 율이 크게 웃음을 터트렸다.

"그동안 널 지켜보면서 어떻게 나오나 궁금했거늘 이것을 노리고 있었구나."

다른 이들과 달리 치크는 냉정함을 잃지 않았다.

"제국 안전부를 장악하더니 얼마 안 가서 수도권을 제외한 북동부와 남부 일부의 군권을 획득한 것도 이를 위한 준비였더냐?"

"절반만 맞습니다. 남부군 전체라 해야 정확하죠."

"제후국과 자치령에 모병을 허용하도록 법을 개정한 것도 네 작품일 테고."

"역시 치크 삼촌이십니다. 거기까지 파악하실 줄이야."

"아, 지금 두 사람 무슨 얘기를 하는 건가."

뮈겔이 흐르는 땀을 닦으며 급히 물었다.

그때 카리융이 자리에서 일어났다.

그리고 한 단어, 한 단어를 힘주어 말했다.

"정당한 방법으로 황제권을 제게 귀속시키고자 합니다."

좋게 말해서 황제권의 귀속이지 결국 황태자 카본의 자리를 빼앗겠다는 뜻에 다름이 없었다.

"네게 정당성은 없다."

"그것을 삼촌들과 사촌들이 주시길 원합니다."

"와서는 아니 될 자리에 온 것 같구나……."

카리융을 가장 반가워했던 록리가 먼저 의자를 끌었다.

"록리 삼촌을 남부 마귀의 손에서 구해 낸 이가 누구였습니까?"

록리는 카리융의 말을 듣고 멈칫한다.

"뮈겔 삼촌의 기병대 절반을 살려서 데려온 이는요. 또, 욜 삼촌의 그 오른팔, 누구 덕분에 거기 붙어 있을 수 있었죠? 치크 삼촌. 삼촌의 무리한 작전 지시로 두 개 연대 전체가 몰살당할 뻔했을 때, 죽음을 두려워하지 않고 송곳전사들의 중앙을 뚫었던 남자의 이름이 무엇이었습니까?"

"너, 카리융."

"맞아요. 카로이와 제니가 다치지 않고 무사히 집으로 돌아간 것도 제가 있었기 때문이었죠."

"부정하지는 않겠다."

록리가 힘없이 말했다.

"그때, 제 형, 황태자 카본은 무얼 하고 있었습니까."

카리융의 음성이 날카롭게 변했다.

"음침한 황궁 지하 어딘가에서 자신만의 취미에 빠져, 피를 나눈 일족들이 신성한 의무를 수행하는 것을 비웃고 있지 않았습니까? 제국 역사상 최초로 남부 전장에 종군하지 않았던 황태자. 그에게는 정당성이 있나요?"

"……."

"태양의 제국? 정말로 우리 로슈르가 태양과 함께하는 국가라면 스스로를 어둠에 두고 있는 카본은 더더욱 자격이 없습니다. 그걸 보고도 모른 체하는 여러분들은 수만 년을 더 이어 갈 제국의 기둥들이 맞습니까?"

"현 황제이신 형님의 선택은 절대적이니라. 우린 그 뜻을 존중해야 한다. 황실 일족의 의무이기도 하고."

"그 의무 중에는 자격이 없는 계승자를 거부하고 새로운 지도자를 선출할 투표권을 행사하는 것도 있죠."

카리융이 말한 프린셉스 일렉토르의 의무는 왕과 듀크에게 속한 일종의 불신임권이자 안전장치였다.

제국 초창기에는 이상하게도 황제나 황태자의 비행이 잦았다.

폭력과 무절제.

지금이야 내외적으로 안정된 모습으로 자리 잡았지만 처음에는 확실히 그랬다. 그랬던 폭군들을 제어하기 위해 만들어진 제도가 황실 웃어른들과 고위층들의 황제 선출권이었다.

현명한 세프라임 일족은 그런 방식을 통해 좋지 않은 피를 걸러 내고 오늘에 이를 수 있었다.

한데 카리용은 수천 년 동안 그저 '권리'로만 존재해 온 그것을 이들에게 요구했다.

"역사책에나 나왔던 일이다. 그 당시 진짜로 선제후의 의무가 행사되었다는 증거는 없다."

"난 지금껏 5000년이나 이 거대 제국을 훌륭히 다스려 온 조상들의 지혜가 카본에게도 있다고 믿는다."

욜과 뮈겔이 차례로 말했다.

"아버지 황제께서는 정말로 영명하시고 위엄 가득했던 분이셨죠."

과거형으로 지껄이는 카리용의 말에 반응을 보인 이는 록리였다.

"지금은 아니란 게냐?"

"예. 그냥 몸이 불편하신 정도가 아닙니다."

"그럼……."

"완전히 다른 사람이 되었습니다. 예, 그래요. 그냥 정신이 나가 버렸습니다."

"무엄하다."

록리가 카리용을 엄하게 나무랐다.

"사실인걸요. 위대하고 또 위대한 발타스 세프라임의 피를 걸고 거짓이 아님을 맹세합니다."

"……."

실제로 이들 또한 황제가 어딘가 이상하다는 것 정도는 짐작하고 있었다.

"그리고 전 그러한 이면에 형이 있다고 생각합니다."

"카본이? 무엇 때문에."

"확실하진 않지만 그런 생각이 떠나지 않습니다."

"네 생각 따위로 우릴 설득하려 하지 마라."

"또 있습니다."

"……?"

"솔윈 자르 보리스 경."

보리스의 이름이 언급되자 몇몇은 분노의 표정을, 몇몇은 안타까운 표정을 지었다.

"우리의 스승이자 친구였으며 아버지와는 둘도 없는, 어쩌면 피를 나눈 형제들보다 더 가까운 사이였을 그분. 한데 어느 날부터 아버지는 그를 멀리하기 시작했습니다. 이건 아마 누구도 알지 못하는 일일 겁니다."

"어째서."

"아버지 스스로 자신의 변화를 보여 주기 싫었다거나, 아니면……."

"카본이로군."

치크가 단정 짓듯 중얼거린다.

"무슨 이유인지 모르겠지만 형은 서둘렀어요. 기다리고 또 기다린다면 아버지 사후, 황제가 될 터였지만 그걸 참지 못했음이 틀림없습니다. 가장 가까이서 그 사실을 알아차린 보리스 경은 형에게 큰 위협이었을 겁니다."

"설마."

"그분은 살해당한 겁니다. 형이, 카본이 북부인들을 이용해 제국의 영웅을 해친 거죠."

"말도 안 된다. 증거는 있고?"

"있다면 믿어 주시겠습니까."

카리융이 탁자를 세 번 강하게 두들겼다.

쿵!

묵직한 무언가가 바닥을 치는 소리가 들렸다.

쿵! 쿵!

그 소리가 점점 커지며 이들이 있는 방을 향해 다가온다.

끼이익.

문이 열리며 등장한 한 남자.

그를 본 모두가 고개를 갸우뚱하며 의문을 표했다.

창백한 얼굴을 한 사내. 몸이 불편한 듯 작은 움직임만으로 걸어오는 메마른 이는 누구일까.

쿵. 쿵.

유난히 큰 발소리를 내며 다가오던 남자가 고개를 들었다.

홀고트.

그날의 비극에서 유일하게 살아남은 이. 홀코트의 뒤를 따라 여섯 명의 각기 다른 복장을 한 기사들이 함께 등장했다.

왕들과 듀크들의 호위인 이들은 관례에 따라 자리에 동참했다.

"……태양을 계승한 핏줄들을 뵙게 되어 영광입니다."

홀코트가 눈을 감고 몸을 낮추어 예를 올린다.

"이잔 누구지?"

"얼마 전 '살해당한 보리스 경의 호위였던 자입니다. 지금은 제 사람이 되었죠."

"한데 왜?"

"보리스 경의 마지막을 지켜본 유일한 생존자입니다. 그리고……."

꿀꺽.

"카본이 무슨 짓을 했는지 말해 줄 증인이지요."

휘둥그레진 눈으로 홀고트를 응시하는 세프라임들.

가라앉은 표정으로 서글픈 미소를 지어보이는 홀고트의 입술 사이로 살짝 송곳니가 드러난다.

3장
드래곤과의 사투

RAJARIN

띠리릭. 띠딕.

순간 싸크비스가 요동을 멈추고 데일을 바라보았다.

하나 남은 눈에서 기이한 광채가 흘렀고 거칠게 내뱉던 호흡도 서서히 진정되어 간다.

그러나 그것은 결코 호의에 따른 행동이 아니었다.

강적을 만난 짐승의 본능.

죽음에 대한 두려움을 넘어, 목숨을 걸고 최선을 다해 싸울 상대를 만났을 때 보이는 침착함과 닮았다.

"동 2703048, 남 5974311."

띠잉—!

현악기의 현이 끊어지는 듯한 소리가 모두의 귓가를 스친다.

ㄷㄷㄷㄷㄷ.

갑자기 싸크비스의 사슬이 흔들리기 시작했다.

그와 동시에 위험을 감지한 싸크비스가 크게 공기를 빨아들였다.

끼에에에에에!

강력한 포효가 막힌 이 공간에 퍼졌다.

"으악!"

루산이 먼저 귀를 막았고 자오링은 급히 내공을 몸 밖으로 펼쳐 몸을
보호했다.

휙!

키릭이 싸크비스를 등지고 리디아와 데일을 덮었다.

"으아아악!"

루산의 비명은 계속되었다.

또 극마지경에 이른 자오링이 두른 기의 장막이 순식간에 굳어 버리더
니 얼음이 깨지듯 그대로 무너져 내리며 그녀에게 고통을 선사했다.

핏! 핏!

키릭의 양쪽 고막이 터졌다.

강한 압력이 곡선의 벽에 반사되어 다시 이들을 압박했다.

"크으윽."

키릭이 차마 벌어지지 않는 입으로 고통을 표현하는 이 순간.

그의 보호 안에 있는 리디아가 뭔가 결심하는 표정을 지었다.

'그래. 이제 더 이상 숨길 수 없어.'

리디아는 그동안 숨겨 왔던 그녀의 진실한 힘을 개방해야 할 때임을 깨
달았다.

그런데. 그녀에 앞서 데일이 먼저 입을 열었다.

"쇼크 웨이브."

뚝.

싸크비스의 머리가 천장으로 향했다.

지금까지 저 드래곤에게 자연계의 원소를 공급하던 유일한 통로인 구멍.

그곳에서 보이지 않는 무언가가 떨어져 싸크비스를 강타했다.

칭. 트득. 파파파파팟!

요란하게 소리를 내며 사슬이 떨렸다.

싸크비스 스스로의 움직임에 의해 철컹거리던 것과는 차원이 다른 떨림이었다. 마치 누군가가 빠르게 두들기는 것처럼 심하게 진동한다. 벽에 연결된 부분부터, 잔상이 보일 만큼 격하고 짧게 떨리던 사슬의 진동이 일제히 싸크비스의 몸으로 파고들었다.

아주 짧은 시간 동안 정적이 찾아왔다.

귀를 막고 괴로워하던 루산도, 펼쳤던 기막의 보호를 받지 못해 허둥대던 자오링도, 귓구멍에서 흐르는 피를 닦지도 않고 리디아와 데일을 꼭 안고 있는 키릭도, 자신의 결심을 밖으로 표현하려던 리디아도.

갑작스럽게 움직임을 멈춘 싸크비스의 행동에 의아해한다.

드드득.

사슬이 연결된 벽에서 모래와 돌덩어리 몇 개가 떨어졌다.

슈우우웁!

약간의 공기가 싸크비스의 코로 빨려 들어갔다고 느낀 순간.

크어어어어어엉!

천 마리의 호랑이가 울부짖는 괴성이 또다시 터져 나왔다.

"윽!"

이미 한 차례 상처를 입은 키릭이 작게 신음을 흘리자 리디아가 두 손으로 그의 귀를 감싸며 재빨리 치유를 시도한다.

"이번 것은 드래곤 로어가 아니야. 고통에 찬 비명일 뿐."

차가운 얼굴로 데일이 말했다.

작게 중얼거리긴 했지만 치료를 받고 있는 키릭을 제외하고 그 말을 듣지 못한 이는 없었다.

"강력한 주파수의 중첩이 무한에 수렴했어. 형벌, 봉쇄의 끈—시슬—이 가진 고유 진동수에 맞아떨어질 때까지 멈추지 않을 거야. 그러니까 지금이 마지막 기회지."

"뭐라고?"

또 알아들을 수 없는 말을 지껄이는 데일에게 루산이 짜증나는 음성으로 외쳤다.

"더 이상 기회는 없다고. 올 씽 아이가 접속 코드를 변경했어. 그는 고집이 세거든. 내가 강제로 부여한 명령을 수행했지만 앞으로 지금 같은 요행은 힘들어."

"뭘 어떻게 해야 하는데?"

앙칼지게 외치는 자오링을 보며 데일이 지시를 내린다.

"루산이 드래곤의 시야를 잡아 줘. 자오링은 우리에게 향해 있지 않은 꼬리의 아래쪽 중심으로 들어가 그것을 박살 내. 길은 키릭이 만들어 줄 거야. 그렇지?"

이전보다 강해진 리디아의 치유 덕분에 완전히 회복한 키릭이 고개를 끄덕였다.

자오링은 거의 공간 이동에 가까운 속도를 지녔다.

즉, 순식간에 싸크비스의 뒤편으로 몸을 움직일 수 있다는 말이다. 그러나 데일은 군이 키릭에게 길을 열어 달라고 요구했다. 그 이유는 싸크비스 주변에 형성된 보이지 않는 방어벽과 시간 왜곡의 흔적을 보았기 때문이었다.

짧았지만, 올 씽 아이를 통해 상당량의 정보를 얻었다.

키릭이 가진 막강한 돌파의 힘이 아니라면 자오링은 절대 싸크비스의 주위로 파고들 수 없다. 방어벽에 닿는 순간 기화해 버리거나 왜곡된 시간 속에 빠져 태어나기 이전의 세포 상태로, 아니면 찰나에 노화되어 먼지로 흩어지거나 둘 중 하나가 될 것이었다.

드드드드드득.

봉쇄의 끈들이 요란스럽게 소리를 내었다.

"얼마 안 남았어. 진동이 멈췄을 때, 사슬은 산산조각날 거야. 그가 심장을 꿰뚫고 있는 사슬에서 해방되면 우리로서는 감당이 불감당이야."

다행히 지금, 싸크비스는 계속적으로 긴 목을 흐느적거리며 그의 드래곤 하트에 영향을 주고 있는 진동에 못 이겨 혼란을 겪고 있었다.

"리디아."

"……응."

"뭘 해야 할지? 넌 알 거야."

"어."

"부탁할게."

리디아는 데일의 말에 눈을 내리깔았다. 데일은 이미 리디아에 대해 누구보다 많이 파악한 상태였다. 그녀가 감추어 왔던 대부분의 능력들과 생각들까지도.

그렇다.

데일은 보리스가 죽던 그 순간, 경기를 일으킨 자신을 리디아가 치유하면서 보았던 것들보다 훨씬 더 많은 비밀을 리디아에게서 얻었다. 리디아는 최근 들어 자신을 바라보던 데일의 시선에 왜 그리 불편함을 느꼈는지 이제 알 것 같았다.

그는……. 모든 것을 보는 눈, 그 권능의 일부에 속해 있다.

"시작해!"

데일이 소리쳤다. 이제 그는 이 작은 파티의 리더로서 자리매김했다.

쿵!

키릭이 오른발을 내밀어 땅을 강하게 찍었다.

그의 귓가에 리디아가 들려주는 아름다운 노랫소리가 끊임없이 맴돌았다.

이전과는 비교를 불허하는 진정한 축언.

거기엔 타인이 가진 능력을 몇 배로 상승시켜 주는 놀라운 기운이 담겨 있다.

쩡!

거인 키릭의 앞에 그의 덩치에 맞먹는 푸른 불꽃이 확 일어나 방패의 형상으로 변해 이글거린다.

척. 척.

키릭은 세이비어를 앞에 세우고 차분히 전진했다.

어느새 그의 뒤에 바짝 붙은 자오링은 뜨거운 열기 속에서 호흡을 가다듬는다.

크릉.

멍해 있던 싸크비스가 이들의 접근을 느끼고 고개를 돌렸다.

분명 아까와는 다른, 상당히 기운 빠진 모습이었지만 '짐승'의 본능은 강적의 출현을 용납지 않았다.

"루산!"

데일의 외침에 루산이 허공에 손가락으로 그림을 그렸다.

하얗게 일어나는 얇은 얼음판이 그 손가락의 움직임을 따라 용머리 형상을 이루었다.

척.

루산은 신기하게도 여전히 공중에 떠 있는 얼음판 바로 앞에 롱 보우의 중앙을 맞추었다.

찌직.

화살이 걸리지 않은 롱 보우.

루산은 손가락으로 얼음판을 잡아 뒤쪽으로 길게 당겼다.

그때, 놀라운 일이 벌어졌다. 손가락 끝에서부터 얼음 화살이 생성되어 시위에 걸린다.

"프리카······."

캬아악!

싸크비스가 키릭과 자오링을 향해 괴성을 질렀다.

"다스."

핑!

입을 벌리고 블래스트를 내뿜으려던 싸크비스의 입 근처에서 화살이 폭발했다.

우드드득.

수십 가닥의 작고 투명한 얼음 결정들이 서로 연결되어 마치 오징어의 다리처럼 흐느적거리며 싸크비스의 얼굴을 덮는다.

싸크비스는 블래스트를 쏘지 못했다.

만일 올 씽 아이를 통해 데일이 불러들인 쇼크 웨이브가 아니었다면 싸크비스의 입은 이 정도 공격 따위에 막히지 않았을 것이다.

눈과 코까지 덮어 버린 얼음 가닥들이 강한 냉기를 분출하며 순식간에 싸크비스의 머리 전체에 두껍게 퍼졌다.

"빨리! 오래 못 버텨!"

허공에 네 개의 용머리 형상을 만들어 내며 루산이 소리쳤다.

쿵!

키릭이 또 강한 발걸음 소리를 내며 한 발을 디뎠다.

언뜻 보면 왜 저렇게 느리고 힘겹게 나아가는지 의아할 법도 했다.

하지만 키릭은 지금 엄청난 압박을 버티고 지독한 독기를 태우며 자신과 자오링의 안전을 확보하는 중이었다.

"큭……."

바다빛깔 원구의 지름이 조금 줄어들었다.

끊임없이 파고드는 이질적인 독소는 키릭이 처음 겪어 보는 것이었다.

방어막을 외부에서부터 조금씩 갉아 내며 침투를 계속하는 어둠의 힘은 확실히 자연계에 존재하기 어려운 물질로 이루어져 있다.

리디아의 노랫소리가 더욱 커졌다.

키릭은 이상하게도 그녀의 음률이 무척이나 귀에 익었다.

처음부터 리디아를 보고 느낄 때마다 들었던 불안함과 그리움.

그리고…… 애증.

노랫가락은 이 복잡한 감정들을 다시 떠올리게 만들었다.

찰나에 심장—또 다른—을 스친 감정들 때문일까.

키릭은 엄청난 힘이 용솟음치는 짜릿함에 이를 꽉 물었다.

"으랏!"

쿵!

방어막이 두 배로 커졌다.

쿵! 쿵!

조금 빨라진 걸음으로 키릭이 전진하기 시작했다.

'뭐야 이 자식.'

자오링은 키릭의 능력에 감탄을 금할 수 없었다.

　거침없는 공격력은 그렇다 치고, 눈이 휘둥그레질 만한 방어력도 갖췄다.

　자신들을 둘러싼 푸르스름한 구체는, 마치 극에 이른 내력이 실체화된 것 같지 않은가.

　사부 장샤오펑 정도의 무인이라면 눈도 깜박이지 않고 이루어 낼 공부겠지만 극히 소수에 불과하다는 시엔의 초특급 무인들도 이런 기운을 발산하기 힘들다.

　한데 내공의 흔적 따위는 찾아볼 수도 없는 은발의 야만인에게서 그들 이상의 힘을 보았다.

　과연 극마지경에 이르렀다고 건방 떨던 자신은 이 정도의 기막을 끌어낼 수 있을까?

　'불가능해.'

　왠지 기분이 나빠졌다.

　물론 자오링이 스스로도 시도해 보지 않았던 '극마'의 힘을 꺼낸다면 순수한 전투 상황에서 키릭과 자웅을 결하기 충분할 수도 있다.

　그러나 그 극마라는 경지를 어렴풋―자오링은 아직 자신이 느꼈던 현상의 진실을 모르는 상태― 겪었기에 제어가 힘들 것임은 자명했다.

　'짜증나.'

　하지만 이 짜증의 원인은 키릭의 땀 냄새 때문은 아니었다.

　또 키릭에 비해 자신이 약하다고 느껴서도 아니었다.

　리디아의 노래.

　자오링은 리디아가 불러 주는 축복의 노래에 오히려 가슴이 답답해지고 있음을 아직은 깨닫지 못했다.

웅—

순간적으로 방어막의 일부가 기이한 형체로 뒤틀렸다.

데일이 감지했던 시간이 왜곡된 공간—먼지 한 톨보다 작지만 그것이 가지는 파급력은 상상을 초월하는—에 침식당하기 시작한 것이다.

"우욱!"

키릭이 한 걸음 물러났다.

"헛, 왜 이래!"

키릭에 밀려 넘어질 뻔한 자오링이 놀라 소리쳤다.

가각, 가가각.

방어막이 뭔가에 빨려 들어가는 것처럼 한 점을 향해 고깔 모양으로 늘어지며 흔들렸다.

그때였다.

리디아의 눈에서 빛이 아른거렸다.

"틸 네이처."

노랫소리에 섞인 고대의 정화 주문이 그녀의 입에서 흘러나왔다. 목표는 키릭과 자오링을 '몰락'의 자리로 이끄는 왜곡된 점. 빛보다 빠른 주문의 힘이 그 일차원적 세계를 감쌌다.

팅!

가느다란 쇠가 끊어지는 소리와 함께 일그러진 키릭의 방어막이 원상태로 돌아왔다.

"훌륭해, 리디아."

데일의 칭찬에 진심이 들어 있지 않음을 깨달아서일까. 리디아의 표정은 일말의 변화도 없었다.

스스스스스.

키릭과 자오링이 싸크비스와 거리를 상당히 좁히자 봉쇄의 끈으로부터 묘한 울림이 일었다. 벽에 꽂혀 있는 부분에서부터 급속도로 삭아 버리기 시작하는 사슬.

파편을 흘리며 투둑거리는 소리에 싸크비스의 눈빛이 살아난다.

루산이 지속적으로 냉기 화살을 쏘아 옛 친구의 시야를 막고 있지만 곧 그 한계가 드러날 것이다.

스릉!

세이비어가 한 차례 울었다.

어떤 알 수 없는 고대의 비밀이 담긴 이 마검은 지금 순간, 확실한 경고를 보내고 있었다.

"……준비해라."

키릭이 나직하게 말했다.

꾹!

자오링은 힘차게 고개를 끄덕이며 다리와 주먹에 힘을 모았다.

"뛰어!"

키릭이 소리치자 자오링이 날았다.

피융—

그녀의 움직임을 따라 그동안 둘을 감싸던 방어막이 오로지 자오링만을 보호하며 키릭에게서 떨어졌다.

"크으윽!"

키릭의 고통스러워하는 신음을 들으며 자오링은 목표에 집중했다. 바닥을 굳건히 딛고 있는 긴 꼬리.

자오링은 본능적으로 어디를 파괴해야 하는지 알았다. 아래쪽에 길게 갈라진 피부 아래에 드러난 무언가가 보였다. 은색의 금속과 파랗고 빨간 실이 잔뜩 뭉쳐 튀어나온 곳.

내공을 최대치로 끌어 올려 주먹에 실은 자오링의 머릿속에 어떤 단어가 떠오른다.

푸스스…….

키릭은 리디아가 불러 주는 축복의 노래도 자신의 힘을 더 이상 유지시켜 줄 수 없음을 진작 알았다.

자오링과 함께 버틸 수 있는 시간은 이제 얼마 남지 않았다.

추악하게 변해 버린 드래곤의 주변 공간은 외부로부터 가해지는 물리적 공격이나 마법 공격에는 특별한 반발 작용이 없었으나, 생명체를 거부하는 강력한 힘이 깃들어 있었다.

순간 속도는 자오링이 최고였다. 이 정도 거리라면 충분히 그녀의 역량이 발휘될 것이었다.

키릭의 선택은 빨랐다. 모든 방어의 힘을 자오링에게 집중하고 자신은 일단 이 공간에 노출되어야 한다.

다음은 데일이 어떻게든 해 줄 테니까.

키릭은 눈앞에서 사라져 버린 자오링의 잔상을 보며 자신의 선택이 옳았음을 확신했다. 푸른빛 속에서 녹색 강기를 머금은 자오링의 주먹. 순식간에 의복과 피부를 태우고 코 안을 휘저으며 기도와 식도를 녹여 버리는 독기의 침투에도 키릭은 희미한 웃음을 머금는다.

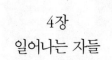

4장
일어나는 자들

RAJARIN

스스스스.

밀실의 문이 조용히 열렸다. 인기척과 함께 누군가가 문 앞에 선 채 내부를 관조한다.

한데 뭔가가 부자연스러웠다. 밀실 내부는 완전한 어둠. 그리고 그 바깥쪽도 빛이라고는 전혀 보이지 않는 격리된 공간이다. 어색한 무언가는 밀실을 바라보는 이의 눈에서 흐르고 있었다.

시리도록 푸른빛.

인간의 눈이 자연 발광하는 현상은 흔한 일이 아니다.

"웬일이십니까. 안첸트 경."

깊은 어둠 속에서 들리는 이 목소리는 분명 로슈르 제국의 황태자 카본.

또한 눈에서 빛을 발하는 이의 정체는 국립 대학교 부총장 미누엘 할퀸 안첸트였다.

"오늘도 이곳에 계셨습니까, 전하."

터벅거리며 안첸트가 카본에게 다가간다.

빛을 머금은 두 개의 눈이 그 걸음을 따라 움직이다가 잠시 후 다시 멈췄다.

"아버지 황제께서 저리 계시니 저라도 움직여야지요."

서로의 숨소리만이 각자의 존재를 알려 줄 뿐인 이 공간.

이곳에 무엇이 있기에 카본은 매일 같은 시각, 어둠만이 남은 자리에 서 있는가.

"데 자리누스—퍼펙트 그레이가 이끄는 조직의 정식 명칭— 전체가 수면 아래로 가라앉았습니다. 이제 만족하시는지요."

수천 년을 비밀스럽게 활동해 온 조직 데 자리누스의 고위직인 안첸트였다.

"쩝, 아까운 부분이 많지만 더 큰 손해를 방지했다는 측면에서는 만족합니다. 안첸트 경."

어쩐지 카본의 말투에서 아쉬움이 느껴지지 않는다.

"더 하실 말씀이라도?"

카본이 물었다.

"……."

"왜요, 제 생각엔 경께서 오늘은 단단히 마음을 먹고 오신 듯합니다만."

"전하."

"그대는…… 아직도 절 퍼펙트 그레이라 부르지 않는군요."

카본은 안첸트가 자신을 위대한 지도자 퍼펙트 그레이로 여기지 않음에 실망한 척했다. 물론 데 자리누스의 모든 조직원들도 그를 그렇게 인정하지 않는다.

"전하께선 왜 저의, 우리의 지혜를 거부하십니까."

"아버지께서 그리하셨으니 저 또한 그러라는 말씀?"

"제국의 황제이시며 데 자리누스의 총수이신 전하의 부친은 항상 귀를 열어 두시고 우릴 이끄셨습니다. 또한 그것은 전대, 전전대, 그 위에 계셨던 모든 퍼펙트 그레이가 마찬가지였지요."

카본이 또 다시 웃었다.

안첸트는 눈에 보이지 않는 그 비직거림이 피부에 닿은 듯한 묘한 느낌을 받는다.

"절 선택하신 건 바로 그대를 포함한 '쓰리 드래곤즈'의 결정이지 않았습니까? 그렇다면 끝까지 믿고 따르셔야죠."

"그 결정에는 어떠한 후회도 없습니다. 자린의 뜻이 그러했고, 전하의 피가 증명했으니까요. 하지만 전하 역시 '의무'의 짐에서 벗어날 수 없습니다."

"선택에는 대가가 따른다는 옛말, 모르십니까? 그대들의 놀라운 지혜가 준, 작은 대가라 여기세요."

카본은 적어도 말싸움에서는 안첸트에 밀리지 않는다. 만약 안첸트의 진정한 정체를 알고 있는 누군가가 본다면 기겁을 하고도 남을 일이다.

"단도직입적으로 말씀드리겠습니다. 이제 저희의 지혜를 받아들이시지요."

"그렇게 된다면……."

"전하께선 진정한 퍼펙트 그레이로 인정받으실 겁니다."

"큭, 크크큭."

안첸트는 갑자기 터져 나온 카본의 웃음에 살짝 분노가 일었다.

"과연 그럴까요? 아버지처럼 그대들을 곁에 두고 끝없는 조언과 끝없는 조종을 받으면 진짜 지도자가 될 수 있다? 보세요, 안첸트 경. 황제는

'힘'이 있어 그 정도에서 끝났지만 전 아무런 힘이 없어요. 고대의 마왕 '토타르퍼스'의 무력도, 드래곤의 마력도, 얼음의 광기도 소유하지 못한 제가 무슨 지도잡니까. 그저 인형에 불과하겠죠."

찡―!

안첸트의 눈에서 더욱 강한 빛이 뿜어져 나온다.

"미누엘 할퀸 안첸트, 윈드 할퀸 안첸트, 더원 할퀸 안첸트, 또 뭐였더라…… 아, 폴로 하워드 안첸트, 벨라……."

"그만하시길 권합니다."

"이 모든 이름들이 바로 그대의 것이 아닙니까. 긴 세월 이름을 바꿔가며 살아온 고대의 위험한 존재인 당신."

뿌드득.

안첸트의 피부가 한 차례 부풀어 올랐다 다시 가라앉는다.

"그런 당신들을 힘으로 누를 수 있었던 퍼펙트 그레이들. 물론 그대들이 자발적으로 종속을 원했기에 가능한 일이었지만 이젠 다르죠. 설마 제가 힘의 봉인을 풀어 버린 그대들의 행동을 모르리라 여겼습니까? 이제 때가 도래했다는 뜻이겠죠. 절 앞에 세우고 옛 전설에 어떤 식으로든 관여하고자 할 테지요. 5000년이나 기다렸으니 몸도 근질근질 할 거고요."

"휴우……."

안첸트가 길게 한숨을 쉬었다.

"아버지의 모든 것을 물려받지 못한 제가 어찌 세 현자께 대적하겠습니까. 그래서 드린 말씀입니다. 전 인형에 불과하다는……. 뭐, 어쨌거나 그래서 제가 생각한 게 뭔지 아세요?"

"올 씽 아이."

안첸트가 카본의 물음에 자연스레 답했다.

"네, 맞아요. 고대의 전설에 근접한 모든 이들이 원했던, 우리 세프라임 가문의 염원인 호난의 태양을 제외하고 가장 강력한 힘의 근원인 올 씽 아이. 누구도 가까이 하지 못했던 그 위대한 눈동자를 제 것으로 하고 싶었습니다."

"압니다. 그래서 저흰 그저 전하의 몸부림을 지켜만 보았지요."

"찾은 것 같네요."

"예?"

어지간한 일에는 눈썹조차 움직이지 않을 안첸트가 놀라 한 걸음 물러섰다.

"조금 전, 반응이 있었습니다."

"설마……."

안첸트는 카본의 저 자신만만함이 왠지 마음에 걸렸다.

"사실 뜻밖이었어요. 제가 접근 코드를 해제한 건 아니거든요. 누군가, 이 세상 어디선가 올 씽 아이를 깨운 자가 있습니다. 전 그 짧은 순간을 '느꼈을' 뿐입니다. 그것만으로도 엄청난 정보를 얻었고요."

"……그 누군가라면."

"아마도 그들이 아닐까요? 아버지께서, 그리고 당신들 쓰리 드래곤즈가 조직의 전투력 상당수를 희생하고서라도 가까이 두고자 했던 아이들. 즉, 용의 아이들 말입니다."

"오오!"

안첸트가 감격에 겨운 듯 감탄사를 연발했다.

카본이 손바닥을 위로 하여 뭔가를 중얼거렸다.

순간 그의 손바닥 위로 붉은 선들이 빠르게 교차하더니 둥근 구체 형상으로 변해 천천히 회전했다.

그리고 그 주변으로 수백, 수천의 작은 점들이 정지 상태로 뜬 채 서로 연결되기 시작했다.

"전 모두가 제게 바라는 무력과 마력은 얻지 못했지만 세상 누구보다 뛰어난 염력과 지각력을 갖추었죠. 아마 데일이라는 소년도 이 부분에선 제게 한 수 접어야 할 겁니다."

"올 씽 아이를 얻으셨습니까?"

안첸트가 카본이 보여주는 경악스러운 광경에 몸을 떨며 말했다.

"백에 다섯 정도는 제 지배력 하에 있을 겁니다. 아직까지는 보여 주는 것이 전부죠. 찰나의 순간 제 마음을 그곳에 침투시켰습니다. 용의 그릇, 데일 잉그하임 덕분이죠."

안첸트의 눈에서 빛이 서서히 사라졌다.

"안첸트 경, 아니, 드래곤 히올라이."

"예, 전하."

"그대들의 지혜, 받겠습니다. 다만, 힘은 아껴 두시길."

척!

안첸트, 아니 인간의 모습을 한 드래곤 히올라이가 카본 앞에 무릎을 꿇었다.

"이제 진정한 이 시대의 퍼펙트 그레이로서 명합니다. 모든 데 자리누스는 제국을 벗어나 일라시니아 산맥 북쪽에 근거지를 정비하세요."

"시행하겠습니다."

카본은 전혀 생각지 못했던 방법으로 퍼펙트 그레이라는 자리에 올랐다.

드래곤들조차 복종해야 하는 막강한 지도자의 재탄생.

이제 대륙은 새로운 국면을 맞이하게 된다.

*　　*　　*

다그닥, 다그닥.

두 마리의 백마가 끄는 마차가 무릎까지 자란 풀이 가득한 초원을 달렸다.

젝스나이츠에서 보기 드문 이 지역은 사람이 거의 거주하지 않는 곳으로, 국가적인 차원에서 관리되고 있었다.

한데 누가 감히 이곳을 소란스럽게 지나는가.

분명 정부 고위층임에 틀림없다.

마차 안에는 잘생긴 백발의 노인이 눈을 감은 채 앉아 있다.

맥 듀카릿. 이 나라의 종신 집정관이다.

그는 지금 며칠 전, 비밀리에 자신에게 보내진 서신을 생각하는 중이었다.

존경하고 또 사랑하는 공화국의 아버지시여.

죄를 청하고자 하오니 제 마지막 변명을 들어주소서.

……(중략)……

군대를 이끌고 오셔도, 형 집행관을 대동하고 오셔도 좋나이다.

아르메누스의 초원, 백인의 무덤 근처에서 목을 내어놓고 기다리겠나이다.

공화국의 죄인.

알로게이라 자칼롯.

'영악한 놈.'

자칼롯은 자신의 성격을 잘 알고 그것을 이용할 줄도 알았다.

듀카릿의 자존심은 군대와 형 집행관을 이끌고 올 정도로 약하지 않기 때문이다.

만약 자칼롯이 암살을 시도하고자 한다 해도 충분히 막아 낼 자신감도 있었다.

숨어서 뒤따르는 수많은 검은 하현달 요원들과 친위대를 믿어서만은 아니었다.

개인적인 무력 또한 듀카릿의 이런 무모한 행동을 뒷받침했다.

기반을 잃고, 지원자를 잃은 자칼롯 따위는 맨손으로 목을 끊어 버릴 수도 있었다.

그런데 묘하게도 마음이 답답하다.

신중하기로 이름난 자칼롯이 아무런 방비 없이 자신을 찾는다?

감히 공화국 최고의 어른인 듀카릿을?

직접 찾아와 용서를 구해도 모자랄 판에 이런 외진 곳으로 자신을 부르는 배포는 어디에서 나왔을까.

뭔가 보여 줄 것이 있다거나 진짜로 암살 시도를 하겠다는 것일까.

'일단 만나 보고 다음 처리를 결정해야겠군. 후라니오에게 알릴 걸 그랬나.'

자신의 사생아인 후라니오 가낙에게 말했다가는 분명 함께 오겠다고 날뛸 것이 빤했다.

그 불같은 성정이라면 수백의 집행관들을 먼저 보내 자칼롯의 목을 잘라 버렸을지도……

"응?"

듀카릿은 순간적으로 마차가 흔들리는 것을 느꼈다.

정말 자칼롯이 자신을 해하고자 하는 것일까.

하지만 그의 코는 아직까지 죽음의 냄새를 맡지는 않았다.

"장난꾸러기로군."

다시 의자에 몸을 기대며 그는 눈을 감는다.

"워~ 워~"

상당한 실력자이자 오랜 친구인 마부, 워믹이 말들을 멈추게 한다.

백인의 무덤 근처에 이른 것이다.

잠시 후 듀카릿이 문을 열고 밖으로 나왔다.

워믹은 어느새 땅으로 내려와 그의 옆에 서서 주변을 날카로운 눈으로 둘러본다.

"아무도 없나?"

"특별히 감지되는 움직임은 없습니다."

"화살이 닿을 정도의 거리는?"

"지평선 끝까지 평지입니다. 제 눈을 벗어나긴 힘들죠."

워믹을 신뢰하는 듀카릿은 그 말에 고개를 끄덕이며 시선을 돌린다.

"늦는군."

자칼롯을 말함이 아니었다. 마차를 따르던 특급 요원들과 친위대의 기운이 전혀 보이지 않는다.

"그들이 늦어도 상관은 없습니다. 로슈르 제국의 태양 기사단장 정도가 아니라면 열 명이 덤벼도 이길 자신이 있습니다."

"알아. 또한 자칼롯이 마법사를 데려올 정도로 무모한 인간이 아니란 것도."

한 마디로 듀카릿과 워믹 둘만으로도 예상 가능한 모든 공격을 물리칠 수 있다는 자신감의 표현이었다.

듀카릿은 초원 위에 둥글게 솟은 거대한 무덤을 바라보았다.

백 명의 용사가 제국의 추격대에 맞서 끝까지 싸워 장렬하게 전사한 것을 추모하여 만든 일종의 기념물.

그것이 둘의 시선을 막고 있다.

"뒤쪽으로 가 보지."

"옛."

바람소리도 없는 이곳에는 둘이 밟는 풀의 바스락거림만이 귀를 간질인다.

무덤을 돌아 이른 곳에 누군가가 있었다.

"……자칼롯."

워믹이 먼저 그의 정체를 깨닫고 중얼거린다.

"베어 버릴까요."

"아니. 그 스스로 마지막 변명을 준비했다고 하니 들어나 보세."

일부러 발소리를 크게 내며 자칼롯에게 접근하는 두 사람.

후덥지근한 기온에도 자칼롯은 두꺼운 천으로 된 두건을 코끝까지 내린 채 침묵을 지키고 있다.

척.

대화가 가능한 거리에 이르자 자칼롯이 먼저 몸을 살짝 움직이며 반응했다.

"오셨습니까."

지극히도 쉬어 버린 목소리.

"살아 있다니 고맙구먼."

"별말씀을……."

우아한 자세로 몸을 숙여 집정관을 향한 예를 보이는 자칼롯은 생각보다 건강해 보인다.

"그 변명이란 거 듣기 전에 내 수하들을 어찌 했는지부터 말해 보게."

요원들과 친위대가 이곳에 오지 못한 이유가 이미 자칼롯의 장난임을 지적한 듀카릿이었다.

"인간은…… 수십조 개의 0과 1로 이루어진 덩어리일 뿐입니다. 그중 하나를 2나 3으로 만들어 버려도 쉽게 무너지지요."

"뭔 개소리인가."

워믹이 으르렁거리며 한 발 내디딘다.

"일단 그건 되었고, 여기까지 날 행차하게 한 이유는 뭔가."

손을 저어 워믹을 진정시킨 듀카릿이 물었다.

"제 행위에 대한 사죄, 그리고 변명입니다."

"로스트시론의 법정에서 해도 될 문제인 듯하구먼."

"법률은 너무나도 엄격하지요…… 비록 제가 발의한 것들이지만."

듀카릿은 헛웃음을 치며 고개를 흔들었다.

"각하, 지금까지 일어난 모든 일들이 제 의도와는 다르게 흘렀다는 사실을 먼저 말씀드리겠습니다. 전 결코 우리 공화국과 연합 전체에 화를 가져올 생각은 없었습니다."

"문제가 될 만한 소지가 다분했네. 서로에게 적지 않은 피해를 입혔고."

"제국에서 불문에 부치자고 했다 들었습니다."

"그건 다른 문제야. 자네의 행위에 대한 처벌이 우선이라네."

"그래서 지금 사죄를 청하는 겁니다."

둘의 대화를 가만히 듣던 워믹은 자칼롯의 음성이 점점 정상적으로 돌아가는 것을 느꼈다.

"저는 결국 용서받을 수 없는 겁니까?"

"……."

"정말로요?"

분위기가 심상치 않았다.

"전 연합의 진정한 자유를 위해 백년의 계획을 추진했습니다. 혹, 아시는지요."

"제대로 보고도 하지 않던, 쓸데없는 연구에 막대한 세금을 투입했다는 건 잘 알지."

"완벽을 추구했을 뿐입니다."

스윽.

워믹이 허리띠에 손을 올렸다.

"자, 그럼 사죄는 들었고 변명을 할 텐가?"

듀카릿은 괜히 왔다는 생각을 하며 말했다.

"아뇨. 변명이 통하는 분은 아니잖습니까."

"가세. 가서 법의 심판을 받게나."

"잠깐만요."

자칼롯이 손을 올리자 워믹이 허리띠로 위장된 얇은 검을 뽑아 듀카릿의 앞에 선다.

"변명 대신 보여 드릴 것이 있습니다."

"……?"

자칼롯이 손을 내렸다.

그러자 동시에 지축이 덜덜거리며 그의 뒤편에서 흙먼지를 일으켰다.

"뭐냐, 이건."

워믹은 빠르게 주변을 탐색하며 자칼롯의 감춰진 눈을 노려보았다.

수십 개가 넘는 미확인 물체가 서서히, 덮였던 흙을 거두고 일어났다.

"응?"

듀카릿은 자신의 눈을 의심했다.

기다란 나무판을 교차해 만든 틀에 두 팔을 활짝 펴고 묶인 수십 명의 사람들.

온통 흙을 뒤집어쓴 모양이 장시간 땅에 묻혀 있었던 듯했다.

드등!

이윽고 완전히 일어선 모습이 된 그들은 작은 움직임마저 없었다.

"무슨 장난을……. 내게 시체를 보여 주어 겁을 먹게 하려는가?"

"살아 있습니다. 숨구멍 정도는 만들어 주었죠. 신체의 균형을 잠시 흐트러뜨려 기절시켜 놓았습니다. 각하, 저들이 누군지 아십니까?"

"모른다."

그늘진 자칼롯의 입가에 차가운 미소가 걸렸다.

"37명 중 12명은 우들란트에서 활동하던 제국의 그레이하운드. 9명은 모나에서 정보 수집을 하던 제국의 살루키. 3명은 다빌록에서……."

"그만! 그렇다면 저들이 제국의 사냥개들이란 말이냐?"

"바로 보셨습니다. 그중 6명은 꽤 고위직까지 올랐던 간첩이더군요."

"……."

듀카릿의 이마가 구겨졌다. 어차피 제국과 연합은 서로에게 상당수의 요원들을 심어 놓았고, 보이지 않는 곳에서 치열하게 싸워 왔음을 모르지 않았다. 지금 상황도 그것과 유사하다.

하지만 현재의 자칼롯에게는 그럴 권한이 없었다. 한데 왜?

"네가 저들을 잡았다고 해서 바뀌는 건 없다. 어차피 제국 안전부와 비밀 협상을 통해 우리 측 요원들과 교환될 운명일 테고. 이 정도는 연합을 위해 공을 세웠다고 보기 어렵다."

"그게 아닙니다. 진짜는 지금부터죠."

자칼롯의 말이 끝나자마자 또 다시 땅이 울었다.

이번에는 조금 더 가까이에서.

쩌적!

땅이 갈라졌다. 그리고 먼저 나타난 포로들과 동일한 숫자의 그림자가 그곳에서 떠올랐다.

"놈!"

워믹은 검을 흔들며 자칼롯을 향해 뛰었다.

"멈춰라."

듀카릿이 나직하게 중얼거리자 반사적으로 워믹이 발을 멈췄다.

휘이이잉~

바람이 불어 뒤에 나타난 이들에게서 흙과 먼지를 걷어 낸다.

검다. 아니, 검은색에 가까운 은색일까.

전신을 같은 색깔, 같은 모양의 철판으로 가린 채 기다란 막대를 들고 서 있는 기괴한 자들. 그들은 숨도 쉬지 않는 것처럼 미약한 움직임조차 없었다.

"지금부터 놀라운 장면을 보여 드리겠습니다. 화려한 처형식이라고나 할까요?"

"이익!"

워믹이 이를 악물자 듀카릿은 엄한 눈길로 그를 제어한다.

딱!

자칼롯이 손가락을 튕겨 신호를 보냈다.

그러자 잠들어 있던 포로들 모두가 동시에 눈을 뜬다.

각자가 어리둥절한 표정으로 지금의 상황을 이해하려 애쓰며 눈을 깜박거렸다.

잠시 후, 그들은 자신들 앞에 늘어선 이들의 이상한 모습과 그 뒤에 선 세 사람을 보고 뭔가 좋지 않은 일이 일어났음을 깨달았다.

"꺽! 꺼억!"

말을 하고자 하였으나 성대가 제대로 기능하지 않는지 그저 입만 벙긋거릴 뿐이다.

"준비!"

자칼롯의 구령에 동상처럼 굳어 있던 이들이 몸을 돌려 포로들을 향했다.

"들어 총!"

'총?'

듀카릿은 자칼롯이 말한 '총'이 바로 철로 뒤덮인 자들이 들고 있는 막대임을 짐작했다.

척!

한 치의 빈틈도 없는, 완벽한 동작으로 그들이 막대의 끝을 포로들에게 겨누었다.

"점화!"

치이익!

뭔가 타들어 가는 소리와 함께 실타래가 연소하는 냄새가 사방으로 퍼진다.

꿀꺽.

묘한 긴장감 속에서 바라보는 이들의 침 삼키는 소리만이 유난히 크게 들렸다.

"셋…… 둘…… 하나……."

자칼롯이 숫자를 거꾸로 세었다. 그리고…….

탕! 타타탕! 타탕!

아주 짧은 오차만을 남기고 막대기들이 일제히 불을 뿜었다.

마치 수십 개의 번개가 떨어지는 듯, 소금과 콩을 뜨겁게 달군 돌 위에 뿌렸을 때와 유사한 소리가 평원을 진동시켰다.

"으으윽!"

듀카릿과 워믹은 귀를 틀어막고 생전 처음 맡아 보는 역겨운 냄새에 괴로워했다.

"장전! 점화!"

하지만 자칼롯은 아무렇지도 않은 듯 다시 소리쳤다.

같은 행위가 세 번 이상 반복되었다.

창백한 얼굴로 넋이 빠져 버린 두 사람은 한참이나 이 공간에 머물던 냄새 때문에 여러 차례 구토를 해야만 했다.

"크으윽."

침을 뱉으며 듀카릿이 먼저 일어났다.

"후우, 후우우."

길게 심호흡하며 속을 다스리던 그는 자신 앞에 당당히 선 자칼롯의 다리를 보았다.

"이, 이게 다 뭔가. 대체 무슨 마법을……."

"마법이 아닙니다. 과학이고 현실이지요."

자칼롯이 손을 뻗어 듀카릿을 부축해 일으켰다.

"가시죠, 각하. 결과를 확인하시길."

터벅, 터벅.

이들은 이미 임무를 마치고 가만히 서 있는 괴인들을 지나 포로들이 묶여 있는 곳으로 걸었다.

하나같이 고개를 푹 숙이고 있는 모양이 잠들었거나 아니면 죽은 듯 보인다.

'피 냄새.'

듀카릿은 바람을 따라 풍겨 오는 피비린내로 인해 저들이 모두 절명했음을 깨달았다.

'어떻게 한 거지?'

마침내 시신들 앞에 듀카릿이 섰다.

"……."

한동안 났던 매캐한 냄새의 흔적이 남아 있는 제국의 사냥개들.

그들의 시체는 상당히 이상한 모습이었다.

몸 곳곳에 두 개에서 세 개에 이르는 구멍이 뚫려 있었고 거기에선 끊임없이 피가 흘러나온다.

어떤 이는 머리의 일부가 날아가 뇌수를 뚝뚝 흘렸으며 팔목이나 발목이 큰 충격에 절단되어 버린 흔적도 보인다.

분명한 사실은.

조금 전의 어마어마했던 소음이 이들을 이렇게 만들었다는 것이다.

"흠, 아직 신뢰할 만한 수준의 정확도는 기대하기 어렵군요."

자칼롯은 시체의 몸에 난 구멍들을 비교하며 말했다.

"무슨 수를 쓴 건가, 자칼롯 호민관."

듀카릿은 자칼롯의 이름 뒤에 직위를 붙였다.

그 뜻을 짐작한 자칼롯이 빙그레 웃으며 대답한다.

"각하께선 지금 위대한 발명품이 이루어 낸 결과를 보셨습니다."

"발명…… 품?"

"예. 앞으로 이 세상의 모든 전쟁의 판세를 뒤집을 강력한 '무기'의 탄생입니다. 그리고 제국과 우리 연합, 마르테 보리스와 저에게 일어난 모든 일의 시작점이기도 하지요."

꿀꺽.

마른 침을 삼키던 듀카릿은 머리가 혼란스러워지는 것을 느낀다.

"연합이, 조국 젝스나이츠가 이 대륙 전체에 군림할 수 있게 만들어 줄 이것의 이름은 '파이어록'이라 합니다. 이제 우리는 제국의 중무장 기사단 따위를 걱정할 필요가 사라졌습니다."

무기의 발전에 있어 수백 년을 뛰어넘어 버린 가공할 기술력의 근원은 자칼롯만이 알 것이다.

듀카릿은 문득 자칼롯의 빛나는 송곳니를 보며 두려움이라는 감정을 떠올린다.

*　　*　　*

뿌우우우우—

어디선가 쇠뿔로 만든 나팔 소리가 들린다.

얼어붙은 땅.

그리고 얼어붙은 바다.

그 경계를 무색케 만드는 하얀 눈이 끝을 모르고 내린다.

뿌드득.

누군가 한 걸음을 디뎌 눈을 밟았다.

마법사를 상징하는 로브. 후드 아래 감추어진 창백한 피부.

대마법사 롱 버트는 수평선 가득 바다를 감추고 있는 얼음을 바라본다.

후욱…… . 후욱…… .

그의 뒤에서 길게 호흡하고 있는 철갑의 거인은 헤싸카였다. 오랜 시간 현실 세계에 비교적 잘 적응해서인지 외부의 차가운 대기 속에서도 무리 없이 활동할 정도에 이르렀다.

가만히 보니 그들 뒤쪽으로 멀찍이 하얀 대지가 움직이고 있었다. 그것은 눈으로 이루어진 땅이 아니었다.

무려 천에 달하는 송곳전사들이 주인들을 지키며 미동하는 것이었다.

"친구여. 저 소리를 들었는가."

롱 버트가 낮은 음성으로 묻는다.

"진격의 외침. 절대 잊을 수 없지."

헤싸카는 검은 갑옷 위에 쌓인 눈을 살짝 털어내며 말했다.

"승천했던 천둥이 먼 바다에서 다시 태어났다네. 이 모든 것이 노림, 그 친구의 대계였지."

"아아, 인정해. 여러모로 쓸모가 많은 친구야. 그 사상이 어떠하든."

제렌 디스들 사이에서도 노림은 특이한 존재였다.

"올 씽 아이의 힘은 천공에서부터 수만㎞ 바다 아래에까지 영향을 미친다고 하더군. 그 일부만을 허락받은 정도로 천둥을 지배할 수 있게 되었어."

롱 버트의 미소를 보며 헤싸카 또한 기분이 좋아진다.

펑!

하얀 수평선의 일부가 깨졌다.

"오, 나조차도 감당하기 힘든 얼음의 장벽을 깨고 다가오는군그래."

헤싸카가 감탄하며 말했다.

"과학과…… 마법의 혼혈아들. 옛 영광의 전쟁을 기억하는 무자비한 군단. 숫자만 많았더라면 한꺼번에 전 대륙을 석권할 수 있었을 테지."

뿌우우웅!

나팔 소리가 더욱 가까워졌다. 그리고 얼음이 파괴되어 사라지는 광경이 점점 똑똑히 보이기 시작한다.

송곳전사들 사이에서 웅성거림이 일었다.

그들은 인간이기에 다른 마물들과 달리 두려움에 대한 저항력이 부족하다.

미지의 존재들이 다가옴에 따라 그 강도는 커졌고 곧 주인들 앞에서 추태를 부릴 지경에 이르렀다.

"닥쳐!"

헤싸카가 고함을 질렀다.

그 엄청난 기합에 땅이 흔들리고 쌓인 눈이 위로 솟구쳤다.

"한 번만 더 겁을 먹었다가는 척추를 뽑아 버리겠다!"

헤싸카에 대한 두려움이 더 컸던 송곳전사들은 곧 숨을 죽였다.

쿵!

육지보다 높이 솟았던 빙하가 갈라지며 그사이로 태양이 떠올랐다. 그 태양을 등지고 다가오는 여섯 척의 배. 아니, 단순히 배라고 부르기엔 그 크기가 너무나도 컸다.

"멋지군."

롱 버트가 솔직한 심정을 토했다.

개미 같이 꾸물대는 송곳전사들이나 스스로도 추악하다고 여길 정도의 마법생명체들보다 저 '천둥군단'은 확실히 박력이 있었다.

그들의 이동 경로를 따라 하늘에서 벼락이 떨어진다.

"간만이야. 있지도 않은 심장이 떨린다고 느껴 본 것은."

헤싸카가 가슴을 통통 치며 즐거워했다.

이제 배는 그 형체가 완전히 파악될 거리까지 이르렀다.

외벽 전체가 금속으로 덮여 있고 어마어마한 높이 때문에 갑판 위의 상황을 전혀 볼 수 없었다.

배들은 더 이상 다가오지 않고 일제히 멈췄다.

어느 정도 시간이 흐른 뒤.

중앙에 위치한 뱃머리 아래쪽이 철컹거리며 성문처럼 서서히 내려진다.

바람마저 이 상황에 숨죽이고 흐느끼던 눈발조차 가늘어졌다.

쾅! 첨벙!

엄청난 무게로 인해 얼음이 들썩거리며 주변 바다를 요동치게 만들었다.

심연의 입구와 같은 곳에서 움직임이 있었다.

그리고 그들이 등장했다.

천둥군단.

아득한 옛 전쟁에서 천둥의 노림에게 속했던 막강한 전투 집단.

당시 인간의 몸으로 유일하게 올 씽 아이와 통할 수 있었던 노림은 시대를 앞서 간 힘의 일부를 엿보았고 그것을 이용하여 무적의 전사들을 이 땅에 강림시켰다.

만약 암흑군대를 배신했던 베텔기우스의 공격과, 인간에게 힘을 실어준 일라신이 아니었다면 천둥군단은 제르 호바가 세계를 제패하는 데 일등공신이 되었을지도 모른다.

소리 없이 얼음을 밟으며 걸어오는 다섯 명.

이상하게도 인간의 형체는 확실했으나 그 면면이 흐릿하기만 하다.

그것은 그들의 몸에서 약하게 뿜어지는 증기 때문이었다.

괴이한 광경에 앞에 선 송곳전사 몇 명이 침을 삼키며 입술을 떨었다.

휘잉.

다시 바람이 불기 시작했다.

최대한 육지 끝에 선 롱 버트와 헤싸카, 그리고 다섯의 천둥군단 지휘부.

그들을 스치며 지나는 바람이 먼 바다로 사라질 때쯤, 누군가의 입이 열렸다.

"전혀 변하지 않았군."

롱 버트. 그는 제렌 디스에게 먼저 예를 보이지 않는 천둥군단 지휘부를 탓하지 않는다. 안개처럼 퍼지는 증기 속에서 붉은 빛 열두 개가 반짝였다.

"건방 떠는 것도 여전해, 안 그런가?"

헤씨카 또한 차갑게 웃으며 말한다.

"후우…… 후우……."

가운데 두 붉은 점의 소유자가 크게 숨을 쉬었다. 답답한 가면 속에서 힘겹게 호흡하는 듯, 거칠게 퍼지는 숨소리.

이윽고 그의 음성이 롱 버트의 귀에 들어온다.

"지상의 산소는…… 그대들의 탐욕처럼…… 불쾌하기만 합니다……. 후우……."

입을 손으로 막고 말하는 양 자연스럽지 못한 목소리였다.

탐욕이란 단어에 헤씨카는 콧방귀를 뀌며 일부러 갑옷을 마찰시켜 소리를 냈다.

"아, 미안. 깜박했어. 너희에게 우리의 공기는 치명적이란걸. 괜히 말시키지 않도록 노력하지. 썬다르."

썬다르라 불린 자가 살짝 몸을 숙이는 것으로 감사를 대신한다.

"5000년 만에 돌아온 우리의 세계, 그 감상 정도는 굳이 묻지 않겠다. 다만 내가 꼭 확인하고픈 것은."

썬다르와 나머지 네 명은 롱 버트의 다음 말을 기다린다.

"너희 천둥군단의 충성이 나에게로 향해야만 한다는 사실. 인정하는가?"

썬다르가 다른 지휘부들을 천천히 돌아보았다. 그리고 곧 고개를 끄덕여 롱 버트에게 동의했다.

"기다렸던 피의 가치, 오로지 제르 호바와 제렌 디스를 위해 쓰겠는가?"

마찬가지로 고개를 끄덕이는 썬다르.

"좋아. 그럼 준비해. 영광스러운 전쟁이 우리 앞에 다가왔으니까."

"후우……. 그보다 먼저…… 주실 게 있으실…… 후우……. 텐데요."

썬다르는 롱 버트에게 요구 사항을 말하지 않았다. 하지만 롱 버트는 그것을 알아들었다.

5000년 전에도 그러했기에.

"그래서 이 자리에 천을 끌고 왔지."

헤싸카는 무슨 말을 하느냐는 듯 롱 버트와 썬다르를 번갈아 바라보았다.

"마음껏 요리해도 좋다. '인간' 은 구더기와 같아서 구멍 난 자리를 언제든지 채워 주거든."

"껄껄껄껄!"

헤싸카가 호탕하게 웃었다.

그 또한 아득한 옛일을 떠올리고 천둥군단이 행하고자 하는 일이 무언지 알아차렸다.

"올 씽 아이를 통해 너희에게 진격의 날을 전하겠다. 오래 걸리진 않을 거야."

"……기꺼이……. 복종하리다."

슈우우우우―

갑자기 롱 버트와 헤싸카 주변으로 회오리가 몰아쳤다.

회오리는 둘의 모습이 완전히 사라질 때까지 강력한 압력을 사방으로 뿜어낸 뒤, 점점 가늘어졌다.

잠시 후, 회오리가 사라지고 롱 버트와 헤싸카 또한 이 공간에서 사라졌다.

놀라운 광경을 목격한 송곳전사들이 동요하기 시작했다.

왜 자신들의 주인은 다음 명령 없이 이곳을 떠났을까.

눈을 동그랗게 뜨고 상황을 이해 못하던 전사들은 곧 눈앞의 안개가 일렁거리는 것을 보았다.

뿌우우우우—!

철갑선들에서 일제히 나팔 소리가 울려 퍼졌다.

쿵! 쿠쿵!

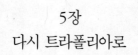

5장
다시 트라폴리아로

RAJARIN

자오링은 자신을 둘러쌌던 푸르른 공간이 껍질 벗겨지듯 사라지는 것을 느꼈다.

덜 똑똑해 보였던 키릭의 정확한 계산은 그녀가 싸크비스의 약점을 공격할 타이밍을 잘 잡아냈다.

추악한 드래곤 주변에 가득했던 독기도, 시공을 비틀던 '왜곡'도 이제는 없었다.

발바닥과 정수리의 혈을 통해 빨아들인 기운이 단전에 응축되었다가 그녀의 의지에 따라 주먹으로 모였다.

스스로도 불안하게 여겼던 '극마'의 경지.

폭발시킬 수 있는 최대치의 내력이 그녀의 주먹을 빛나게 만들었다.

그리고 순간 떠오른 단어 아휀 드릴.

자신도 모르게 그것을 발음하자 내력이 더욱 용솟음친다.

찌잉—!

자오링은 물리 공간의 한계를 넘었다.

찰나이긴 했으나 분명 시간이 느리게 흐르는 현상을 경험한 것.

외부에서 보았을 때, 자오링은 그저 빠른 속도로 공격을 감행하는 모습이었다.

하지만 자오링은 천천히, 아주 천천히 움직이는 자신을 보았다.

울부짖는 드래곤의 괴성이 그 느려진 시간을 따라 함께 늘어졌다. 싸크비스가 자오링을 물어뜯기 위해 목을 틀었다.

'그래, 그렇게. 천천히…….'

놈의 하나뿐인 눈알에 자신의 모습이 비친다.

'이게 나?'

왠지 인간 같지 않은 형상.

전신을 뒤덮은 녹색 비늘과 길게 찢어진 눈은 자오링, 자신의 것이 아니다.

'이 힘이 진짜 내 것일까…….'

어쩐지 데일이 뒤에서 웃고 있을 것만 같은 착각이 일었다.

스윙~ 팟!

날아온 루산의 얼음화살이 드래곤의 면전에서 폭발했다. 조금씩 허공으로 퍼지는 얼음의 결정들이 너무나도 신기하다.

싸크비스의 대가리 전체에 두꺼운 얼음이 형성되었다. 놈이 멈칫한 순간이 자오링에겐 한없이 길게 느껴진다. 마침내 자오링은 목표했던 싸크비스의 상처 아래로 파고들었다.

그리고.

모두의 시간이 정상으로 돌아왔다.

자오링이 뻗은 주먹은 정확히 노렸던 부위에 닿았다. 그녀는 순간, 어디론가 자신의 몸이 빨려가는 것만 같은, 아니 진짜로 빨려 들어가는 것을 깨달았다.

키릭의 몸은 빠르게 기화하기 시작했다.

피부와 근육 대부분이 사라지고 내장 또한 가느다란 연기를 피우며 허공으로 흩어진다.

"어! 어어어!"

루산은 어처구니없는 장면에 그저 소리만 지를 뿐이었다.

믿었던 데일과 리디아는, 잔상만을 남기고 싸크비스의 아래로 사라진 자오링의 흔적만을 바라보고 있다.

그는 거의 본능적으로 얼음화살의 목표를 키릭에게로 돌렸다.

핑—!

날아간 화살이 증발하는 키릭의 몸을 덮었다. 이것으로 얼마간의 시간을 벌었기 바라며.

크륵!

갑자기 싸크비스가 불편한 듯 몸을 움츠리며 신음을 흘린다.

크어엉!

이번에는 극도의 고통을 표현하며 울부짖는다.

쩌저적.

싸크비스의 신체에서 괴이한 소리가 흘러나왔다.

그리고 잠시 후, 루산은 놀라운 장면을 보게 된다.

셀 수도 없을 만큼 많은, 소의 털보다 더 가느다란 녹색 빛이 싸크비스의 몸을 내부에서부터 뚫고 나왔다.

수십, 어쩌면 수백 번을 빠르게 반복하며 이 불행한 드래곤을 파괴해

가는 힘.

분명 자오링의 숨겨진 기술일 것이다.

뚝.

가늘게 진동하던 드래곤의 몸이 움직임을 멈추었다. 안면을 덮었던 얼음이 녹아 흘러내리자 싸크비스의 눈이 드러났다. 천장에서 내려오는 한 줄기 빛을 응시하는 용의 눈. 거기엔 어떠한 생명의 기운도 보이지 않는다.

그때 루산은 들었다.

리디아가 외치는, 육체를 재조합하는 기적의 주문을.

"리턴 카라다스!"

어느새 사라진 싸크비스의 결계 안에 있던 키릭.

루산의 프리카 다스가 잠시 보호했던 그 신체는 거의 뼈와 내장 일부, 그리고 가슴 가운데 푸르게 빛나는 무언가만을 남긴 상태였다.

리디아는 이때를 기다렸던가. 거짓말 같은 일이 일어났다.

키릭을 중심으로 보랏빛 안개가 생성되었다.

안개는 마치 살아 있는 뱀처럼 키릭의 몸을 휘감았고, 그 안에서 사라졌던 신체기관들이 순식간에 재생을 시작한다.

'리디아, 넌……'

루산은 뭔가 속은 것 같은 느낌을 지울 수 없었다. 저런 능력은 보지도 듣지도 못했다.

로슈르 제국의 대마법사라면 혹시 가능할까?

단언하건데 절대로 불가능하다. 대체 리디아는 언제부터 저런 놀라운 마법 능력을 보유하고 있었을까. 그리고 왜 친구들에게 힘을 감추었을까.

루산의 생각은 오래가지 못했다.

정지해 버린 싸크비스의 몸에서 강렬한 녹색 빛이 태양의 그것과도 같은 광휘를 뿜어냈기 때문이다.

"싸크비스!"

옛 친구는 저렇게 사라지는 것인가.

회복이 힘들 정도의 상처를 입었다고는 하지만 드래곤은 드래곤이다.

평범하지 않지만, 그렇다고 무적이라고도 볼 수 없는 청년들에게 죽음을 당할 정도로 드래곤은 형편없는 존재가 아닐 텐데.

자오링은 과연 싸크비스에게 어느 정도의 공격을 가했을까. 혼란스러워진 루산은 그저 입을 벌리고 빛에서 눈을 돌렸다.

"잘했어, 잘했어⋯⋯."

그는 거대한 친구, 키릭의 손을 잡고 같은 말만 수십 전 반복하는 중이었다.

완벽하게 재생된 키릭은 알몸이 되어 바닥에 누워 있었다. 조금 전, 싸크비스의 몸에서 터진 강한 빛이 지나간 후 데일은 곧바로 키릭에게 뛰어가 무릎을 꿇고 안도하며 중얼거렸다.

이제야 좀 데일다워졌다고나 할까. 하지만 리디아는 그 시선을 끝까지 둘에게 향하지 않은 채 굳은 자세로 서 있다.

"만족해?"

리디아가 데일에게 묻는다.

"⋯⋯어."

"일부러 그랬지?"

"뭘."

"키릭과 자오링을 굳이 죽음에 근접한 공간으로 밀어 넣은 것."

"어쩔 수 없었어."

가늘게 호흡하던 키릭의 숨이 점점 깊어진다.

"나의 축언과 노래, 그리고 리턴 카라다스. 네가 원했다면 필요조차 없었을 텐데."

"무슨 뜻이야."

그제야 리디아가 데일의 눈을 바라보았다.

"데일 너의 특별한 능력이면 자오링을 드래곤의 뒤로 공간이동하게 할 수도 있었어. 한데 넌 그러지 않았고."

둘 사이에 묘한 냉기가 흐른다.

"왜지? 치유계 마법 궁극의 주문인 리턴 카라다스가 시전자에게 어떤 영향을 미치는지 모르지 않잖아?"

데일은 리디아에게 무엇을 해야 할지 잘 알거라는 말을 했었다. 가까운 미래를 예측하는 리디아와 달리 데일은 그 결과까지 확신할 수 있는 아이다.

따라서 키릭이 어떤 몰골로 변할지 분명히 알았다. 그런 이유로 리디아에게 강력한 주문을 요구했던 것이고. 리디아가 가진 능력의 한계를 꿰뚫고 있는 데일도 놀랍지만, 데일에게 모든 것을 파악당하고도 차분한 리디아도 보통내기는 아니다. 그런데 리디아는 지금 데일을 탓하고 있다. 공간이동과 리턴 카라다스의 부작용을 언급하며.

"내 힘을…… 약화시키고 싶었어?"

리디아가 입술을 깨물며 물었다.

"조금은. 일종의 벌을 준 거야. 너 자신의 역할을 부정하는, 또 시대를 외면하는 방관자적 삶에 대해서. 죽음이 모든 것을 가려 주지는 않아, 리디아."

둘의 대화는 점점 이해하기 어려운 수준까지 진행되었다.

"한 가지 더."

데일이 다시 입을 열었다.

"올 씽 아이는 지극히도 중립적이야. 그―또는 그녀―는 이 세상이 자연스럽게 흘러가길 원해. 지금껏 일어난 일들로 인해 '워 스타' 의 이동이 빨라진 상황을 무척이나 싫어하지. 너희들의 창조적 힘은 올 씽 아이가 주목하는 역행의 원리에서 벗어나 있어. 즉, 마음껏 사용해도 된다는 의미."

리디아의 주먹이 파르르 떨렸다. 그녀 또한 고대의 숨겨진 비밀 일부를 알고 있다는 뜻일까.

"하지만 나는 달라. 내게 속한 부분들은 애초에 '라 자린' 으로부터 확답받지 못했던 능력이니까. 내 힘, 내 행동 하나하나가 워 스타뿐만 아니라 우리가 '달' 이라 부르는 천체에도 영향을 주지. 이해하겠어? 문 레이디."

문 레이디는 남부 제국군 시절, 리디아의 별칭이다. 그리고 데일의 입에서 이 말이 나오자 리디아의 표정이 묘하게 변했다.

"끄응……."

키릭의 정신이 서서히 돌아오기 시작했다.

"그 올 씽 아이라는 존재가 네게 알려 준 거니?"

"……아마도."

이 말을 끝으로 데일과 리디아의 기이한 대화는 중단되었다.

키릭이 눈을 떴다.

"많이 아팠지? 미안."

데일이 기뻐하며 말을 걸었다.

"믿었으니까."

간단하게 답하는 키릭의 음성에는 아직까지 힘이 없었다.

"그보다 데일, 나 아래쪽 좀 가려 줘."

루산은 한 줄기 빛이 떨어지는 작은 공간을 향해 걸었다. 방금 전까지만 해도 필사적으로 싸워야 했던 옛 친구가 존재하던 자리.

그곳에는 그 거대했던 드래곤의 모습은 없었다.

내팽겨진 채 잠든 자오링과 싸크비스의 잔해로 여겨지는 누런 덩어리들이 꿈틀거리고 있었다.

두근, 두근.

루산은 자오링을 지나쳐 덩어리 가득한 중심으로 나아갔다.

육체가 뼈까지 녹아내리고도 그 형체를 유지하고 있는 거대한 심장.

규칙적으로 빛을 발하는 '드래곤 하트'의 고동은 유난히도 루산의 귀를 어지럽혔다.

"싸크비스."

허무감에 빠진 루산은 친구의 이름을 불렀다.

두근!

마치 루산에게 답하듯 힘차게 고동치는 싸크비스의 심장이었다. 루산이 더욱 가까이 다가간다.

푸슉! 푸쉬쉬!

심장과 연결되어 있던, 찢어진 대정맥에서 세찬 피보라와 함께 연기가 뿜어져 나왔다. 표정 없이 다가가던 루산은 심장이 가운데에서부터 가늘게 빛을 흘리며 갈라지는 광경을 보았다. 그리고 심장이 완전히 두 개로 쪼개진 후, 그 안에서 차분히 호흡하는 한 남자를 눈동자에 담는다.

그는 싸크비스였다. 드래곤 하트 속에 싸크비스가 있었다. 그 자신이 바로 전설과도 같은 드래곤이 아니었던가? 한데 어찌하여 신비로운 드래곤 하트 내부에, 그것도 아까와 달리 전혀 상처입지 않은 모습으로 살아 있는 것일까.

"진짜……"

심히 안도한 루산의 입가에 저절로 미소가 떠올랐다.

피식.

누구의 것인지 모를 핏물을 뒤집어쓴 싸크비스가 눈을 뜨며 웃는다.

"당신은, 나의 르싼은 시련을 이겨 내셨습니까."

"엥?"

"그대들은 과연 죽음을 이겨 낸 걸까요."

"싸……."

"그냥 들으세요. 저의 시간은 길지 않으니."

이 말은 곧 싸크비스 자신의 죽음이 눈앞에 다가왔다는 뜻이다.

"저희 다섯은 친구의 불행 앞에 무력했습니다. 시련을 이겨 내지도 못했고 죽음을 거부하지도 못했으니까요. 결국 후세를 위한 선택을 해야만 했지요. 친구 중의 친구였던 레오나르도를 위해 가진 것을 버리고 그 의지를 지키는 것이 남은 길이었습니다."

불의 기사 마켄, 얼음의 기사 싸크비스, 춤추는 기사 월른, 노래하는 기사 오미엔, 철갑의 기사 드라헤드. 이 모두가 레오나르도 베난드록의 친구들.

"혹시 호난의 태양이라고 들어 보셨습니까?"

"기억이 안 나."

"인류를 구원할, 아니 어쩌면 인류와 더불어 모든 것들을 소멸시킬 수도 있는 자런의 선물……. 그것은 여러 의미에서 또한 예언과 연관되어 있지요."

"빛과 어둠을 오가는, **'두 머리를 가진 드래곤'** 의 경고는 설원에 가득하리니. 이 땅에 도래할 아버지의 고집. 구름. 빛. 누클레우스. 외쳐라. **'버섯구름'** 의 창조자가 축복을 **'소멸로, 너희의 기도를 파멸의 구덩이로 장식'** 했도다."

루산은 갑자기 뒤에서 들린 데일의 차가운 음성에 소름이 쫘악 돋았다. 싸크비스의 눈동자가 움직였다.

"제르 호바가 한 예언의 일부죠. 이 부분이 호난의 태양과 가장 연관성이 있다고들 하더군요."

씨익 웃는 데일은 그저 순진한 소년의 모습일 뿐이었다. 하지만 싸크비스는 그에게서 다른 무언가를 본 듯, 경이로운 눈빛을 던진다.

"당신, 싸크비스. 친구의 유지를 이어받아 호난의 태양을 이루는 일부를 찾았겠죠."

"……예."

"하지만 그것은 강력한 누군가의 보호를 받고 있었을 테고요."

"맞습니다. 하나의 위대한 존재. 바로 드웡가크―바무스 파낙틀의 진정한 수호룡―였습니다."

"싸움의 결과는 서로에게 큰 상처를 남겼죠?"

"예. 결국 그와 전 암묵적 휴전을 했습니다. 나중에는 그냥 없으면 허전하고 만나면 다투는 그런 사이가 되었지요. 그가 나타나기 전까지는."

"그?"

루산은 데일의 부축 아닌 부축을 받고 선 키릭을 잠시 응시하다가 다시 싸크비스를 보며 물었다.

"……"

싸크비스는 대답하지 않고 물끄러미 데일을 바라보고만 있었다.

"홍염의 왕, **라흐다.**"

답은 데일에게서 나왔다.

"옳아요. 그리고 그는 제 친구 중 하나였지요."

루산은 머리가 띵한 느낌에 한 발 물러섰다. 어느새 자오링을 일으켜 은근한 치유의 힘을 불어넣던 리디아는 루산의 그런 행동에 잠시 눈을 돌렸다.

"불의 기사 마켄……. 역시 그였군요."

"과연 총명하십니다."

싸크비스는 데일의 판단력에 찬사를 보낸다.

"뒤에서 많은 것을 지켜보고 도왔던 절친이, 무려 5000년을 계획하고, 또 천천히 실행에 옮겼던 불의 마왕이었다는 사실. 오, 지고한 **'여섯'** 드래곤의 그릇들이여……. 저와 드윙가크는 그 앞에서 무력할 수밖에 없었답니다."

'여섯'이라는 말에 데일의 코끝이 잠깐 동안 일그러졌다.

"드윙가크는 치명적인 상처를 입었습니다. 라흐다께서 그의 심장을 절반이나 먹어 치웠거든요. 하지만 최후의 순간, 그는 떠났습니다. 뭔가 다른 변수를 떠올렸다고밖에는."

"그래서 당신이 드윙가크의 드래곤 하트가 되어 바무스 파낙툴을, 아니, 조각난 호난의 태양에 관한 실마리를 지켰다는 말이겠죠."

"예. 더불어 레오나르도가 보았던 미래를 감시했고요. 드윙가크와 하나가 된 순간, 전 제국의 기사 싸크비스도, 살아남은 흑룡족 드윙가크도 아닌 새로운 존재가 되었습니다. 두 생명체의 기억과 힘, 사명을 품은 그런……."

베난드록이 본 미래는 분명 루산의 탄생을 말하는 것일 게다.

베난드록은 무슨 수로 훗날을 보았단 말인가. 혹, 그도 올 씽 아이의 시선에 접속했었을까?

"과거는 과거일 뿐이에요. 제게 필요한 답은 호난의 태양, 그리고 드래곤 브리지의 위치죠."

데일은 서둘러 결론을 얻고자한다.

"잠시 후에 총명한 그대께서 원하는 답을 얻으실 겁니다. 잠시 후에 말이지요."

데일은 싸크비스의 말에 알겠다는 듯, 한 발짝 뒤로 물러났다.

싸크비스의 눈동자가 다시 루산에게로 향했다.

"르싼."

"어."

"당신의 태어남을 저주로 여겼던 때도 있었습니다. 이곳에 있는 다른 분들도요."

"알아."

"고향의 멸망, 또 그 이후의 고통스러운 삶은 그저 시련의 일부입니다."

"끝난 게 아니고?"

살짝 물기를 머금은 음성으로 말하는 루산은 애써 웃음을 보였다.

"끝은 누구도 몰라요. 예언은 정해진 것이 아닌 바꾸는 것, 잊지 마세요."

"알았어."

꿈틀.

싸크비스의 몸이 한차례 미동했다.

"르…… 싼."

"어! 말해!"

"저는…… 이 땅은…… 당신을 용서합니다……."

루산이 순간적으로 싸크비스의 품으로 뛰어들려 하자 키릭이 그를 꽉 잡았다.

흐물거리는 싸크비스의 신체를 보며 루산의 얼굴이 점점 창백해졌다.

"시련을 즐기세요……. 그리고 완성될 그날까지 죽음을 이겨 내시길……."

"가지 마!"

파아앗!

루산의 외침과 동시에 싸크비스로부터 강한 압력과 더불어 연둣빛 광채가 뿜어져 나왔다. 그 광채에, 간신히 눈을 떴던 자오링이 비명을 지르며 리디아의 품으로 얼굴을 묻는다.

"이, 이것은."

광채가 사라진 공간에 무언가가 떠 있었다.

기하학적인 문양과 화려한 보석으로 장식된 하나의 롱 보우.

소름끼치는 아름다움을 머금은 롱 보우가 영롱함을 발한다.

"싸크비스가…… 다시 태어났어."

루산은 천천히 다가가 롱 보우를 꽉 잡았다.

드래곤의 힘이 담긴 활은 그제야 빛을 잃고 하나의 멋진 무기로 돌아갔다.

"데일. 이것이 그 호난의 태양이란 건가?"

"그 일부를 이루는 것들 중 하나야."

시위가 달려있지 않은 롱 보우 '싸크비스'를 이리저리 살펴보며 감동의 눈길을 주는 루산.

데일의 답변에 힘차게 고개를 끄덕인다.

루산은 정신을 집중해 싸크비스를 들어 벽을 향해 겨누었다.

그러자 양 시위걸이에서 가느다란 빛이 생성되어 루산의 손길을 기다린다.

루산이 그것을 부드럽게 잡아 힘껏 당기자 활대가 크게 휘어졌다.

화살촉이 있어야 할 자리에 공기 중의 수분이 응결되어 하나씩 모이기 시작했다.

"뭘 해야 할지 알 것 같아."

데일은 루산의 말에 조용히 입꼬리를 올렸다.

후우우웁!

아이의 주먹만 하게 뭉친 결정으로 루산이 가진 창조적 힘이 가해졌다.

그리고.

루산이 벽으로 그 마력의 결정체를 쏘았다.

슈우웃! 파앙!

잠시 후, 놀라운 일이 벌어졌다. 물컹거리는 벽면에 거대한 빛의 지도가 생긴 것이다. 지리학을 제대로 공부한 사람이라면 그것이 이 세계를 정확히 표현하고 있음을 깨달을 터.

중앙에 트라폴리아 대륙이 보이고 동, 서로 다른 대륙들이 위치해 있다.

요정의 가루처럼 발광하는 점들이 여기저기로 이동하며 뭔가를 그렸고, 지도 북쪽에는 땅의 모양이 끊임없이 변화한다.

"우리가 사는 세상이로군."

키릭이 어딘가에 떨어져 있던 세이비어를 들고 돌아와 말했다.

척!

데일이 허공으로 손을 뻗었다. 그러자 어딘가에서 작은 물체가 날아와 데일의 손안으로 빨려 들어왔다.

"호난의 열쇠? 사라진 것 아니었어?"

자신이 이룬 현상에 감탄하던 루산은 데일의 손에 잡힌 목걸이를 보고 놀라워한다. 데일은 말없이 지도가 그려진 벽으로 다가갔다. 순간 대양 한가운데 섬처럼 그려진 땅에서 붉은 빛이 떠오른다.

"여기가 바무스 파낙툴."

지도상에서 조금씩 이동하는 작은 대륙을 가리키며 데일이 말했다.

"호난의 열쇠가 드래곤 브릿지를 그려 줄 거야."

그의 말이 끝나자마자 지도에 몇 개의 선이 그려졌다. 그리고 그 끝이 하나씩 연결되기 시작한다. 마침내 완성된 선은 하나의 그림이 되었다.

역삼각형으로 이루어진 드래곤의 머리.

바무스 파낙툴에서 시작된 선은 그 이동을 따라 마치 드래곤이 입을 벌리는 것처럼 변한다.

선이 지나는 자리마다 유난히 강렬한 점 다섯 개가 있었다.

"볼라스카, 이프로디 언덕."

먼저 입을 연 사람은 리디아였다.

"저건 내 나라 같은데? 시엔이야. 아니, 정확히는 북쪽 쯤."

자오링이 질린 표정으로 다른 대륙에 나타난 점을 가리킨다.

"자유무역연합. 용암의 바다?"

키릭은 트라폴리아 대륙 북쪽에서 발광하는 점을 보며 중얼거렸다. 누구도 건널 수 없다는 그곳에 태양의 다른 조각이 있다는 말인가.

"하나는 얼음의 대지, 마지막은 트라폴리아 남쪽 섬 어딘가로군."

"응. 푸른 산호섬이 있는 곳이야."

키릭은 데일의 말에 작게 고개를 끄덕였다.

"그런데 좀 이상해. 저 점들을 보니까 왜 마음이 이리도 급해지지?"

자오링은 두근거리는 가슴을 매만지며 말했다.

"서두르라는 뜻일 거야."

"왜?"

데일은 조금은 심각해진 얼굴로 지도를 노려보기만 할 뿐이었다. 그의 표정을 보고 키릭이 뭔가를 느낀 듯, 한숨을 쉬며 세이비어를 꽉 잡는다.

"나머지 조각들을 찾으러 가자. 데일 네 말대로라면 그곳에 우리를 성장시킬 무언가도 함께 존재하겠지?"

루산이 유쾌하게 말했다.

"야, 너 즐거워 보인다?"

자오링이 툴툴거리며 루산을 비꼬았다.

"친구라면서. 친구의 죽음이 네겐 아무것도 아닌가 보지?"

"응."

"허!"

쩡!

둘의 대화를 멈추게 한 소음은 지도에서 터져 나왔다.

데일이 지도 가운데 호난을 열쇠를 꽂아 버린 것.

"가자."

"어디로."

"호난의 열쇠가 다음으로 안내해 주겠지."

데일도 다음 여정에 대해 전혀 모르는 눈치였다.

웅웅웅—!

강한 바람이 다섯을 감쌌다.

그때.

의식이 점점 흐려지는 가운데 리디아는 보았다. 자오링이 키릭의 뒤통수를 정말로 무서운 눈으로 노려보는 것을. 그리고 위, 아래로 길게 갈라져 도마뱀의 그것처럼 변한 자오링의 눈동자가.

자신에게로 향하는 것을……

'목이 말라.'

리디아는 타는 듯한 갈증을 느꼈다.

이 순간 간절히 물을 달라고 기도했으나 누구도 그녀에게 구원을 손길을 건네지 않는다. 그 순간, 입술을 적시는 따스함이 있었다.

리디아는 따스함의 주인이 누군지 본능적으로 알아차렸다.

'엄…… 마.'

눈을 뜬 리디아 앞에 보라색 드레스를 입은 여인이 젖을 물리고 있다.

온 힘을 다하여 젖을 빠는 리디아. 갈증과 배고픔이 순식간에 사라졌다.

'언제였더라. 이 따스함이 더 이상 느껴지지 않았던 때가.'

십 수 년을 살아오며 어머니의 애정을 받아 본 기간은 별로 되지 않았다. 어느 날부터, 어머니에게 리디아는 두려움의 대상이었고, 건드려서는 아니 될 공포의 존재로 변했다. 리디아는 기억하지 못하지만 분명 무슨 일이 있었을 텐데, 도무지 그 일에 대해 누구도 말해 주지 않았다.

쿵!

미지의 충격이 가해졌다. 그와 동시에 어머니의 온기도 사라졌다.

―다시!

이것은 아버지의 목소리.

'싫어요. 힘들단 말이에요.'

―다시!

눈앞에 목발을 짚고 선 외다리의 중년 남성이 엄한 눈으로 자신을 바라보고 있다.

'으으윽……'

―생각하란 말이다. 머릿속에서 문양의 조각을 맞춰.

'하나도, 하나도 생각나지 않는 걸요.'

―다음은 단어. 대지의 요정이 알려 준 그 단어를 문양에 끼워 넣어.

'리……'

―어서!

'리턴……'

아버지의 목발이 부르르 떨렸다.

―해!

'리턴 소울!'

파파파팟!

땅거죽이 들썩거리고 머리가 잘린 강아지 한 마리가 그 진동에 함께 푸들댔다.

'꺅!'

리디아는 충격적인 장면에 비명을 질렀다. 축 늘어진 강아지의 혀가 꿈틀거리며 그 감겨 있던 눈이 떠진 것이다.

'흑, 으흐흐흑.'

눈물을 콸콸 쏟으며 리디아가 바닥에 엎어졌다.

쫘드득.

두 부분으로 나뉜 목뼈가 서로를 찾는 것처럼 단면에서 튀어나와 꾸물거렸다.

―오, 오오. 그래 그렇게.

잔뜩 흥분한 아버지가 리디아를 지나쳐 강아지에게 다가갔다. 뱀의 대가리처럼 흐느적거리던 목뼈가 서로 만났다. 징그러운 벌레가 교미하듯 엉키며 순식간에 접합되어 버리는 하얀 파편들.

잠시 후 힘줄과 핏줄, 근육들도 짝을 찾아 튀어나왔다.

거의 기절할 지경이 된 리디아는 완전히 넋을 놓고 그 장면을 바라보았다.

아직 다섯 살. 눈앞의 괴사를 감당하기엔 너무나도 어린 나이다.

―켕!

피부까지 완전히 달라붙은 강아지가 피 섞인 기침을 한다.

―큭, 크크크크.

아버지가 몸을 숙여 한 팔로 강아지를 잡아 들었다. 켁켁 소리를 내며 피를 게우는 강아지의 눈과 리디아의 눈이 마주쳤다.

그때 리디아는 읽었다.

죽음에서 돌아온 강아지의 동공. 거기에 가득한 원망의 기운을.

'꺄아아아아아!'

"꺄아아아아아!"

울음에 가까운 비명 소리가 하늘 가득히 퍼졌다. 순간 주변의 잔디가 그 푸름을 잃고 바싹 메말라 간다.

꽉.

리디아는 자신을 강하게 껴안는 누군가의 힘을 느끼고 그의 품에 얼굴을 묻었다.

"괜찮아?"

물음은 다른 곳에서 들렸다.

"놔둬. 악몽을 꾸었나 보지."

전에 없이 차가운 음성은 자오링의 것이었다. 그녀의 핀잔에도 아랑곳없이 루산은 키릭의 가슴에 숨은 리디아를 걱정하며 어쩔 줄 몰라 했다.

"리디아."

"……흑."

"리디아!"

리디아는 데일이 자신을 두 번이나 부르고 나서야 고개를 들었다.

"여기가 어디지?"

눈물이 가득한 큰 눈이 주변을 둘러보았다. 데일의 목소리를 듣자 빠르게 진정되어 가는 리디아. 리디아는 어쩐지 익숙한 땅 냄새와 정겨운 하늘을 눈동자에 담았다. 태양의 끝이 닿은 황금빛 대지. 그 멀리에 희미하게 솟은 까마득한 산이 보였다.

"풀로드."

"역시."

데일은 그럴 줄 알았다는 양, 팔짱을 끼고 고개를 끄덕인다.

"풀로드가 어딘데?"

"볼라스가 주 북동쪽에 위치한 대평원을 일컬어. 독립 주, 볼라스카 내에 국가의 이름으로 등록된 몇 없는 땅이야."

"흠…… . 다시 트라폴리아로 돌아왔단 뜻이군. 이것도 네 능력이란 거겠지."

루산은 혀를 내두르며 데일에게 감탄했다. 데일은 긍정도 부정도 하지 않고 하늘 끝, 보이지 않는 무언가를 슬쩍 돌아본다.

"정신 차렸으면 키릭한테서 떨어지면 안 될까?"

자오링이 리디아에게 툭 말을 던진다.

그에 얼굴을 붉히며 서둘러 일어나는 리디아.

키릭도 약간은 당황한 듯 노출된 자신의 상체를 내려다보며 몸을 일으켰다.

"자, 이제 어디로?"

"애들아, 잠깐만."

쾌활하게 외치는 루산의 말끝에 리디아의 목소리가 섞인다.

"먼저 가 볼 곳이 있어. 괜찮겠지?"

"어딘데."

"나 태어난 곳."

6장
전초전, 그리고 검은 전사

RAJA RIN

이날 따라 이상하게도 눈이 많이 내렸다.

아무리 얼음 대지와의 접경지라고는 하지만, 이같이 끝을 모르고 함박 눈이 쏟아지는 경우는 없었다.

"으휴!"

경갑을 입은 기병대 장교 하나가 어깨에 수북이 쌓인 눈을 털어 내며 병원 건물로 들어왔다.

"아, 마젤란 대위님."

위생 하사관이 그를 반기며 다가온다.

"오늘은 표정이 영 좋지 않네요."

"언제는 좋았고?"

녹아서 흘러내리는 물이 마젤란 대위의 눈에 고였다 떨어졌다. 마치 슬 픔의 눈물처럼.

"삼 일째, 잠시도 멈추지 않고 쏟아져 내리네요. 하늘에 구멍이 뚫렸는지 원."

"내가 72기병연대에서 생활한지 이 년이 되었지만 이런 기상이변은 처음이야. 주위에 물어봤더니 오 년을 꽉 채운 전역 예정자들도 고개를 갸웃하더군. 끽 해야 몇 시간 내리다 끝나는 정도였으니. 또……."

하사관은 마젤란 대위가 말끝을 흐리자 돌아서려다 다시 그에게 얼굴을 향했다.

"이렇게 심하게 눈이 내렸을 때마다, 꼭 좋지 않은 일들이 있었지."

갑자기 으스스해진 하사관이 팔뚝을 슬슬 비볐다.

"미켈리안 대령님은?"

"떠나실 준비를 다 마치셨습니다."

"음……."

마젤란은 조금은 곤란하다는 표정으로 복도 끝을 바라보았다.

똑, 똑.

"들어가도 되겠습니까."

"들어오게."

미켈리안은 마젤란의 음성을 듣고 방문을 허락했다.

문을 연 마젤란은 먼저 미켈리안에게 경례를 붙인 뒤 뒷짐을 지고 그 앞에 섰다.

"조금 늦었구먼."

"죄송합니다. 눈에 길이 막혀 마차가……."

마젤란은 잘 정리된 미켈리안의 방을 슬쩍 둘러보며 말끝을 흐렸다. 책상 위에 놓인 작은 가방. 그리고 멋지게 차려입은 미켈리안의 정복.

마지막으로 맑은 그의 눈으로 시선을 준 마젤란은 미켈리안의 결심이 확고함을 깨닫는다.

"가지."

"저, 대령님."

"뭔가. 이런 설마 내가 이런 눈보라에 움찔거리기라도 할까 봐?"

짓궂게 웃는 미켈리안.

"염려하신 일이 일어났습니다."

"……."

"연대장께서 결국……."

"휴우."

미켈리안은 그럴 줄 알았다는 듯 한숨을 푹 쉬었다.

"언제 출진했나."

"두 시간 전입니다."

"이런 상황에서도. 정말 고집불통이로군."

미켈리안은 혀를 차며 연대장에 대한 불만을 표한다.

"각 지역에서 징집병의 차출이 점점 힘들어지는 마당에 귀한 병력을 이런 식으로 소모하다니. 내 반드시 상부에 보고해 연대장의 교체를 시도해 보지."

"그것이 좀."

"응?"

"이번엔 직접 출전하셨습니다. 연대 절반과 군단 내 각 보병사단에서 일 개 대대씩 지원을 요청해 화이트 빅토리에서 합류하기로 했답니다."

"뭣?"

굳건한 정신의 소유자 미켈리안조차 놀라지 않을 수 없었다.

절반이면 자그마치 중장기병만 백, 경기병까지 하면 도합 육백이 넘는다. 연대 내 보병 팔백에 타 사단에서 지원받을 대대를 더하면 무려 칠천이 넘는 대병력.

이 년 전, 대공세 이래로 가장 큰 규모의 병력 이동이 아닌가.

"대체 누가 이번 출진을 허가한 거지?"

"9군단 총사령관께서는 아직 모르실 겁니다."

"어째서!"

"연대장님의 독단이라 판단됩니다. 또 지원요청을 받은 사단장님들의 출신지가……."

"몰타로군."

제후국 몰타의 '왕자'인 연대장의 '명령'을 거부하긴 어려웠을 터.

그들에겐 로슈르 본국에서 내려온 총사령관보다 마다르 카라스 세프라임—현 몰타의 왕—을 더욱 두려워하기 때문이다.

"정말 이대로 떠나시렵니까."

약간 도발적으로 들리는 마젤란의 물음이었다.

"분명 이전과는 비교도 할 수 없을 정도의 피해가 있을 겁니다. 지금까지 그랬던 것처럼 그냥 치고받는 전투가 아닌 대규모 국지전이 예상됩니다만."

"아네."

"대령님께서 안 계시면 이곳 병원 업무가 제대로 돌아가지 않을 듯합니다. 게다가 이제는 문 레이디께서도 떠나고 없으니."

만약, 정말로 만약 리디아가 있었다면 예상 가능한 죽음의 상당수를 줄일 수 있었다. 하지만 그녀는 없고 미켈리안 자신만이 남았다.

겉으로 보기에는, 전역을 앞둔 군의관이며 또한 로슈르 제국인으로서 미켈리안은 한동안 병원에 남아 그의 남은 의무를 다해야 했다.

불길한 무언가가 대륙 전체에 퍼져 있다.

얼마 지나지 않아 남부는 총력을 기울여 제국을 침략할 것이고, 북부의 기운도 심상치 않다.

퍼펙트 그레이와 한 약속만 아니라면 미켈리안은 결코 이 혼탁한 세상에 나오지 않았을 것이다.

이제는 그 의무에 가까웠던 약속을 지키고 떠날 일만 남았었다.

남부와 제국, 북부와 제국이 싸우든 말든 미켈리안에게는 남의 일이었다.

그와 다른 코치들, 퍼펙트 그레이와 데 자리누스의 목표는 오로지 제르호바.

따라서 지상의 전쟁은 예정된 강림의 전초에 불과하다.

한데 하필이면 이럴 때 애송이 하나가 나서 버렸다.

그것도 무척이나 좋지 않은 시기에.

마치 미켈리안의 발목을 꽉 잡아 놓으려는 듯, 기막힌 타이밍에 일을 만들어 버렸다.

"대령님. 말씀만 하신다면 마차로 모시겠습니다."

미켈리안의 침묵에 결국 그의 잔류를 포기한 마젤란이 다시 입을 열었다.

"아니, 아닐세. 본관 또한 제국의 신민이 아닌가. 전역은 잠시 미루도록 하지."

"아, 감사합니다. 대령님!"

마젤란의 얼굴에 화색이 돌았다.

그러나 그의 생각과 달리 미켈리안은 밀려올 부상병들을 위해 잔류를 결정한 것이 아니었다.

더없이 불길한 이 눈보라.

그의 발을 붙잡은 것은 바로 세상을 어지럽히는 눈보라였다.

*   *   *

후욱! 후우욱!

수백 마리 말들이 내쉬는 숨이 너무나도 힘겹다.

대부분 중부 이남에서 태어난 군마들은 실제로 이 땅의 추위를 인내하기에 벅찬 것이 사실이다.

모피를 얹어 보호한다고는 하지만 삼 일간 지속된 눈과 견디기 힘들 만큼 낮은 기온은 군마들의 지구력을 떨어뜨렸다.

그것은 비단 말들뿐만이 아니었다.

중장기병의 판갑은 오히려 이런 추위에서 그 주인의 몸을 더욱 차갑게 만들었고, 부족한 보급 탓에 경기병들과 보병들도 동상의 위험에 노출되었다.

"아, 지루해."

여러 마리 곰 가죽으로 만든 이동식 막사 안에서 앳된 젊은이의 목소리가 울렸다.

"원래 이래?"

"……."

"몇 시간을 이동했는데 남쪽 야만인들의 똥 싼 흔적도 없잖아."

"저하. 아직 경계를 넘지 않았습니다."

"그래? 난 또."

몰타의 왕자 이온 제프 세프라임은 심드렁하게 보좌관의 말을 받는다.

"그건 그렇고, 알아봤어?"

"예?"

"리디아 말이야."

"아……."

제프의 눈에 탐욕이 감돌았다.

"저하, 문 레이디에 대한 마지막 소식은 제국 수도에서 학업에 매진한 다는 것이 끝입니다."

"누구 맘대로!"

버럭 화를 내는 제프의 행동은 영락없는 어린이의 그것과 같았다.

"내 여자가 될 리디아가 겨우 공부 따위를 위해 날 떠났다는 건 말이 안 돼. 이건 나와 내 아버지, 그리고 몰타를 애써 무시하려는 카본의 음모 야."

"……."

"날 화나게 해서 꼬투리를 잡겠다는 거겠지. 아버지께서 간신히 이루신 몰타 왕의 부자상속권을 어떻게든 빼앗겠다는 허튼 수작. 거기에 넘어갈 내가 아니지, 암."

보좌관은 철없는 망상에 젖어 있는 주인을 보며 입맛을 다신다.

"그래서 이 몸이 직접 출전하셨다 이 말씀. 이 년 전의 대승리를 다시 재현하겠어. 엄청난 무공을 세운다면 더 이상 우리에 대해 간섭할 명분은 없어질 거야. 더불어 리디아도 내 것이 될 테고. 훗."

'멍청한 놈…….'

보좌관이 속으로 욕을 삼킨다.

"자, 그럼 계속 가 볼까? 구더기 같은 야만족 녀석들을 깨부수러."

뿌웅~

눈보라를 뚫고 멀리서 나팔 신호가 울렸다.

척후대가 화이트 빅토리에 도착한 뒤 아무 이상 없음을 알리는 소리였 다.

힘든 행군을 끝마칠 수 있다는 생각에 병사들도 힘을 내어 무릎 위에까지 쌓인 눈을 걷어 내고 전진한다.

쒸이잉!

총합 1400명이 조금 넘는 병력이 도착한 화이트 빅토리는 예전의 대승리 때, 후퇴하는 송곳전사들 500명을 몰살시킨 곳이다. 제국군에게는 영광을 상징하는 대지였고 남부의 침략자들에게는 뼈아픈 패배를 의미하는 불행의 땅이다.

이곳에서 당당히 병력을 집결해 제로 포인트라 불리는 남부인들의 일차 거점을 토벌하려는 제프의 구상은 병사들의 사기를 고려한 것이었다.

멀리서 횃불들이 아른거렸다.

분명 척후대가 모든 병력이 한꺼번에 모일 수 있는 장소를 찾았다는 신호일 것이다.

기병 하사관 여럿이 그곳을 향해 말을 달렸다.

퍽퍽 튀어 오르는 눈뭉치와 내리치는 눈보라가 시야를 가림에도 불구하고 이들의 길에는 거침이 없다.

"후우. 후우."

그렇게 한참이나 달렸건만 횃불은 결코 이들에게 가까워지지 않았다.

이상함을 느낀 하사관 하나가 눈 밑까지 끌어 올렸던 마스크를 슬쩍 내리며 긴 숨을 뱉는다.

"정지."

뽀드득.

이들이 말을 세우자 횃불들도 그 자리에 선 듯, 더 이상 멀어지지 않았다.

"길버트 중사님?"

"쉿."

하급자의 부름에 중사 길버트가 손을 들어 조용히 하라는 표시를 보였다.

길버트는 고개를 크게 돌려 주변을 주의 깊게 살폈다.

여전히 강한 눈발로 인해 가시거리에 제한이 있었지만 특별히 눈에 띄는 움직임은 없었다.

"말은 이곳에 두고 천천히 전진한다."

길버트의 지시에 하사관들이 모두 말에서 내려 횃불을 향해 걸었다.

이제야 움직임을 멈추고 점점 가까워지는 횃불들.

괜한 불안감 때문에 지나친 걱정을 했던 것일까.

몇몇은 안심한 듯 마스크를 내리고 눈을 퍼 먹기까지 했다.

"앨리엇 하사."

"예. 중사님."

"자넨 먼저 본대로 돌아가."

"예?"

"휘슬 한 번은 경계, 두 번은 적 출현, 세 번은 전투 준비, 네 번은 후퇴. 10분 안으로 소식이 없다면 대기지점까지 진군해도 무방하다. 이렇게 전해. 알았나?"

남부 전장에서 잔뼈가 굵은 길버트는 최대한 신중하게 행동했다.

혹시나 자신들에게 일이 생겨 본대에 위험을 알릴 수 없을 경우까지 대비하여 앨리엇에게 뒷일을 맡긴다.

차분히 고개를 끄덕인 앨리엇이 몸을 돌려 말이 있는 곳으로 돌아갔다.

본대는 이제 보이지도 않을 정도로 거친 눈발이 쉼 없이 날리는 것을 보는 길버트.

그는 크게 심호흡을 한 뒤 다시 횃불을 향해 걸었다.

다른 하사관들도 뭔가를 느꼈을까. 숏 소드의 자루에 손을 올리고 길버트의 눈치를 본다.

화르륵!

비교적 멀지 않은 거리에 있는 횃불이 한 차례 크게 흔들렸다.

"윽!"

신참 하사 하나가 구역질했다.

그들이 본 것은 단순한 횃불이 아니었다.

척후대가 보내는 신호는 더더욱 아니었고 혹, 미리 도착한 타 사단에서 지원올 대대의 정찰병들도 아니다.

그것은 불타는 20여 구의 시체였다.

선 채로 세 명씩 꼬챙이에 꿰이고 목이 잘려 자신들의 머리통을 붙잡고 있는. 저런 상태라면 꽤 오래 전에 죽었을 것이다.

하지만 어떻게 이곳까지 이동해 자신들을 유인할 수 있었을까.

"휘슬 세 번!"

길버트가 본능적으로 외쳤다. 구역질을 했던 하사가 휘슬을 잡아 입으로 가져간다.

아드득!

눈을 밟는 소리가 아니다.

남부 눈 특유의 냄새에 섞여 피비린내가 강하게 흩어졌다. 신참 하사는 휘슬을 입에 넣어 보지도 못하고 머리뼈가 바스러졌다.

엄청난 악력으로 인간의 머리를 뭉개 버린 적. 상대는 아무렇지도 않게 절명한 하사의 머리통을 그대로 뽑아 버렸다.

핏물이 철철 넘치는 척추가 끊어진 신경을 달고 바깥세상과 만났다.

길버트는 당황하지 않고 숏 소드를 뽑아 목표에게 덤볐다.

눈 속에서 솟은 것일까. 아니면 장막처럼 가려진 눈보라 뒤에 머물렀던 것일까.

소리 없이 나타난 적의 옆구리에 길버트의 숏 소드가 깊이 박혔다.

"휘슬!"

"끄윽……."

누군가의 힘겨운 신음이 길버트의 귀에 스쳤다. 뒤에서 나타난 적의 맨주먹이 가슴을 뚫고 나왔다. 펄떡거리는 심장이 그 손안에서 고동치며 피를 뿌렸다.

다른 하사관들의 운명도 다르지 않았다. 하나하나 미지의 적들에게 참살당하는 순간에도 길버트는 적에게 꽂았던 숏 소드를 뽑아내기 위해 애썼다.

턱.

"으윽."

놈이 웃고 있다. 아니, 길버트는 그렇게 생각했다.

빠직.

시원하게 길버트의 머리를 잡고 서너 차례 돌려 버리는 엄청난 힘.

길버트의 죽음을 끝으로 적들의 모습도 사라졌다.

차가운 대기는 순식간에 시신들의 온기를 지워 버렸고, 내리는 눈 또한 피와 내장, 흐트러진 육신들을 덮어 버렸다.

"10분 지났어. 별다른 이상은 없나 보군."

제프는 이동 막사 바깥으로 머리만 살짝 내놓고 중얼거렸다.

"놈들도 감히 화이트 빅토리 근처까지 올 용기는 없을 겁니다."

"보병들에게 경계를 풀고 합류 지점까지 진군하라 명해. 추울 때는 그저 움직이는 게 최고지."

"차라리 이곳을 우회해, 우선 눈보라를 피할 장소에서 휴식을 명하심이……."

"시끄러. 제국의 군대는, 나의 연대는 이까짓 자연현상 따위에 약해지지 않는다. 지원 대대가 다 합류하면 여기서 연설을 할 거야. 위대한 전투의 서막을 알리는. 모든 병사들은 나에게 감동받겠지. 군대의 사기는 이렇게 끌어 올리는 거야."

'미친.'

"알겠습니다."

병사들의 투덜거리는 소리가 여기까지 들리는 듯하다.

"늦어."

따뜻한 차를 홀짝이던 제프가 다시 입을 열었다.

"이런 날씨라면 당연합니다. 보병 대대별로 천이 넘고 따로 보급 부대까지 운용하니까요. 그들은 저희가 사용하고 먹을 보급품들까지 떠맡았으니……."

"시끄럽다고 했다. 되도록 내 귀에 거슬리는 소리는 하지 마라."

"……."

보좌관에게 이를 갈아 준 제프는 짜증이 이만저만이 아니었다.

그 또한 인간이기에 연대 병력이 겪고 있는 고생을 모르는 바가 아니다. 물론 평민 이하 병사들에 대한 측은한 마음 같은 건 아니었다.

최대한 체력이 남아 있을 때 적들과 싸워야 승리할 확률이 그만큼 높아지기 때문이었다. 따라서 빠른 합류 후 송곳전사들의 거점으로 쳐들어가야 한다.

그때였다.

갑자기 막사 밖에서 웅성거리는 소리가 들렸다.

"뭐야, 또!"

제프가 사납게 자리를 박차고 나섰다.

"무슨 일인데?"

제프는 횡대를 이룬 병사들 맨 앞 열이 눈보라 속으로 사라지는 것을 보았다.

그것은 빠르게 다가왔다.

한 열, 또 한 열.

그렇게 병사들은 차례로 제프의 시야에서 없어졌다.

"저, 저거!"

어느새 눈보라는 제프의 바로 앞까지 다가왔다. 그리고 순식간에 본대 전체를 사로잡는다.

쉬이이이…….

김빠지는 소리에 눈을 뜬 제프는 곧 어리둥절한 표정으로 사방을 둘러 보았다.

거칠게 세상을 휘젓던 눈 폭풍은 온데간데없고 조용함만이 감도는, 드 넓은 눈밭이 눈앞에 펼쳐졌다.

가끔 들리는 기침 소리가 아니었다면 제프는 꿈을 꾸는 줄로 착각했을 것이다.

"이건 무슨 현상이지?"

"얼음 여왕의 궁전입니다."

말 탄 호위대 기병 장교가 차분한 음성으로 말했다.

"송곳전사들과 벌였던 수많은 전투 중, 가끔 있어 왔던 현상이지요."

"정확히 뭐냐고."

그의 안면을 길게 가르고 지나간 상처를 보며 제프가 질린 얼굴로 묻는 다.

"우리 제국군이 이름 붙인 겁니다. 설명하기 힘든 자연의 조화랄까요. 눈이 지나가고 난 자리에 이렇게 조용한 공간이 드러나곤 합니다. 그 뒤 에는 반드시라 할 만큼 치열한 전투가 있어 왔습니다."

그가 자신의 상처를 스윽 매만지며 말한다.

제프는 그 모습을 보고 알아차렸다. 이 호위대 장교는 '얼음 여왕의 궁전'이라는 괴현상 속에서 전투를 치른 뒤 살아 돌아온, 몇 되지 않는 용사라는 것을.

"아무래도 유인당한 것 같습니다. 이쯤에서 기다리고 있어야 할 척후대와 기병 하사관들이 보이지 않습니다. 이미 살해당했겠지요. 놈들은 우리가 돌아갈 기회를 빼앗은 겁니다. 바로 이곳, 화이트 빅토리에서 복수를 계획했음이 틀림없습니다. 어쩌면……"

"어쩌면?"

"지원 대대들도 끝장났을 수도 있겠습니다만."

냉정하게 상황을 판단하여 어떠한 감정도 담지 않고 말하는 장교에게 오히려 공포를 느낀 제프가 인상을 찌푸린다.

"너의 판단이 틀렸음을 곧 증명하지. 전군!"

과연 제국의 병사들이었다.

총지휘관의 부름 한 마디에 모두들 흐트러졌던 대열을 바로 잡는다. 눈보라가 사라지고 추위가 가시자 다들 출진할 때의 용기가 되살아난 듯하다.

"위대한 태양이 우리의 길을 열어 주셨다! 승리를 위해 다시 진격하라!"

멋들어진 외침 뒤에 병사들이 눈을 헤치고 나아갔다.

뿌우―

"응?"

"이건 혹시."

"맞아! 지원 대대야."

제프가 반색하며 막사를 뛰쳐나갔다.

"거봐, 네 생각은 완전히 빗나갔어. 하하하!"

제프의 웃음에도 장교는 표정을 풀지 않았다.

"어서 와! 카하하하하! 놈들을 박살내러 가야지!"

두 팔을 활짝 벌리며 소리치는 제프. 그러나 잠시 후 그의 얼굴이 묘하게 변했다.

*　　*　　*

"웃차! 이거 월척이로구먼."

슈네인은 낚싯줄에 걸려 파닥거리는 바닷고기를 보며 함박웃음을 지었다.

"그래, 그래야지. 낚일 때 낚이더라도 용을 써 봐야 착한 녀석이지."

그는 잡은 고기를 망에 넣고 낚싯바늘에 다시 미끼를 끼운다.

"어이, 이리 좀 와 봐."

슈네인이 뒤쪽을 향해 소리쳤다.

그러자 소리 없이 누군가가 걸어와 슈네인의 옆에 선다.

"웬일이야, 먼저 날 찾고."

푸른 산호섬 해적 수장의 복장을 한 알트로피데스였다.

"아시리라 생각합니다."

"뭐…… 그렇긴 하지. 언제지?"

"달이 절반으로 기우는 밤. 북서 제국 해군이 저희의 상대입니다."

"자네는 제렌 디스의 말을 참 잘 듣는군. 예전에도 그랬었다면 좋았을 텐데."

슈네인의 말에 알트로피데스가 어깨를 슬쩍 올리며 시선을 돌린다.

"전부 다 끌고 올라갈 건가?"

"남겨 둬 봐야 좋을 건 없겠지요."

"왜, 나 때문에?"

"당신의 영향력 아래에 있는 것보다 차라리 그게 낫습니다."

알트로피데스는 드래곤의 피를 마시고 괴물로 변해 버린 해적들을 모두 전쟁에 참여시키고자 한다.

자신보다 우월한 슈네인이라면 그들을 어떤 식으로든 지배할 수 있기 때문이다.

"제렌 디스가 서두르는 이유를 모르겠군요."

"나야."

"역시. 일부러 도발하셨습니까."

"비슷하지만 달라. 도발이 아니라 내 계획의 일부니까."

"아버지―제르 호바―의 빠른 강림을 바라시는지 몰랐습니다."

알트로피데스의 눈이 번쩍였다. 그는 제르 호바의 출현을 어떻게 생각하고 있기에.

"모든 상황이 당신의 뜻대로 흘러가는 듯합니다. 결국 그 끝에는 불완전한 존재들만 가득하겠지요."

"내 속을 너무 파 보려 하지 마. 똑똑한 놈이 먼저 죽는다는 옛말은 오늘날에도 달라지지 않았으니까."

"크크큭."

"쳇!"

알트로피데스의 웃음에 슈네인은 그저 혀를 찰 뿐, 더 이상 나무라지 않는다.

"노림의 천둥군단이 롱 버트에게 충성을 맹세했다. 재미있어지겠어. 천 명을 제물로 바치고 괴물들에게 육체를 선물해 줬지. 똑똑해, 정말 머리가 좋아. 롱 버트."

"당신의 말씀대로라면 롱 버트가 오래 살긴 틀렸군요."

"이미 죽은 녀석이야. 살아 있다고 착각하는 게지. 탄타쿨의 저주는 그 깊이를 알 수 없을 만큼 무섭거든."

"그나저나 이제 어쩌실 겁니까. 한 곳에 오래 머무실 정도로 한가한 분은 아니잖아요?"

"흠, 뮤이나가 여길 좋아해서 말이지."

뮤이나라면 데일의 여동생이다.

"특히 생선이라면 자다가도 깨어날 정도라니까."

"……"

"왜?"

"누군가를 기다리는 듯 보입니다."

"허, 허허."

슈네인은 긍정도 부정도 하지 않고 크게 웃기만 했다.

"세상 그 어떤 존재보다 위대하신 당신, 그런 당신이 기다려야 하는 자. 과연 누굴까요?"

"출진 준비나 잘해."

"분명 저 모녀와 관계가 있겠죠."

"어허, 관심 갖지 말라니까 그러네."

알트로피데스는 이 이상 슈네인을 건드렸다가는 위험해질 것을 알았다. 과거를 살았던 이들은 슈네인의 분노가 얼마나 무서운지 절대 잊을 수 없기에.

"그럼 전 이만 떠나겠습니다."

"수고해. 많이 약아진 친구."

알트로피데스가 고개를 한 번 숙인 뒤 몸을 돌려 걸었다. 슈네인은 홀로 된 뒤에도 한참을 낚시에 열중했다.

어느덧 밤이 찾아오고 망에 물고기가 가득 찼을 무렵, 그가 일어섰다.

더없이 붉게 물든, 인간의 그것이라 볼 수 없는 괴수의 눈을 하고서.

"늑대들 따위에게 농락당하긴 처음이군……."

그의 몸에서 퍼지는 괴기스러운 기운에 물 밖에 나온 고기들이 빨갛게 익어 가기 시작한다.

"제르 호바, 아니, 탄타쿨. 이 꾀쟁이 같으니라고. 그때에 이미 이날을 보았단 말인가? 훗."

화르륵!

순식간에 재가 되어 사라져 버린 망과 물고기들.

슈네인은 그제야 눈에서 뿜어지던 빛을 거두고 당황스러워한다.

"에그, 뮤이나에게 혼나겠는걸."

유리아나 잉그하임은 한참 성을 내다 잠든 딸의 볼을 쓰다듬었다.

빈손으로 돌아온 슈네인에게 꽥 소리를 내며 방방 뛰던 뮤이나는 이상하게도 유리아나의 손길이 닿는 순간 그대로 잠들어 버렸다.

"아, 위기였어요. 이 사태를 어찌 감당하나 했는데."

"……."

섬 가운데 위치한 이 작은 움막은 슈네인이 직접 지어 주었다.

따로 생활하면서도 최대한 불편 없이 모녀를 돌봐 주는 그의 정성을 누군가 본다면 한 가족이라고 착각할 정도.

"화를 내셨더군요."

"에?"

놀란 척하는 슈네인.

"하시는 일이 잘 안 풀리나 보죠?"

"이야, 역시 그 어머니에 그 아들. 데일도 가끔 절 당황하게 만들곤 했죠."

"선생님께서 무엇을 꾸미든 결과는 좋지 않을 거예요. 그건 제가 보증하지요."

차가운 눈으로 슈네인을 바라보는 유리아나의 모습은 연약한 여인의 그것이 아니었다. 그런 유리아나를 빤히 바라보던 슈네인은 곧 고개를 흔들었다.

"이제 확신이 듭니다. 부인께선 정말 아무것도 기억하지 못한다는 사실. 그냥 제가 인정하기 싫었던 것뿐이죠."

"……?"

"지금 부인은 그저 강한 정신력을 소유한 '인간'에 불과합니다. 가졌던 모든 것들을 자식들에게 주어 버린 껍데기. 신중하지 못한 선택이었어요."

"무슨 소릴 하시는 거죠?"

"그 답은 후에 로그 잉그하임을 만나게 되면 스스로 깨닫게 될 겁니다."

"남편은 죽었다고요! 대체 몇 번을 말해야 아나요."

"오, 탐욕스럽고 교활한 유리아나. 진실은 몇 마디 말로 변하지 않아요. 그리고 전 거짓을 외치는 인간들에겐 최소한의 사랑마저 필요하지 않다고 여긴답니다. 제가 당신께 예를 갖추는 이유는 한때나마 황금을 품었던 유전의 도구였기 때문입니다. 사실상 제게 당신은 불필요한 존재나 마찬가지예요."

슈네인은 잠든 뮤이나에게 눈길을 주며 말했다.

"그래요, 이 아이. 어설프게 뭔가를 알아 버린 데일보다 더욱 순수한, 가장 완벽에 가까운 그릇이 될 뮤이나. 제가 보고자 하는 세상에 유일하게 우뚝 설, 당신과 로그가 만들어 낸 희대의 걸작."

순간 유리아나가 덜덜 떨며 뮤이나를 꼭 껴안는다.

"긴 말은 않겠습니다. 그가 부인과 딸을 위해 이곳으로 올 때까지 모든 외압으로부터 당신들을 지켜 드리죠. 제가 관여해야 할 바깥세상의 일도 잠시 접어 두고요."

유리아나의 눈에 눈물이 고였다.

"귀찮은 일을 벌인 부인의 남편을 원망하세요. 아, 물론 그대들의 결합은 제 의도였지만요. 후훗, 후후후."

달빛을 받으며 슈네인이 움막 밖으로 나왔다.

살짝 이지러진 달. 며칠이 더 지나면 저 달 아래에서 해적들과 제국 해군 간, 대해전이 벌어질 것이다.

알트로피데스가 그 힘을 개방하지 않고 자신의 의도대로만 행동해 준다면 양측 모두에게 큰 피해가 가해질 것이고.

"로그…… 스스로의 운명과 역할을 거부한 유전의 도구여."

달빛을 받은 슈네인의 뒤쪽으로 그림자가 길게 그려진다.

"무엇을 보았고, 또 누구를 원망하는가. 응?"

서서히 커지는 그림자의 모양은 드래곤의 그것과 닮았다.

"레키우스의 검. 그리고 콰이룽의 심장. 욕심이 너의 의무를 희석시킨 것인가."

그림자는 점점 길어져 움막 뒤편에 높이 솟은 절벽의 단면을 꽉 채울 정도로 커졌다.

그 광경을 보기 싫은 듯, 달이 구름을 불러 자신의 빛을 가렸다.

그리고 이 세상은 완전한 어둠 속에 잠긴다.

* * *

물은 투명하고 눈은 희다.

하지만 지금 이곳에 흐르는 물은 붉은색 물감을 풀어 놓은 듯하고, 눈 또한 그 흰빛을 잃고 붉게 변했다.

"차아!"

제국군 보병의 복장을 한 거인이 대도를 휘둘렀다.

그 앞에 섰던 병사들 셋은 본능적으로 창을 들어 도를 막고자 했다.

투둑, 쓰아압.

쇠심을 박은 창들이 깨끗이 잘려 나가고 동시에 병사들의 상체도 내장을 흩날리며 무너진다.

제프의 연대가 처음 그들을 보았을 때, 당연히 지원을 온 아군이라 생각했었다.

하지만 결코 아군이 아님을 깨닫는 데까지 오랜 시간이 필요하지는 않았다.

대략 500명 정도로 보이는 그들은 하나같이 창을 높이 들고 다가왔다.

인간의 머리통이 10~15개 정도 꽂혀 있는 창에서는 뜨거운 김이 모락모락 올라왔다.

그 수를 대략 계산해 본다면 육천이 넘었다.

합류하기로 했던 10개 대대의 인원과 거의 일치하는 숫자.

그 순간, 저들이 적임을 의심하는 이는 아무도 없었다.

'적' 들은 일제히 창을 눈밭에 꽂았다.

어스름하게 뜬 태양이 강렬하게 빛을 내뿜어 제국군 전사자들의 머리를 비추었다.

놈들의 입에서 크릉거리는 소리가 심하게 울렸다.

도저히 인간의 것이라 인식하기 힘든 괴상한 울음.

적들은 순식간에 질려 있는 병사들을 향해 돌격해 왔다.

나약한 먹이를 눈앞에 둔 야수가 저러할까.

첫 충돌에서 제국군 전열이 완전히 붕괴되었다.

잘린 모가지들이 허공으로 튀어 오르고 창을 쥔 팔들이 사방으로 날린다.

정수리에서 사타구니까지 절반으로 갈라진 장교의 몸이 따로 움직이다 쓰러지고 아래턱이 떨어져 나간 병사는 멍하니 다른 전우들의 죽음을 바라만 본다.

뒤쪽에 있던 기병대 일부가 적들에게 돌진했다.

측면으로 우회해 짐승 같은 적들을 끊고자 하는 시도였다.

텅!

"어?"

소리를 낸 중장기병 한 명은 의외의 상황에 눈을 크게 떴다.

철판으로 감싼 말의 머리를 꽉 잡은 적. 천천히 자신을 돌아보는 놈은 불규칙한 호흡 속에서도 전혀 입김을 내지 않는다.

와드득.

손으로 말의 주둥이를 우그러뜨린 가공할 힘에 어지간한 용사들도 넋을 놓아 버렸다. 전투가 시작된 지 5분여 만에 병력의 1/3이 처참하게 학살되었다.

"저, 저것들은 대체 뭐야!"

제프는 끝없이 피어오르는 피 안개와 끔찍한 비명이 난무하는 전장을 제대로 바라보지도 못했다.

슈우우웃! 퍽!

어디선가 날아온 창이 제프의 앞에 몇 겹으로 방어진을 취했던 병사들을 줄줄이 꿰뚫었다.

뾰족한 창끝에서 피에 섞여 누런 액체가 뚝뚝 떨어지는 것을 공포에 질린 눈으로 흘기는 제프.

그런 그에게 얼굴에 상처를 가진 장교가 말을 걸었다.

"마음의 준비를 하시죠."

냉정하게 보았을 때, 이곳에서 살아 나갈 '인간' 은 아무도 없다.

그것을 제프에게 상기시켜 준 장교가 또 입을 열었다.

"저것들은 지금껏 저희와 싸웠던 송곳전사가 아닙니다. 아마도…… 전설에 나오는 마법의 생명체 같습니다."

"이, 이봐. 어떻게 좀 해 봐! 난 살아야 한다고!"

슈우우웃! 퍽!

또다시 날아와 병사 일곱을 꼬치로 만들어 버리는 창. 이 공격에, 앞에서 허둥대던 보좌관도 얼굴이 뚫려 뒤통수로 붉은 덩어리를 줄줄 흘린다.

"만약 그분께서 계셨다면 일말의 희망이라도 있었을지 모릅니다만."

"누, 누구?"

장교는 말없이 하늘을 한 차례 올려다보았다.

그는 잠시 무자비했던 제국의 영웅 한 사람을 떠올렸다. 그리고 그대로 말을 달려 '괴물' 들의 한가운데로 들어갔다. 잠시 후, 발기발기 찢겨진 장교의 신체가 허공으로 던져졌다가 여러 개의 창에 꽂힌 채 흐느적거렸다.

"으아, 으아악!"

제프의 비명이 메아리쳤다.

그리고 온 세상에 눈보라가 다시 몰아친다.

"끄응."

미켈리안은 두통을 느낀 듯 관자놀이를 꾹 누르며 작은 신음을 삼켰다.

마젤란이 돌아간 이후, 지금까지 눈을 감고 깊은 생각에 잠겨 있던 그였다.

"안 좋아."

미켈리안은 무언가를 보기 위해 애썼지만 자신의 정신에 간섭하는 미지의 힘을 느꼈다.

그가 본 것은 검디검은 공간 저편에서 미약하게 발광하는 생명의 기운들뿐이었다.

결국 그마저도 더 큰 어둠으로 인해 사라져 버렸고, 순간 역겨운 쇠 냄새와 뇌를 후비는 강렬한 고통을 맛보았다.

"제렌 디스……."

틀림없었다. 드디어 부활한 마왕들이 제국과 충돌했다.

본격적인 대전쟁의 서막인가, 아니면 그저 자신들의 위용을 과시하기 위한 시위인가.

한데 지금 미켈리안이 느끼고 있는 불안감과, 보다 실제적인 불쾌함의 근원은 어디일까.

일반적인 접전지에서도 상당히 멀리 떨어진 이곳은 수백 년 동안 안전지대로 여겨져 왔거늘.

커튼을 걷고 창밖을 바라보는 미켈리안.

그는 쉼 없이 휘날리는 눈발 뒤에 도사리고 있는 미지의 존재들을 상상했다.

"후우."

미켈리안은 방에서 나와 조용히 복도를 걸었다.

잠든 부상병들의 힘겨운 숨소리가 유난히도 크게만 들린다.

병원 건물 밖으로 나온 미켈리안은 멀리서 경계병들이 교대하는 장면을 보았다.

간단하게나마 그들의 생각을 읽을 수도 있었지만, 미켈리안은 그러지 않았다.

어차피 날씨에 대한 불평과 답답한 이곳의 일상에 짜증스러워 할 것이 빤했기에.

근무를 마친 병사 두 명이 다가온다.

그들에게 가볍게 경례를 받은 미켈리안은 다시 먼 산으로 시선을 주었다.

그 순간, 가슴을 짓누르는 불꽃이 그의 머릿속에 나타났다.

"잠깐."

척.

두 병사가 걸음을 멈췄다.

"자네 둘, 외투를 벗어 봐."

병사들이 천천히 몸을 돌렸다. 덮어 쓴 후드에서 눈덩이가 갈라져 흘렀다. 그 사이로 수염 가득한 얼굴이 슬쩍 비쳤다.

수염? 제국군 하급 병사들은 수염을 기르는 것이 금지되어 있을 텐데.

쉭!

외투 아래에서 흑요석으로 만든 단도가 빠르게 치고 올라왔다.

슈우웃, 퍽!

하지만 그보다 더 빠르게 미켈리안이 반격을 개시했다. 그가 두 병사를 향해 손을 뻗자 둘은 바람에 날리는 꽃잎처럼, 미끄러지듯 뒤로 밀렸다.

"마법사?"

이것은 확실한 남부어. 그렇다면 이들은 송곳전사들이 틀림없다. 정체가 밝혀진 놈들에겐 거칠 것이 없었다. 바로 외투를 벗고 빠르게 미켈리안을 향해 재차 공격을 시도한다.

하지만 그들은 미켈리안의 1m 이내에 접근조차 하지 못했다.

"빌어먹을!"

한 놈이 욕을 뱉으며 품속에서 뭔가를 꺼냈다.

그것을 본 미켈리안의 눈동자가 흔들렸다.

새끼손톱 정도 크기를 가진 작은 구슬. 미켈리안은 그 구슬이 어떤 작용을 하는지 잘 알았다. 놈은 망설임 없이 구슬을 삼켰다. 그 옆의 송곳전사도 마찬가지.

"후라! 제렌 디스!"

두 놈이 동시에 외쳤다.

"젠장!"

미켈리안은 두 손을 가슴에 모은 뒤, 그가 알고 있는 최대의 방어 주문을 읊었다.

펑!

강력한 폭발이 송곳전사들 내부에서 터져 나왔다.

살점 하나하나, 핏방울 하나하나가 치명적인 파편으로 변해 사방을 초토화시킨다.

두 송곳전사의 자폭은 신호였다.

여기저기서 눈을 뚫고 수백이 넘는 적들이 등장했다. 그리고 그들 사이에서 또 다른 강력한 적들이 나타났다.

늪의 요정, 녹터널 헌터, 마지막으로 인간의 탈을 쓴 천둥전사가.

병원 외곽의 초소들이 먼저 전멸했다. 놈들은 병사들의 목을 잘라 주렁주렁 허리에 달았다. 굉음에 반응한 병원 경비 병력이 움직였다.

두 개 중대로 이루어진 그들은 절반은 난장판이 된 병원 쪽으로, 나머지는 거침없이 진격하는 적들에게로 이동했다. 고슴도치처럼 밀집대형을 이룬 제국군들은 소리를 지르며 달려오는 송곳전사들을 보며 뭔가 크게 잘못되었음을 깨달았다.

"크오오오오!"

"캬아아아아!"

괴기스러운 함성이 제국 병사들의 귀를 어지럽혔다.

쿵! 콰직!

적들이 달려오며 던지는 둔기가 방패에 부딪쳤다. 그중 몇 개는 뒤쪽에 있던 병사의 머리를 부술 정도로 위력적이었다.

"대체 무슨 상황이야, 이게."

누군가의 중얼거림은 모든 병사들의 마음을 대변하는 것이었다. 온갖 무기가 제국군에게 쏟아졌다. 대부분은 방패로 막아 낼 수 있었지만, 전혀 피해를 입지 않을 수는 없었다.

시간이 갈수록 사망자와 부상자가 늘어났다.

삑! 삐익!

휘슬이 두 번 울리자 드디어 제국군이 진격을 시작했다. 소대 단위로 쪼개진 병력은 더욱 견고한 밀집대형을 유지한 채 긴 창을 적에게 겨누었다.

송곳전사들도 원거리 공격을 멈추고 각자의 병기를 꺼내 잡고 제국군을 향해 뛰었다.

퍼퍽! 쿵!

단단한 방패에 적들이 부딪쳐 왔다. 일부는 창을 피하지 못하고 제국군의 제물이 되었고 첫 격돌에서 창을 피한 송곳전사들도 지속적으로 찔러 대는 창에 하나둘씩 죽어 갔다.

쾅! 우지직!

방패 모서리가 둔기에 맞아 우그러졌다.

그 사이로 드러난 병사의 공포 어린 눈에 송곳전사가 날카로운 검을 쑤셔 넣는다.

"으아악!"

짧은 제국 병사의 비명 다음에 그 송곳전사의 머리가 날아갔다. 적들은 죽음에 대한 공포가 없었다. 자신이 희생되더라도 제국군에게 피해만 입히면 된다는 듯했다. 종교적인 광신도 이보다 처절할 수 없었다.

제대로 훈련받은 제국 병사 한 개 소대는 평지에서 송곳전사 한 개 대대를 물리칠 수 있다고 한다.

바로 지금처럼.

제국군 주변으로 송곳전사들의 시체가 수북이 쌓였다.

하지만 제국 병사들도 앞줄부터 지속적으로 쓰러져 갔다.

"얼마나 몰려온 거……."

방패로 검을 막던 병사는 끝까지 말을 하지 못했다. 그의 입을 관통한, 구불구불한 창은 뒤에 있는 병사의 목에 박힌 뒤 멈췄다. 세 개였던 밀집 대형은 어느새 두 개만 남았다.

"조금만! 조금만 더 버텨! 곧 군단에서 지원 병력이 올 거야!"

소대 지휘관의 외침은 거의 절망적이었다.

이곳의 모두는 만약에 지원이 온다 해도 그때까지 자신들이 살아남지 못할 것을 잘 알았다.

어쨌거나 제국의 군인으로서 이들은 최대한 의무를 수행해야 했다. 시체가 흘리는 피와 마지막 온기는 주변의 눈을 모두 녹인 지 오래다. 그리고 그 진흙탕처럼 변해 버린 땅을 타고 다가오는 무언가가 있었다.

갑자기 송곳전사들이 빠르게 뒤로 물러섰다. 지친 제국군들은 그들이 후퇴하는 것이기만 간절히 기도했다. 그러나 이들은 더 끔찍하고 더 잔인한 적이 가까이 왔음을 전혀 눈치채지 못했다.

"헉!"

앞줄 병사들이 물컹물컹해진 땅속으로 빨려 들어갔다.

그 뒷줄, 또 그 뒷줄이 차례로 사라졌다.

"이, 이건 늪?"

지휘관은 자신의 입속으로 밀려 들어오는 역겨운 물질이 무언지 깨닫자마자 죽음을 맞이한다.

미켈리안은 무너진 건물 잔해 사이에서 눈을 떴다.

바로 앞에 피범벅이 된 자신의 팔이 보였다.

어깨에서부터 떨어져 나간 채 뒹굴고 있는 오른팔은 살아 있는 생물체처럼 꿈틀거렸다.

그의 귀에 인간의 비명 소리와 괴수들의 울음소리가 섞여 들려온다.

"끄윽……"

남은 왼팔로 가슴을 누르고 있는 돌덩어리를 밀며 정신을 집중했다.

고통이 서서히 잦아들며 시야가 더욱 또렷해졌다.

외부 방어를 맡았던 병력을 전멸시킨 적들은 곧바로 병원으로 향했다. 파괴된 병원을 수습하던 병사들은 빠르게 응전을 시도했으나 역부족이었다.

순식간에 병원은 혼돈의 장이 되었다. 삶을 포기하고 결사적으로 싸웠던 병사들 최후의 일인이 숨을 거두자마자 송곳전사들은 병원을 휘젓기 시작했다.

내부에서 떨고 있던 간호사들은 그들의 좋은 먹잇감이었다.

그녀들은 반항 한 번 못해 보고 학살당했다. 그것은 병상의 부상자들도 마찬가지였다.

송곳전사들은 경쟁하듯 병사들과 간호사들의 목을 베어 허리에 매달았고, 제국 병사의 창을 빼앗아 거기에도 구슬 꿰듯 불행한 이들의 머리를 꽂았다.

아비규환의 지옥도가 펼쳐졌다.

그리고 이 모습은 제국이 남부의 침략에 무너졌을 경우 그대로 재현될 것이기도 했다. 미켈리안은 밖의 상황을 직접 볼 수는 없었지만 계속적으로 그의 머릿속에 나타나는 안타까운 영상에 치를 떨었다. 남부의 마귀들은 예상했던 것보다 훨씬 위험했고 또 잔인한 족속들이었다.

잠깐의 방심으로 몸 상태가 엉망이 되었지만 미켈리안은 강자였다. 그가 가진 막강한 정신계 능력으로 물리세계의 일부를 조종하거나 환상을 실체화할 수도 있다. 또한 상대나 자신의 육체, 더 나아가서는 세포 이하 단위에까지 간섭해 그가 원하는 모든 상황을 만들어 내기도 한다.

미켈리안은 우선 부서진 몸부터 회복시켰다.

어깨의 절단면에서 뻗어 나간 분홍빛 실이 잘린 팔을 꿰매듯 합체시켰다.

허리의 절반을 뭉개 버린 돌 벽이 밀려 나가고 그 자리에 흘러내렸던 창자가 다시 자리 잡는다.

그긍.

완벽하게 자신의 신체를 복구시킨 미켈리안이 눈에서 불꽃을 뿜어내며 일어섰다. 그를 깔아뭉갰던 수많은 잔해들이 허공으로 부유하다 가루가 되어 사라진다. 그때 무너진 입구를 넘어 뛰어나오는 간호장교의 모습이 보였다. 소리조차 지르지 못하고 살기 위해 발악하는 그녀의 뒤로 희미한 빛이 지나갔다.

미켈리안은 저도 모르게 손을 뻗어 그녀를 잡으려 했지만 이미 늦었다.

뒤통수에서 생긴 붉은 줄이 그녀의 머리통 절반을 깨끗하게 절단시켰다. 스르르 무너지는 시신 뒤로 놈들이 나타났다.

"녹터널 헌터인가."

핏물이 줄줄 흐르는 낫을 든 녹터널 헌터는 갑자기 나타난 미켈리안을 보고도 당황하지 않는다. 미켈리안은 이제 이 지역에 자신 외에 살아 있는 인간은 없음을 확인했다. 그의 시야에 끝없이 움직이는 발광체들이 잡혔다.

그 수는 대략 삼백. 아마도 송곳전사들일 것이다.

그 외 오십 정도가 녹터널 헌터와 다른 마물들일 터.

"파사우!"

녹터널 헌터가 어딘가를 향해 고함을 친다.

"크오오옷!"

다섯 이상의 송곳전사들이 공중에 뜬 채 허둥거렸다.

그리고 한 점을 중심으로 공처럼 뭉쳐진다.

"끄아악!"

파그작!

짓눌린 떡처럼 변해 버린 송곳전사들의 시체는 그렇게 한참 동안 허공에서 다져진 뒤, 땅에 떨어졌다.

그오오오오

엿과 같이 끈적거리는 하얀 기운을 외부로 뿜어내며 쥐었던 주먹을 피는 사람은 미켈리안이었다.

그는 지금 이백에 가까운 적들에게 포위된 상태. 녹터널 헌터가 부른 송곳전사들과 괴생명체들은 빠르게 그를 둘러싸고 공격을 시작했었다.

펑! 펑!

미켈리안이 허공을 사이에 두고 손을 뻗으면 그 방향에 있는 적들은 거대한 망치에 맞은 듯 몇 명씩 피를 뿌리며 멀리 날아간다.

미켈리안은 퍼펙트 그레이가 선택한 코치답게 대단한 활약을 펼치며 적들을 죽여 나갔다.

'시간이 없다.'

그는 지금 이곳에서 적들과 싸우는 것은 시간낭비임을 알고 있었다.

서둘러 다른 제국군 주둔지에 남부의 기습을 알려야 했다. 남부를 방어하는 200만 제국군이라면 결국 이들의 대대적인 침략을 물리칠 것이지만, 그것을 위해 막대한 희생을 감수해야 할 것이다. 전의 그였다면 상관지 않고 잠적했겠지만 제국군 군의관으로서, 또 자린을 섬기는 자로서 살아온 지난 5년이 그를 붙잡았다.

미켈리안이 주먹을 강하게 쥐었다.

순간 그의 이마 가운데가 세로로 갈라지며 제삼의 눈이 열렸다. 그리고 그 눈에서 나온 노란빛이 적들이 모여 있는 곳 일부를 쓸고 지나갔다.

그 빛을 받은 적들의 표정이 멍해졌다.

"쳐라!"

미켈리안이 큰 소리로 외쳤다.

그러자 그의 정신 지배를 받아들인 송곳전사들이 다른 동료들을 공격하기 시작한다. 미켈리안은 즉시 몸을 띄워 빠르게 달아났다.

그러나 그의 걸음은 바로 저지당했다. 이제껏 물러서 있던 녹터널 헌터들이 행동을 개시한 것이다.

칭! 칭!

아직도 피가 엉켜 있는 낫으로 그를 공격하는 녹터널 헌터.

미켈리안은 생각보다 그들이 강하다는 사실을 깨닫고 다시 정신을 집중했다. 그의 손에서 생성된 바람이 흩날리는 눈을 끌어모았다.

눈뭉치는 곧 검의 형태로 변해 녹터널 헌터들의 공격을 막아 냈다.

스걱.

검술에도 일가견이 있는 미켈리안은 가볍게 한 놈의 목줄을 베었다.

쓰러지는 헌터 옆으로 다른 적이 돌진해 온다. 이 와중에도 멀리서 송곳전사들의 무리가 몰려왔다.

'이런 썩을.'

"카아아아!"

소리치는 헌터의 입에 얼음 검을 쑤셔 넣고 가로 방향으로 그어 버리자 검은 액체가 사방으로 뿌려졌다.

이 처참한 광경을 덮어 버리려는 듯, 하늘은 더욱 많은 눈을 쏟아부었다.

인간들에게는 최악의 조건이었지만 마법생명체들에겐 크게 영향이 없는 그런 상황.

이미 수많은 헌터를 쓰러뜨린 미켈리안도 서서히 지쳐 갈 수밖에 없었다.

헌터들의 공격 사이사이로 늪의 요정들이 끼어들어 그를 더욱 힘들게 만들었다.

그가 쌓아 온 초월자적 능력도 조금씩 끝을 바라보고 있었다.

'자존심이 상하는군.'

그는 언젠가 자신의 최후를 장식해 줄 존재는 칠흑의 드래곤이라 확신했었다. 지금처럼 개떼 같이 몰려드는 추악한 생명체는 애초에 그의 안중에도 없었다.

하지만 저 마물들은 그의 생명을 옭죄어 온다.

파파파팟!

"윽!"

갑자기 미켈리안의 어깨에서 번갯불이 튀었다.

'뭐지?'

미켈리안은 멀리서 자신에게 손가락을 뻗고 있는 거인을 보았다.

'전격마법? 그럴 리가……'

획~ 휘익~

녹터널 헌터가 휘두르는 낫을 간발의 차로 피하고 다시 거인을 응시하는 미켈리안.

놈이 손가락을 하늘로 향했다가 미켈리안에게 내뻗는다.

파지직!

"우욱!"

심장이 뜨끔해지는 충격에 그의 몸이 잠시 흔들렸다. 그 틈을 놓치지 않고 헌터의 낫이 가슴을 가르고 지나갔다. 대량의 피가 허공으로 퍼졌다.

'맙소사, 이건 마법이 아니야.'

상대가 마법사였다면, 롱 버트의 은혜를 받은 블랙 미디엄의 소유자였다면 준비 동작 따위는 필요가 없었다. 미켈리안은 흐려진 시야 너머로 자신의 주위를 맴도는 작은 물체를 보았다.

'천둥, 천둥군단.'

과거 기록에 따르면 천둥군단이라는, 불사에 가까운 전사들이 번개를 쏘아 대는 병기를 사용했다고 한다.

파지지지직!

"크아아아악!"

상상조차 해 보지 못했던 고통이 정수리에서 발바닥까지 쓸고 지나갔다.

미켈리안은 자신의 몸에서 풍기는 탄내를 맡으며 쓰러졌다.

뽀드득, 뽀드득.

놈들이 다가오며 눈을 밟는 소리가 어느 때보다 크게 느껴졌다.

몸이 저절로 치유를 행하고 있지만 상당한 정신력과 체력을 소모해 버린 상황에서 탈출은 불가능했다.

이제 죽음을 받아들일 차례였다.

천둥전사가 번개 모양의 창을 높이 들었다.

저 창끝은 곧 미켈리안의 머리를 뚫고 그 안의 내용물을 파괴할 것이다.

그때였다.

어디선가 휘파람 소리가 들려왔다.

정신이 지배당했던 동료들을 몰살시키고 대기하던 송곳전사들과 마법 생명체들도, 창을 들어 올렸던 천둥전사도.

이 기이한 휘파람 소리에 얼어붙었다.

휘이이잉~

눈보라치는 공간의 반대 방향에서 더욱 강한 바람이 불어와 눈을 몰아냈다. 그리고 그 중심에 있는 검은 그림자.

강한 추위에도 불구하고 그 흔한 털외투조차 입지 않고 다가오는 미지의 사내가 보인다. 천둥전사는 들었던 창을 내리고 그를 노려보며 한 걸음 물러난다.

뽀득, 뽀득.

무척이나 가벼운 발걸음으로 '검은 전사'가 미켈리안을 등지고 남부의 침략자들 앞에 섰다.

정말로 기이한 일이었다.

그를 가운데 두고 반경 20m 이내는 마치 다른 세계의 공간처럼 고요하고 따뜻하기만 했다. 그 놀라운 이적을 지켜보는 천둥전사의 눈이 낮게 가라앉는다.

작지 않은 키에 잘 빠진 몸. 가죽을 검게 물들여 빳빳하게 당겨 만든 특이한 방어구. 목에서부터 올라와 코 아래까지 덮은 가죽 마스크 가운데 도마뱀의 눈을 연상시키는 문양이 그려져 있다.

과연 이자의 정체는 무엇일까.

짤랑!

그가 손을 올리자 허리에 찬 글라디우스와 연결된 쇠줄이 흔들리며 소리를 냈다.

묘한 위압감과 더불어 강한 패기가 느껴지는 불청객의 눈을 바라보던 송곳전사들이 작은 신음을 흘린다.

"······방해를 하려는가?"

천둥전사가 입을 열었다. 하지만 사내는 대꾸하지 않고 그를 향해 걸어왔다.

"등장은 멋있었지만 상대를 잘못······."

쉬익.

천둥전사는 세상이 둘로 나누어지는 것을 보았다.

아니, 그의 몸이 가운데서부터 잘려 양쪽으로 넘어진다.

"헉!"

송곳전사들이 놀라 비명을 질렀다.

그들은 어느 날 갑자기 나타나 자신들을 지휘하기 시작한 무적의 전사가 대항 한 번 못해보고 조각나는 광경을 경악의 눈으로 바라본다. 단 세 번의 공격으로 초인에 가까운 미켈리안을 무너뜨린 천둥전사였다. 그런 괴물을 가볍게 썰어 버린 '적'의 출현에 남부 침략자들은 어찌할 바를 몰랐다.

"왜?"

맑다. 천진난만하다고 해야 할까.

"죽는 거 처음 봐?"

철렁, 철렁.

사내의 검은 장갑과 쇠줄로 연결된 글라디우스가 눈 바닥에 질질 끌린다. 그의 움직임을 따라 천지에 가득하던 눈보라가 사라졌다.

"제 모크!"

녹터널 헌터 하나가 크게 소리쳤다. 공격을 개시하라는 뜻이 분명하다. 잠시나마 두려움에 떨었던 송곳전사들은 이내 정신을 차리고 무리지어 사내에게로 돌진했다.

휘리릭.

글라디우스가 살아 있는 듯 허공에서 춤을 추었다. 단 일격에 수십 명의 머리통이 쏘아 올린 공처럼 하늘로 솟구쳤다. 하얀 설원에 부채처럼 퍼지는 피의 잔치. 글라디우스의 날이 지나는 모든 곳은 피와 살점만이 가득한 죽음의 공간으로 변했다. 사선으로 얼굴이 날아간 동료의 뇌수가 땅에 채 떨어지기도 전에 뒤쪽 전사의 갈비뼈가 세상과 인사한다.

제국군 병사와 간호사의 머리를 꽂아 놓은 창끝에 송곳전사의 머리통이 함께 꽂히고 목줄만 따고 지나간 글라디우스의 궤적을 따라 세찬 피보라가 물감처럼 번진다.

획, 휘익.

검은 전사는 어느새 천 명에 가까운 송곳전사들 한가운데로 들어왔다. 그는 흥겨운 듯 휘파람을 불며 자신이 벌이고 있는 대학살을 즐긴다.

사사사삭.

바닥을 타고 높이 이동했다. 그 목표는 검은 전사.

"우우!"

늪의 요정들이 부린 조화에 검은 전사 주변이 순식간에 끈적끈적한 지옥으로 변했다.

학살당한 시체뿐 아니라 아직 살아 있는 송곳전사들이 먼저 늪 속으로 사라졌다.

"흠."

자신의 정강이까지 삼켜 버린 늪을 아무렇지도 않게 바라보는 검은 전사.

피식 웃음을 흘리던 그가 글라디우스를 회수했다.

"치워."

나직했지만 그의 음성을 듣는 이들은 왠지 모를 공포를 떠올렸다. 이것은 마치 범접할 수 없는 육식동물의 사형선고. 순간, 늪으로 변했던, 눈 내린 대지 전체가 증발해 버렸다.

툭, 투둑.

늪 안을 떠돌던 시체들이 비어 버린 공간으로 추락했다.

"아, 귀찮다. 그냥 다 죽어."

꿈틀.

절반 이상 녹아 버렸던 내장기관들이 제 모습을 회복하자마자 미켈리안의 손가락이 움직였다. 천천히 정신을 차린 그는 자신의 앞에서 쭈그리고 앉아 흥미로운 눈으로 지켜보는 누군가를 보았다.

"호오, 대단한 치유력이군. 내 친구 프랭크에 결코 뒤지지 않아. 역시 훌륭한 군의관이야."

"……누구십니까, 당신은."

미켈리안은 그의 목소리가 낯익다고 생각했다.

"전부터 자넬 주목했었지. 엄청난 능력을 소유하고 있지만 그것을 감추고 이곳에 왜 와 있을까……."

그때 미켈리안의 뇌리에 누군가의 얼굴이 떠올랐다.

"서, 설마."

"자네와 데 자리누스의 관계를 알고 나서야 그 의문을 해소할 수 있었어. 미켈리안 대령 같은 초인을 세상에 불러 낼 만한 존재……. 퍼펙트 그레이 외에 누가 있겠나. 안 그래?"

눈웃음을 보이는 검은 전사의 정체를 깨달은 미켈리안은 진정 경악할 수밖에 없었다.

"당신은."

"그래, 맞아. 로그, 로그 잉그하임. 예전 72기병연대장이었지. 우리 한두어 번 만났나?"

"꺼, 꺼어억."

죽은 자가 살아 돌아왔다?

아니, 혹시 죽음을 가장했었던가.

그렇다면 왜.

"자, 일어나. 나이는 자네가 위고 계급은 같을지라도 직급으론 내가 상관이야. 불만 없지?"

전사했다고 알려진 로그였기에 더 이상 제국군의 체계를 적용받지 않을 테지만 이상하게도 미켈리안은 그의 말에 수긍했다.

"이게 다 뭐람. 아까운 목숨들만 녹아 버렸군그래."

심호흡을 하며 일어난 미켈리안은 이내 다시 주저앉았다. 아직 내부를 침투했던 뇌전의 기운을 다 몰아내지 못했기 때문이다.

"잉그하임 연대장님. 당신은 대체 누구십니까?"

"질문의 범위가 너무 커. 그리고 그에 답할 의무는 내게 없지. 한 가지 확실한 건 이제 거짓 평화는 끝이란 사실이야."

"거짓…… 평화."

"자넨 앞으로 하고자 했던 일만 하면 돼. 어차피 이 모든 것들이 예정된 일들이었으니까. 단지 좀 빨라진 것뿐."

"연대장님. 당신은 남부 제국군을 구하기 위해 온 게 아닙니까?"

"마음에도 없는 소리하지 마. 어차피 너나 다른 코치들……."

이쯤에서 로그의 표정이 우울해졌다.

"되었고, 이쯤에서 헤어지도록 하지. 자넬 구하게 된 것은 그저 우연의 산물이라 생각해. 마음이 울적한 상태에서 효과적인 해소법을 찾은 게 다야. 자네의 생명은 덤이고."

"방관자의 역할을 자처하시는 겁니까. 많은 것을 알고 계시다면, 당신의 아들인 데일이 지금 어떤 상황인지도 아실 텐데요. 그 아이의 운명, 역할, 그리고 미래…… 우리의 뜻에 동참하셔야죠."

"너흰 아직 몰라. 그러니 그냥 하던 대로 해. 난 다른 길을 걸을 테니. 어차피 결국엔 모두가 한 점에서 만나게 될 거야. 멸망인지, 구원인지 모를."

그때 미켈리안은 로그의 등 뒤에서 빛나는 장검에 시선을 주었다.

"전후 사정은 모르겠습니다만, 당신이 죽음에서 돌아온 목적은 분명 있을 겁니다."

"가족을 사랑하는 마음이라 해 두지."

가족을 언급하는 로그의 눈에서 불길이 솟는다.

"자, 그럼 진짜 안녕이야. 다음에는 하늘 끝에서 만나자고."

"……."

미켈리안은 한없이 내리는 눈을 배경으로 천천히 사라져 가는 로그의 뒷모습을 망연하게 바라보았다.

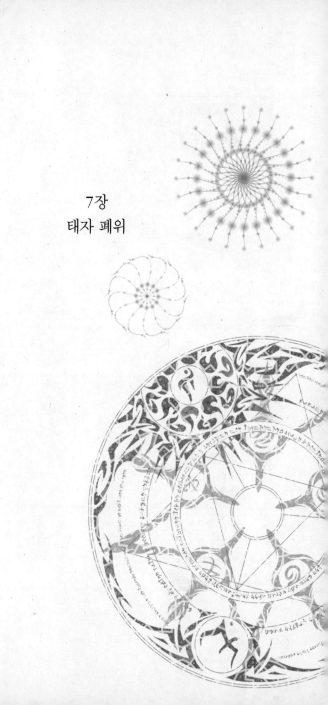

7장
태자 폐위

RAJA RN

72기병연대와 열 개의 보병대대, 세 개 야전병원과 기타 전초기지들의 전멸 소식이 전해진 지 삼 일이 흘렀다. 송곳전사들은 이후 다시 그들의 대지로 돌아가 어떠한 행동도 취하지 않고 있다. 보통 때 같으면 즉시 200만 남부군에 반격 명령이 떨어졌겠지만, 황실과 제국방위부는 남부군의 여러 군단장들에게 아무런 지시도 내리지 않았다. 그저 평소와 같은 국지적 도발 정도라 생각해서일까.

아니면 더 급한 일을 처리해야 해서일까.

제국의 수도 라로시르.

황궁 내부의 비공개 회의실에 여러 사람들이 모여 있었다. 모인 자들의 면면을 살피자면 다섯 개 제후국 중 세 개국의 왕들과 두 개 자치령의 듀크, 그리고 그들을 수행하는 '침묵의 서약자' 들이었다. 이십여 명에 이르는 사람들은 굳게 입을 다문 채 심각한 표정을 짓고 있다.

끼이익.

모두의 시선이 한 곳을 향했다. 문이 열리고 들어온 이는 이황자 카리융이었다. 조금은 수척해진 얼굴의 그를 맞이하여 다들 극진한 예를 보인 뒤 자리에 앉는다.

"식사는 하고 오신 겁니까."

애써 웃으며 말하는 카리융.

"전하와 마찬가지입니다."

록리가 공손히 대꾸한다. 예전의 비밀 회합과는 달리 지금은 엄격한 상하관계 속에서 만나는 자리인지라 록리의 태도는 전혀 이상할 게 없다.

"하필 이런 중요한 순간에 일이 벌어져 착잡하기 이루 다 말할 수 없습니다."

뮈겔 또한 침울한 표정을 숨기지 않는다.

"전하, 지금에 와서 긴 말이 무슨 필요가 있겠습니까. 이제 끝을 보도록 하시지요."

듀크 카로이의 말에 다들 고개를 끄덕였다.

"황태자 전하의 대리인은 언제 온답니까?"

"아마도 곧이요. 전갈을 받자마자 저도 출발했으니."

카리융의 말이 채 끝나기도 전에 또다시 문이 열렸다.

"오, 그대는 안첸트 경이 아니오."

황태자의 대리인은 바로 국립 대학교 부총장 안첸트였다.

그와 상당한 안면이 있던 치크는 딱딱한 분위기에도 불구하고 안첸트에게 따뜻한 미소를 보낸다.

"태양의 은혜가, 고귀한 그대들에게 늘 함께하길."

의례적인 인사를 건네며 안첸트가 고개를 숙였다.

"위대한 세프라임의 핏줄들을 한 자리에 뵙게 되어 영광입니다."

"흠, 안첸트 경이 황태자 전하의 대리인을 자처할 정도로 친분이 있는지 몰랐소."

욜이 비꼬는 듯한 어투로 말한다.

"황태자께서는 제 수업에서 누구보다 열성적인 학생이었지요."

안첸트가 빙그레 웃으며 답하자 욜은 콧방귀를 끼며 고개를 돌린다.

"이황자 전하, 소신 이렇게 귀한 자리에 부르심을 받자와 대령하였습니다."

"네네, 잘 오셨습니다."

카리용은 눈을 가늘게 뜨고 안첸트를 훑어보았다.

안첸트는 이전에 마르테의 사냥개들로부터 감시를 받았던 인물이다. 그는 제국의 안전을 위협하는 비밀 조직의 고위급이라 판단되었지만 보리스가 직접 그의 혐의를 풀어 주었기에 감시의 그늘에서 벗어날 수 있었다.

카리용 또한 각종 문건을 검토해 보면서 안첸트에 대해 특별한 이상점을 찾아내지 못했다. 그러나 결코 이 노인을 신뢰하지 않았다.

카리용이 보고 느낀 사냥개들의 후각은 그리 허술한 것이 아니었기 때문이다. 게다가 지금처럼 중요한 자리에 황태자의 대리인으로서 다른 고위 귀족이 아닌 안첸트가 왔다는 사실도 의심의 여지를 남겼다.

"안첸트 경. 지금 이 자리가 어떤 의미를 가졌는지 아시겠습니까?"

"글쎄요. 전 그저 태자 전하의 명을 받은지라."

"선제후의 권리를 행사하고자 모두가 이곳에 모였습니다."

"예?"

안첸트의 표정이 일그러졌다. 하지만 당황스러워하는 겉모습과 달리 안첸트의 주름진 눈 깊숙한 곳에서 차가움이 감돈다.

"말씀드린 그대롭니다. 황실 제후와 듀크들의 신성한 권리이자 의무를 통해 어지러워진 제국을 바로잡아 보고자 합니다."

"제가 잘못 들었길 바랍니다, 전하."

"아뇨. 그대의 귀는 아직 늙지 않았습니다. 지난 며칠간 이곳에 계신 황가의 핏줄들은 고심 끝에 오늘 투표를 하는 것으로 결정했습니다."

휙.

안첸트가 고개를 들어 제후들과 듀크들을 하나하나 응시했다.

"큼."

그의 시선이 부담스러운지 듀크 제니가 헛기침을 한다.

"선제후권은 명목상의 권리일 뿐입니다, 전하. 지난 수천 년간 한 번도 행사된 적이 없지요. 또 이런 일방적인 행위는 황제폐하께서도 인정치 않으실 겁니다. 과거와 같이 폭군의 등장이나 나라를 어지럽힐 암군이 등장한 것도 아니니까요. 그렇지 않습니까?"

안첸트의 말에는 빈틈이 없었다. 또 그것이 사실이기도 했고.

"틀렸습니다. 이미 암군의 출현은 예정되어 있지 않습니까? 제 형이자 태자인 카본 말입니다."

"무엄합니다, 이황자님. 아무리 당신께서 황가의 정통 핏줄이라지만 감히 태자의 권위에 도전하는 것은 용납 못합니다."

"도전이 아닙니다. 공정한 다수결의 원칙에 따를 뿐입니다. 자! 다들 들어오라 하라."

카리융은 안첸트의 말이 더 길어지기 전에 서둘러 일을 마쳐야 함을 깨달았다. 그래서 그는 바로 밖에서 대기 중인 이들을 불러들인다.

"허!"

뒷문을 열고 들어온 이들은 제국의 각부 장관들이었다.

모든 이들이 다 초대받은 것은 아니지만 적어도 권력의 중심이랄 수 있는 이들만큼은 전부 있었다.

국무부, 안전부, 방위부 장관과 차관, 그 산하 핵심기관의 장들.

또 형식적으로 임명되기는 했지만 제국중앙의회 의원 다수와 특화지구의 시장들까지.

안첸트는 언제 이들을 준비했느냐는 표정을 지었다.

그의 속마음과는 다르게.

"수천 년 만에 행사되는 선제후권입니다. 공증인은 많을수록 좋겠지요. 안타깝게도 몰타의 왕께서는 제가 수차례 보냈던 전갈에도 불구하고 이 자리에 오지 않으셨습니다. 따라서 그분은 권리를 포기한 것으로 간주합니다. 이의 있습니까?"

카리웅의 물음에, 참석한 누구도 토를 달지 않는다.

"그럼 시작하겠습니다."

부르르.

주먹을 꽉 쥔 누군가의 몸이 분노로 떨렸다.

그는 다름 아닌 카리웅이었다.

여섯 명의 선제후가 타인이 없는 곳에서, 승인과 거부를 각각 표시한 두 개의 황금 잔—입구가 좁아 내부를 볼 수 없는—에 작은 구슬을 넣는 것으로 권리 행사는 끝났다.

그 결과는 회의실 중앙에 놓인 황금 저울 양쪽 그릇에 잔속의 구슬을 떨어뜨려 확인하는 것이었다.

한데 모두가 예상한 바와 전혀 다른 결과가 나왔다.

삼 대 삼.

저울은 정확히 균형을 유지하며 작게 흔들거린다.

휙!

카리웅의 눈동자가 여섯 선제후들에게 향했다.

'록리, 치크, 제니.'

눈을 마주치지 못하는 세 명이 거부의 잔에 구슬을 넣었을 터.

장내의 모든 인원들이 술렁거렸다. 단, 국무부 장관 아날로프 비델을 제외하고.

"거부가 세 명, 승인이 세 명. 결과가 나왔습니다."

안첸트의 목소리는 소란스러운 중에도 또렷하게 들렸다. 카리융이 이글거리는 눈으로 안첸트를 노려보았다.

"이황자님."

"……."

"당신의 이 '반란'은 나중에 황태자께서 엄중히 책임을 물으실 겁니다."

"마음대로. 하지만 이게 끝이라 생각지는 말라고 전해 주시죠."

덜컹!

소란을 잠재우는 거친 움직임이 있었다. 모두의 시선이 이번에는 부서질 듯 덜컹거리는 정문으로 향했다.

"오!"

척, 척, 척.

빛나는 갑옷을 입은 중년의 사내가 붉은 망토를 휘날리며 걸어왔다. 그 뒤를 중갑기사 다섯이 깃발을 들고 따른다.

"몰타의 왕, 마다르 카라스 세프라임."

그리고 얼마 전, 무리한 작전 중 전사한 이온 제프 세프라임의 아버지.

척.

카라스가 황금 저울 앞에 선 카리융을 마주보고 섰다.

"늦으셨습니다."

끼리릭.

이를 악물고 주먹을 쥐는 카라스. 그는 무슨 말을 하고픈 것일까.

헝클어진 머리칼, 수척해진 얼굴, 충혈 되어 벌게진 눈, 파르르 떨리는 거친 수염. 누가 이 사람을 일국의 왕이라 여기겠는가.

"안첸트 경."

깊이 쉰 목소리가 카라스의 현재 상태를 그대로 대변해 준다.

"황태자 전하께서는 이번 남부 놈들의 비겁한 행동에 대해 어찌 생각하시는지?"

"무척이나 안타까워하십니다."

"후속 대책은?"

"준엄한 처벌이 있을 겁니다."

"준엄? 처벌? 구체적으로 말해 보시오."

"……일단은 전사자에 대한 애도와 국내의 여론을……."

"카리융!"

공식석상에서 왕이 황자에게 반말을 한다.

"예, 삼촌."

"넌 어떠냐."

"저라면……"

카라스가 광기 어린 눈으로 카리융을 빤히 바라보았다.

"다시 보고 싶군요. 얼음으로 가득한 대지와 만년설 위에 우뚝 선 거대한 화산을요. 그리고 아마도 그 꼭대기엔 제국의 깃발이 휘날리고 있겠죠. 이것으로 대답이 되었습니까?"

"캬하하하하하하!"

카라스가 미친 듯이 웃었다. 카리융의 답변이 정녕 그가 원하는 것이었기에 그럴까.

스릉!

"헉!"

"저, 저런. 신성한 황궁에 검을."

카라스는 황제의 집에 병기를 들고 들어왔다. 이것만으로도 모든 권한을 빼앗기고 심지어 목숨마저 잃을 수 있었다. 하지만 이 자리 누구도 그에 대해 성토하지 않는다. 자식을 잃은 아비의 마음에 공감해서일까. 아니면 다들 카본의 몰락을 바라고 있기 때문일까.

"나, 카라스! 지금 이곳에서 선제후의 권리를 행사하오!"

"휴우……. 그 마음을 모르는 것은 아니오나 이미 결과는……."

쾅!

카라스의 검이 황금 저울을 박살 내 버렸다.

안첸트는 크게 놀란 모습으로 몇 걸음을 물러나며 몸을 떨었다.

"이 시간부로 리아레 카본 세프라임은 황태자로서 모든 지위와 권리, 의무를 박탈당했소. 일곱 선제후가 투표로 그것을 승인했고, 수많은 참관인들이 공증하였소이다."

카라스는 자신이 마치 회의실의 주재인 양 큰 목소리로 외쳤다.

"영원불멸의 대제국 로슈르의 진정한 황태자는 리아레 카리웅 세프라임, 오직 그대뿐. 저희의 경배를 받으소서."

갑자기 카리웅에게 지극한 존대를 보내며 카라스가 무릎을 꿇고 검을 바친다.

번갯불에 콩 구워 먹듯 진행되어 버린 이 상황에 얼떨떨해하던 공증인들이 모두 무릎을 꿇는다.

끝까지 카본을 지지하려 했던 세 명 또한 고개를 흔들며 머리를 숙였다.

"아아, 여러분의 인사는 나중에 정식으로 받도록 하겠습니다. 황제폐하와 '일황자' 카본의 축하도 같이요."

"……이황자님."

안첸트의 음성이 전과 달리 차갑게 가라앉아 있다.

"오, 안첸트 경. 이제 가서 전하세요. 형님은 더 이상 제국을 이어받을 권리도, 능력도 없는 사람이라고."

"실수하셨습니다."

"실수는 지금까지 형님께서 질리도록 하셨지요."

"이로 인해 제국의, 인류의 미래가 불투명해질 수도 있다는 점, 잊지 마시길."

"그러죠. 아직도 안 가셨습니까?"

안첸트의 기이한 경고 따위는 가볍게 무시해 주는 카리용이었다.

늙은 부총장은 카리용을 향해 머리가 땅에 닿을듯 깊이 고개를 숙였다.

그것을 자신에 대한 두려움이라 받아들인 카리용은 그저 오만한 자세로 내려다볼 뿐.

그러나. 만약 카리용이 고개 숙인 안첸트의 붉게 변한 눈을 보았다면 어땠을까. 심한 공포로 인해 오줌을 지렸을지도. 이 자리를, 이 공간을 순식간에 피바다로 만들 수 있는 고대의 포식자 안첸트. 그가 극도로 인내하며 떠나는 모습을 물끄러미 바라보던 카리용은 잠시 누군가를 생각했다.

데일 잉그하임.

건방지게도 자신에게 거래를 제안했던 소년.

'봐라, 검은 머리 꼬마야. 난 약속을 지켰다. 황제의 자리에 한 발짝 다가섰단 말이다. 넌 지금 어디서 무엇을 하고 있는가. 호난의 태양을 손에 넣었는가. 그리고 또 얼마만큼 성장했는가…….'

카리용은 눈을 감고 가슴 벅찬 승리의 기분을 만끽한다.

아날로프 비델은 도저히 웃음을 참을 수 없었다. 근래 들어 왜 이렇게 신나는 일들만 생기는지. 급하게 뒤뚱거리며 움직이는 자신을 혐오스럽게 바라보는 궁중 인사들의 태도에도 이상하게 분이 일어나지 않는다.

"크크."

비델의 평가가 정확하다면 카리융은 무척이나 단순한 인물이다. 그것은 지난번 늦은 저녁, 카리융과의 독대에서도 확인한 부분이다. 카리융이 자신을 경멸한다는 사실을 잘 알았기에 평소와 다른 진중한 모습을 보였었다. 그것이 주효했을까. 그날 이후 비델은 카리융의 신뢰를 얻어 낼 수 있었다. 제국의 총신이어야 할 국무부장관인 그가 왜 황제와 황태자의 편이 아닌 카리융을 선택했을까.

비델의 비상한 후각은 이미 황제의 기력이 쇠하였고 오래지 않아 그 자리가 빌 것을 알아챘다. 그러나 유력한 황제 후보인 카본에게는 혈통만 있었을 뿐, 권위와 더불어 유력자들의 후원이 부족했다. 관례대로 그가 황제가 된다 하여도 군부와 각 가문들의 충성이 보장되지 않는 한 그 자리는 위태로운 바늘방석이다. 한데 비델은 현 황제의 손과 발이라 일컬어질 정도로 황태자 편에 가깝다.

이대로는 위험했다. 차라리 섬기는 주인을 바꾼다면…….

카리융은 군부의 절대적인 지지를 받고 있으며, 제국민들 사이에서도 인기가 높다. 또한 최근에는 마르테 보리스의 자리를 이어받아 2대 마르테로 인정받았다. 그 엄청난 조직을 거느린 카리융이야말로 비델이 기댈 최고의 기둥이었다.

"이것은 본국의 결정이기도 했지. 암."

또다시 그의 입에서 언급되는 본국. 물론 로슈르는 아니다. 거의 잊혔던 선제후의 권리 행사를 제안한 것도 비델이었다. 그는 카리융의 마음을 정확하게 읽었고 그가 황제의 자리를 탐낸다는 사실을 간파했다. 돌려서 말하긴 했지만 그걸로 되었다. 카리융이 단순하다고는 하나 말귀를 못 알아먹을 정도의 바보는 아니었으니.

이제 제국은 분열될 것이고 자신은 고국에서 영웅이 될 것이다. 당장 제국이 망하지 않아도 좋았다. 사실 로슈르에서의 삶은 무척이나 만족스러우니까.

저택에 도착한 비델은 곧바로 집무실로 향했다. 자신이 늘 퉁명스럽게 대하던 파견직 병사에게도 웃는 얼굴로 경례를 받아 준 비델은 의자에 몸을 걸친 뒤 크게 웃었다.

"하하하하! 쥬안! 쥬안 어디 있느냐!"

쥬안은 하녀 겸 개인 비서인 여인의 이름이다. 그리고 그녀의 진짜 신분은 자유무역연합 검은 하현달의 특급 요원. 그녀를 통해 조국, 젝스나이츠와 비밀리에 연락을 취해온 비델이었다.

"쥬안? 이봐!"

이상하게도 그녀의 대답이 들려오지 않았다.

뚝…… . 뚝…… .

시간을 두고 어디선가 물방울이 떨어지는 소리가 들린다.

그리고 함께 퍼지는 비릿한 냄새. 비델은 순간 무언가 이상이 일어났음을 감지했다. 소리를 지르기 위해 자리에서 벌떡 일어난 순간, 뒷목에 작은 통증을 느꼈다. 그리고 삽시간에 몸이 굳어 버렸다.

쿵……! 쿵……!

옷장으로 위장한 비밀 문 근처에서 들리는 무거운 발소리. 비델은 말도 못하는 상태에서 식은땀만을 흘린다.

끼익. 탁.

꿀꺽.

쉴 새 없이 돌아가는 비델의 눈동자는 그가 지금 얼마나 두려움에 잠식

되어 있는지 보여 준다.

뚝, 뚝, 뚝.

이것은 피.

비델은 잠시 후, 자신의 앞에 기괴한 형상으로 목이 꺾인 쥬안이 입에서 피를 흘린 채 허공에 떠 있는 광경을 보았다.

"끄, 끄어……."

당연히 비명을 지를 수도 없었다.

그때였다. 쥬안의 시체가 바닥에 툭 떨어지며 그 뒤에 그림자가 나타났다. 그림자는 결코 비델의 가까이에 다가오지 않았다.

방 그늘에 숨어 그 얼굴을 감추고 있는 암살자?

황태자가 보냈나? 그럼 그는 자신에 대해 모두 다 알고 있다는 뜻?

"……울리히 요지프."

지옥에서 울려 나오는 듯한 낮고 침울한 음성이었다.

정말로 오랜만에 들어보는 자신의 본명에 비델의 정신이 뚜렷해졌다.

틱.

그림자에게서 뭔가가 날아와 요지프—비델—의 입 주변에 꽂혔다.

"윽, 젠장."

상대는 지금 요지프에게 대화만을 허가했다.

"누, 누구십니까. 혹, 태자께서 보내신 분?"

"……."

"그럼 이황자님?"

"……."

"설마, 호민관께서? 이제 저 따위는 필요가 없어진 겁니까. 절 제거하시려고요?"

"다 틀렸다. 어리석은 **인간**."

끼기긱.

상대는 몸 어딘가가 불편한지 조금만 움직여도 쇠가 긁히는 소리가 났다.

"에?"

푸슛!

"큭!"

그림자의 손가락이 어딘가를 가리킴과 동시에 뭔가를 쏘아 냈고 그 끝에서 누군가 작은 신음을 흘렸다.

털썩.

요지프는 쓰러진 자를 보고 또 한 번 충격을 받았다. 조금 전에 자신에게 경례를 올리던 병사가 아닌가. 그의 이마 가운데 작은 구멍이 있었고 거기서 가느다란 핏줄기가 흘렀다. 놀라운 사실은 뒤통수에 주먹만 한 상처가 생겨 있다는 것이다. 마치 내부에서 마력이 폭발한 것처럼.

"넌 네 주인이 누구라고 생각하는가."

"아!"

"자칼롯? 가낙? 아니면 우들란트의 섭정이거나 뮈란드의 왕자?"

"……."

"다 틀렸어. 네가 섬겨 온 존재는 인간이 아니니까."

"무슨 소리요, 그게."

"바로 우리다. 검은 하현달의 이름을 빌려 널 이용했지. 기분이 묘하지 않은가?"

요지프는 혼란에 빠졌다.

"우리가 지켜보는 것만큼 '그'도 우릴 감시해 왔다. 함부로 세상일에 개입하지 못하도록. 해서 우린 너와 같은 자들을 수도 없이 세상에 뿌렸지. 정보, 정보를 위해서. 또한 가장 정의에 근접한 확률을 위해."

요지프는 미지의 상대가 하는 말을 들으면 들을수록 머리가 터질 것만 같았다.

"한데 변수들이 발생했지. 쥬안? 그래. 이 여자의 배신. 저 병사에게 포섭되어 데 자리누스의 개가 되었다. 오류는 빠르게 지워 나가야 하는 법."

"아, 으아, 아아아!"

미치기 일보직전까지 간 요지프가 비명을 질러 댔다. 혹시 가족 중 누군가가 들어 주길 바라며. 하지만 그것은 공허한 외침일 뿐이었다. 이미 저택 인원 전체가 강제로 깊은 잠에 빠져 있었으니까.

"원래는 너도 삭제 대상이었어. 하지만 자칼롯이 반대하더군. 이용가치가 충분하다면서. 그래서 지켜봤다. 결론은 합격. 아직까지는 말이야."

"흐으, 흐으윽. 그, 그냥 내게 진실을 감추고 있지 그랬습니까. 아무것도 모른 채 활동하도록."

"그러기엔 또 다른 변수가 걱정되어서 말이지."

"……?"

"이황자의 마음을 얻었다고 확신하는가?"

"헛."

"그는 네 생각만큼 단순한 인간이 아니다. 그 점 잊지 말도록."

스스슥. 쿵.

그림자가 움직이자 또 큰 소리가 났다.

쿵, 쿵, 쿵.

요지프는 저 무거운 자가 대체 어디에서 왔는지 알 턱이 없었지만 한 가지는 깨달을 수 있었다. 지금까지 자신을 포함한 많은 간첩들이 자유무역연합이 아닌 저 괴물 같은 자들의 손에 놀아났었다는 것을.

8장
죽음을 이겨 낸 리디아

RAJARIN

슥삭슥삭.

순식간에 들짐승 세 마리의 가죽이 벗겨졌다.

화르륵.

적당하게 피어오른 푸른 불꽃이 털을 태웠고 강한 열기가 가죽에서 수분을 빼앗는다.

"음, 괜찮네."

데일은 즉석에서 가죽옷을 만들어 버린 키릭에게 감탄하며 엄지를 세운다.

"사람들이 이상하게 보기는 하겠어."

풀로드 평원으로 공간이동을 한 뒤, 자오링은 전에 없이 키릭에게 살갑게 군다.

그녀를 지극히 경계하는 키릭은 여전히 매정한 태도를 취하고 있지만.

나무에 기댄 채 팔짱을 끼고 그들을 지켜보던 루산은 곧 리디아에게 고개를 돌렸다.

한참을 그 자리에 서서 한 방향만을 바라보는 리디아. 그녀의 뒷모습이 왠지 쓸쓸하게만 느껴진다.

"얼마나 가야 하지?"

루산의 물음에 리디아는 희미한 미소만을 지었다.

"가자고. 서둘러야 하지 않아?"

루산이 만족스러워하는 키릭에게 소리쳤다.

일행은 걷고 또 걸었다.

약 다섯 시간을 그렇게 이동했지만 사람의 흔적은 전혀 발견할 수 없었다. 그저 눈앞에 보이는 것은 아직 수확되지 않은 곡식들이 낟알을 떨구고 썩어 가는 모습이었다.

"……원래 볼라스카 사람들은 이렇게 게으른가."

맨 뒤에서 걷던 루산의 말에 다들 동의하는 표정이다.

"봐봐. 지금쯤 수확이 끝났어야 해. 내가 알기론 볼라스카 주는 제국에서 가장 많은 인구가 거주하는 곳이야. 길에 치이는 게 사람이라고. 다들 낮잠이라도 자는 건가?"

"아니."

대답은 리디아에게서 나왔다.

"그럼, 왜. 리디아 너희 마을 사람들만 이래?"

"세상 누구보다 부지런하고 성실한 이들이었어."

유난히 과거형을 강조하는 리디아였다. 그리고 그녀의 말뜻을 이해한 이는 데일뿐이었고. 한참을 더 걸은 뒤, 일행은 언덕에 올랐다.

"어, 저기 연기."

자오링은 멀리 보이는 마을에서 올라오는 연기를 보고 반가운 마음에 소리쳤다.

하지만 곧 그녀는 자신의 생각을 철회해야만 했다.

스윽.

키릭이 먼저 세이비어를 꺼냈다. 다음으로 루산이 싸크비스를 강하게 쥐었다.

"생기가 전혀 없어. 이게 어떻게 된 걸까."

자오링이 극마에 이른 내공을 한 바퀴 돌리며 말했다.

"설마 했는데……."

리디아의 음성에는 절망이 스며 있다.

마을에 진입해서 처음 본 것은 뭔가가 녹아 버린 흔적이었다.

거무튀튀한 조각들이 섞인 그것에서 태워 버린 빵 냄새가 진하게 풍겼다.

"상상할 수도 없는 초고온의 물질을 뒤집어썼어. 이런 상태가 되기까지 5초도 안 걸렸을 거야."

"그럼, 이게……."

"인간."

"웩!"

데일이 단정 짓자 자오링이 구역질을 한다.

"리디아. 이 마을의 인구가 몇 명이었지?"

"100명 정도."

공포스러울 정도로 침착한 리디아.

아까 했던 말을 되짚어 본다면 그녀는 이미 이 사태를 예감했음이 분명하다.

데일이 눈을 감았다.

그리고 잠시 동안 뭔가를 생각하는 듯하더니 곧 눈을 뜨고 입을 열었다.

"놈은 하늘을 통해 여기로 왔어."

"뭐?"

"일단 들어. 이 마을 사람들은 하늘 끝에서 울부짖는 무언가를 보기 위해 대부분 집 밖으로 나왔겠지."

입구에서부터 죽 이어진 검은 덩어리들 모두가 마을 사람들의 흔적이었다.

"처음엔 요정의 강림이라 여겼을 거야. 너도나도 모여 경이로운 광경에 환호했고."

데일은 적어도 20~30명의 것이라 여겨지는 덩어리가 밀집되어 있는 자리를 가리킨다.

"정말도 아름다운 인간의 모습이었어. 모든 이들의 경계를 완전히 허물어뜨렸지. 그리고……."

끼에에에에에!

코끼리의 울음소리보다 더 끔찍한 괴성이 마을을 덮쳤다.

현신한 요정에게 다가가던 청년의 안면 근육이 강한 음파에 밀려 조각조각 찢어졌다.

감히 인간이 대적할 수 없는 극심한 공포가 백 명이 넘는 마을 사람들의 발목을 잡았다.

요정이, 아니 그와 닮은 아리따운 여인이 크게 입을 벌렸다.

쩌어어억!

입이 가로로 길게 찢어지며 벌린 입은 더욱 커졌다. 그리고 또 한 번 짐승의 외침이 터져 나왔다. 집 밖에 있던 이들도, 방에서 아이에게 젖을 물리던 어머니도, 나른한 오후의 햇살을 즐기며 잠들었던 노인도 이 외침에 고막이 터지며 그대로 몸이 굳어 버렸다.

—당신, 살아 있나요?

얼굴이 엉망이 된 청년은 뇌를 자극하는 감미로운 음성을 들었다.

끄덕, 끄덕.

정신없이 고개를 끄덕이는 청년을 바라보던 여인. 그녀는 찢어진 입으로 가늘게 미소를 짓는다.

—멜 트라다.

청년이 들은 마지막 단어. 인간의 언어가 아닌, 그보다 높은 존재의 말.

용언이었다.

청년의 머리 위에서 광채가 나는 노란 구슬 하나가 생성되었다. 그리고 살포시 그의 머리 위에 떨어졌다.

화르륵.

정확히 5초.

청년의 몸은 힘을 잃은 물기둥처럼 녹아 무너졌다.

—그대들 모두 살아 있나요?

요정이 아닌, 악마로 변한 여인을 보며 마을 사람들이 고개를 끄덕였다.

"어쩌면 그냥 지나칠 수도 있었겠지. 하지만 놈은 그러지 않았어."

"네 추리가 그럴듯하긴 하지만 직접 보지 않았으니 난 못 믿겠어."

자오링이 중얼거리긴 했지만 이곳에 있는 아이들은 이제 데일의 말이라면 거의 진리에 가깝다고 여긴다.

"인간들에 대한 원망? 아니야. 놈은 우리가 이곳을 지나갈 것을 예상한 거야. 그래서 보란 듯이 참극을 벌인 거고."

"그 '놈'이라는 게 대체 누군데?"

쿵, 쿵.

데일이 코를 쿵쿵거리며 냄새 맡는 시늉을 한다.

철컥, 드드드드!

갑자기 키릭의 세이비어가 가늘게 진동했다.

싸늘하게 굳은 키릭의 표정을 보는 루산과 자오링의 얼굴에 의문이 감돈다.

"어때, 키릭. 익숙한 냄새지?"

"……그놈이로군."

"아, 진짜 대체 놈이 누군데!"

키릭과 데일은 대답하지 않고 마을의 중심을 향해 걸었다. 곳곳에 흉물스럽게 녹아내린 생명체의 흔적들—인간 외에도—이 가득했다.

휘이잉—

불어온 바람에 섞인 비린내.

이것은 드래곤의 냄새였다. 그것도 키릭을 너무나도 증오하는.

척.

한때 아이들이 뛰어놀았을 공터 가운데에서 키릭의 발길이 멎었다. 땅이 움푹 파이고 주변으로 흙과 모래가 부챗살처럼 밀려 나간 흔적이 역력하다.

"여기서 다시 날아올랐군."

"응, 숲과 바위, 그리고 다른 생명체들에게서 마이너스 전자를 빨아들였어. 엄청난 에너지가 발생했고."

"야, 저기!"

자오링이 무언가를 발견했다.

흙 아래 절반 쯤 묻혀 있는 물체는 비늘이었다. 투명한 것 같으면서도 푸르스름한, 거의 남색에 가까운 비늘.

사람 손바닥 크기만 한 비늘은 마치 도끼를 연상시킬 정도로 날카로웠다.

"이…… 이거 설마?"

"드래곤. 헤테르프라는 이름을 가진."

"키릭 네가 전부터 말했던 그놈?"

키릭이 묵묵히 고개를 끄덕인다.

"그놈이 왜! 무슨 이유로!"

이미 싸크비스와 결전을 치렀던 자오링이었기에 드래곤의 무서움을 잘 안다. 지독한 상처로 제 기능을 발휘하지 못했던 싸크비스도 강력한 상대였거늘……

"시련. 그리고 죽음을 이겨 낼 의지."

전에 없이 데일의 목소리가 차가워졌다. 데일의 말에 모두는 더 이상 입을 열 수 없었다. 그 외에 무슨 이유가 필요할 것인가.

어쩌면 저들 드래곤들은 자신들에게 어려운 시험을 내리고 있는 것일지도 모른다.

다른 친구들이 마을을 둘러보는 사이, 리디아는 한 무더기 오물이 되어 버린 마을 사람들을 위해 기도했다.

정말 착하고 순수한 농부와 그들의 아내, 그리고 자식들이었다.

한데 왜 그런 이들이 아무런 이유도 없이 희생되어야만 할까.

자신들의 길은 옳은가. 시련은 필연적인 것인가. 왜 죽음을 극복해야만 하는가. 어떤 목적을 위해서라면 타인의 권리를 짓밟아도 좋은가. 숭고한 신념의 기준은 어디인가.

자신은…….

리디아는 살아 숨 쉴 자격이 있는가.

기도를 마치고 일어선 리디아는 마을 너머에 있는 신전을 바라보았다. 제국에서도 몇 없는, 대지와 빛의 요정에게 헌납된 공간. 어렸을 때, 자주 뛰어놀던 곳이다.

하지만 열 살이 되기 전, 아버지는 리디아에게 신전으로의 출입을 금지했다.

"리디아."

"어? 응."

"여기가 너 태어난 곳?"

"아니. 하지만 여기서 가까워."

"어서 가자. 이곳은 죽음의 냄새가 너무 진해. 기분 나쁜 드래곤의 흔적도 있고."

"그래."

루산이 리디아를 데려오자 데일이 그녀를 빤히 바라본다.

"야, 너 왜 또 그런 눈으로 리디아를 째려보냐."

리디아와 데일 사이에 뭔가 어색함이 있음을 짐작한 루산이 애써 농담처럼 말을 건넨다.

"아니, 또 엉뚱한 생각을 할까 봐."

"데일, 그게 무슨 말이지?"

리디아의 얼굴이 얼음처럼 차갑게 식었다. 그런 리디아를 향해 환한 웃음을 보이며 데일이 말했다.

"아니야. 아직까지 죽음에 대한 동경을 가진 소녀가 있어서."

리디아가 입술을 꽉 깨문다.

"누구, 나? 난 아닌데."

자오링이 끼어들며 데일의 목을 조르는 시늉을 했다. 반사적으로 키릭이 손을 세이비어에 가져다 댔고 자오링은 펄쩍 뛰며 죽는 소리를 해 댄다.

"휴우……."

리디아는 화낼 틈도 주지 않는 친구들을 보며 잡생각을 떨쳤다.

데일.

최근 들어 부쩍 리디아에게 일종의 '적대감' 마저 보이는 이상한 친구. 데일은 대체 리디아의 어떤 모습을 보았기에 저런 태도를 보이는 것일까. 이프로디 언덕을 넘어 마을에서 비교적 멀리 떨어진 리디아의 집으로 가는 길. 마을에서 보고 느꼈던 헤테르프의 흔적은 아직 드러나지 않았다.

하늘을 날아 이동했다면 납득이 될 상황이었다.

만약 헤테르프가 이들의 다음 행적을 예상했다면 당연히 리디아의 집을 찾았을 것이다. 사실 다들 아까부터 그런 생각을 했지만 리디아의 눈치를 보며 아무런 말도 꺼내지 않았다.

오히려 그 점을 누구보다 잘 아는 이가 바로 리디아였다.

만약 리디아의 아버지가 무사했다면 신전을 지나치기 전에 벌써 그녀의 출현을 알고 찾으러 나왔을 것이다. 한데 그는 그러지 않았다. 분명 집에 무슨 일이 생겼다.

리디아의 발걸음이 점점 빨라졌다.

해가 넘어가는 지평선에 작은 오두막 하나가 나타났다.

겉보기에는 평화로운 목동의 보금자리로 여겨지는 그곳이 바로 리디아의 집이었다.

"흑!"

갑자기 리디아가 울음을 터트렸다. 그리고 온 힘을 다해 뛰기 시작했다.

턱.

함께 달려가려는 키릭을 데일이 막았다.

"혼자 가게 놔두는 것이 좋겠어."

"헉, 헉."

가쁜 숨을 몰아쉬던 리디아는 너무나 조용한 집을 보며 끝없이 눈물을 흘렸다.

생명의 기운?

그런 것이 남아 있다면 이렇게 가슴이 아프지는 않았을 것이다. 이리저리 눈을 돌리며 혹시나 마을에서 보았던 죽음의 흔적을 찾아보았지만 외관 상으로는 정말 깨끗하기만 하다.

한 걸음, 한 걸음. 리디아는 떨리는 몸을 움직여 문고리를 잡아 갔다.

덜컹.

그리운 냄새가 났다. 자신이 낳은 딸을 멀리하고 두려워했던 어머니. 하지만 멀리서 리디아를 바라볼 때에는 항상 사랑과 안타까움이 섞인 눈을 했던 어머니.

그녀가 침대에 두 손을 포갠 채 누워 있었다.

아버지는 보이지 않았다. 리디아는 그 사실을 깨닫지 못하고 비틀거리며 어머니에게 다가갔다.

"엄…… 마."

대답은 들려오지 않았다. 그리고 또한 숨소리도.

털썩.

침대 옆에 주저앉은 리디아가 어머니의 손을 잡아 간다.

"차갑네요."

파랗게 식어 버렸지만 여전히 아름다운 어머니의 뺨에 자신의 뺨을 갖다 대며 리디아가 중얼거렸다.

마을을 멸망시킨 원흉은 결국 리디아의 부모를 해쳤다. 그나마 시신이 온전하다는 것이 위안일까.

"아빠는요."

당연히 그에 대한 답은 구할 수 없다.

"두 분은 한시도 떨어질 수 없다고 하셨잖아요. 절 버리지 못하셨던 것처럼."

그렇게 리디아는 오랜 시간 동안 죽은 어머니에게 말을 걸었다. 어렸을 때의 추억, 자신이 얼마나 가족을 사랑하는지, 사람들이 기적이라 부르며 자신을 떠받들 때 느꼈던 기분, 전장의 백합이 되어 부모의 곁을 떠나던 날의 슬픔, 전쟁의 참혹함과 눈물로 떠나보냈던 병사들. 그리고 그날 이후 지금까지의 일들을 조잘조잘 풀어놓는다.

"엄마 그거 알아요? 난…… 신기한 능력이 있는 거. 엄마가 싫어하던 그런 거 말고요. 하늘 끝에 있는 별이 제게 준 축복 같은 힘 말이에요."

끼이익.

문이 열리고 누군가 들어왔다. 그가 누군지 깨달은 리디아의 표정이 차가워지며 입을 꾹 닫는다.

턱.

문이 닫히고 방 안에 다시 어둠이 찾아왔다.

"넌, 웬만하면 여기 없었으면 좋겠어."

"……."

홀로 집안에 들어온 이는 데일이었다.

"리디아."

"왜."

"아직도 죽음이 너와 함께 있다고 생각해?"

데일의 음성은 무척이나 부드러웠다.

"처음부터 그런 생각해 본 적 없어."

"과연 그랬을까. 축복을 노래하고, 타인을 일으키는 네 삶이야말로 가장 죽음에 근접했을 텐데."

"그따위가 위로라면 그만해도 돼."

"어때? 진짜로 원하지 않았던 죽음을 본 감상이."

그르릉!

갑자기 리디아가 짐승에 가까운 소리를 흘렸다. 휙 고개를 돌려 데일을 바라보는 리디아의 눈은 인간의 그것이 아니었다.

뚝.

하지만 순간, 리디아의 모습은 원래의 그녀로 돌아왔고 내부는 다시 고요해졌다.

"맞아. 죽음은…… 결코 친해질 수 없는 존재야."

"루산의 친구 싸크비스가 했던 말, 죽음을 이겨 낼 수 있냐는 물음. 그건 단순한 시험을 뜻하는 말이 아니었을 거야. 똑똑한 리디아 너라면 이해할 수 있겠지?"

"아마도?"

"그럼 됐어."

데일이 다가와 리디아를 살포시 껴안아 주었다. 리디아가 가늘게 흐느꼈다. 이 순간 리디아는 그동안 데일에게 들었던 거부감과 원망이 사라짐을 느낀다.

"나…… 알아. 내가 마음만 먹으면 엄마를 다시 깨어나게 할 수 있는 거."

"왜 하지 않지?"

"엄마가 그걸 원하지 않으니까. 그렇게 깨어난 생명은 살아 있는 존재가 아니거든. 영원히 빛을 저주하고 시전자를 원망하게 되는."

리턴 소울.

치유가 아닌 저주.

죽음의 안식을 방해하는 고대의 흑마법. 리디아는 목이 잘려 죽었다가 되살아난 강아지의 그 눈빛을 잊지 못했다.

"하나가 더 있잖아."

"……?"

"자린이 일라신에게, 네게 준 세 번의 선물."

"아!"

순간 리디아는 사라졌던 과거의 기억 일부가 깨어나는 것을 느꼈다. 명확하진 않지만 그것은 진정…….

축복이다.

"데일. 난 진짜로 어떤 존재야? 내가 너를 통해 본 환상과도 같았던 세계는?"

데일은 리디아의 머리를 쓰다듬으며 입가에 씁쓸한 웃음을 짓는다.

"네가 본 세계는."

꿀꺽.

"어쩌면 현실이 아닐 수도 있어. 강요된 기억의 잔재이거나 되리라 소망하는 세상."

"그래? 다행이다."

"그리고 넌, 우리는 자유의지를 가진 존재야. 그저 다가올 날의 영혼을 받아들일 그릇이 아니라."

"내 공부가 부족한가 봐. 데일 네 말의 대부분을 이해하지 못하니까."

리디아가 눈물을 닦으며 먼저 일어났다.

"이제 아빠를 찾아야겠어. 분명 살아 계실 거야."

"좋아. 그 또한 우리가 가야 할 길의 시련이겠지."

리디아는 빙그레 웃으며 어머니에게로 시선을 돌렸다. 사망한지 꽤 되었지만 시취도 없고 부패도 일어나지 않았다.

아버지가 남긴 마지막 사랑일까.

"엄마. 저 이제 가요."

눈을 감고 어머니를 위해 조용한 기도를 올린다. 기도를 마친 리디아가 데일보다 앞서 집을 나서려 했다.

"리디아. 죽음을 이겨 낸 것, 축하해."

돌아보지 않고 문을 여는 리디아의 얼굴이 한층 밝아지며 진심어린 미소가 피어오른다.

*   *   *

좌아! 좌아아!

뱃전에 부딪치며 흩어지는 파도의 자취.

그 색은 푸르고 그 거품은 눈처럼 하얗다.

달이 절반으로 기우는 밤.

푸른 산호섬의 대함대가 제렌 디스의 명령을 수행하기 위해 대양으로 나선 지 정확히 오 일째다.

모든 불빛을 최대한 죽이고 조용히 움직이는 함대의 기함 갑판에 길쭉한 그림자가 있었다.

그림자의 주인 알트로피데스는 아까부터 말없이 달을 바라보기만 한다.

"이해할 수가 없군요."

누구에게 건네는 말일까. 아무리 둘러봐도 주변에 말 상대는 보이지 않았다.

"별들의 이동이 느려졌습니다. 달이, 아버지를 상징하는 저 천체가 변덕이라도 부리는 걸까요?"

알트로피데스의 아버지라면 제르 호바.

"아버지시여. 검은 머리의 소년이여. 이 또한 아버지의 뜻입니까. 스스로 하신 예언에 관여하시겠다는?"

그때 까마득한 하늘에서 달을 가로질러 지나가는 거대한 물체가 있었다. 알트로피데스는 그 광경을 보며 즐거운 듯 킥킥거렸다. 그 정체가 무엇인지 알기에.

"얼마 전에 반가운 형제를 만났지 뭡니까."

드래곤의 형제. 또 다른 흑룡족.

"엄청나게 성장했더군요. 저 따위는 비교도 안 될 정도로. 5000년의 세월……. 5000년의 원망과 저주, 눈물. 그것이 그녀를 강하게 만들어 준 원동력이겠죠."

그는 지난 번 슈네인을 만난 이후, 누군가의 방문을 받았다. 결코 예전의 일곱 고대용에 뒤지지 않는 저력을 가진 옛 친구를.

"뭐, 별다른 얘기는 없었습니다. 제렌 디스와 슈네인에 대해 묻고 떠난 것이 다니까요. 웃더군요. 이 상황을 무척 재미있어 하는 것 같았어요."

아름다운 흑발을 소유한 미모의 여인. 인간들은 그녀를 '타락'이라 불렀다.

"아마 당분간 꽤 귀찮으실 겁니다. 아버지와 다른 분들께서 어찌 이겨 내실지 기대가 되는데요?"

들뜬 목소리로 혼잣말을 하던 그는 곧 입을 닫았다.

뚜벅거리며 다가오는 발소리.

잠시 후, 알트로피데스의 뒤에 기함의 함장이 섰다.

"존귀한 옥토푸스."

"말하라."

"가시거리 이내에 제국의 함대가 들어왔습니다."

"알고 있다."

이들의 가시거리는 인간의 그것에 비할 바가 아니다. 적어도 세 배 이상의 거리에서도 물체를 식별할 수 있으니.

"'토타르퍼스의 불'과 용맹한 해병들이 명령만 기다리고 있습니다."

토타르퍼스의 불은 석유를 가득 담은 항아리를 말한다. 거기에 불을 붙여 육지용 투석기를 이용해 날려 보내는 이 시대의 첨단 무기라 할 수 있다.

"아직 대기해. 난 놈들의 두려워하는 눈동자를 보고 싶거든."

알트로피데스의 말에 선장이 송곳니를 드러내며 차갑게 웃는다.

"지금부터 모든 빛을 소등하고 조용히 접근한다."

"옛."

얼음의 대지와 접경한 어느 제국군 대대의 감시 초소.

이곳은 비교적 송곳전사들의 출몰이 적어 일 년에 한두 번, 소규모 전투만 벌어지는 지역이다.

이날도 여느 때와 다름없이 차가운 고요만이 주변에 가득하다.

"하~암."

하품을 하는 선임병과 졸린 눈을 비비는 후임병.

두 사람은 벌써 삼 일째 잠도 제대로 자지 못했다.

"지겨운 눈폭풍이 지나가니까 사단장의 방문이라."

"지금쯤 지들끼리 술판 거하게 차려 놓고 히히덕거리고 있을 겁니다."

"에잇, 더럽다. 누구는 추운 곳에서 목숨 걸고 고생하는데."

"그래도 병장님은 일 년도 채 안 남았지 않습니까. 전역하시면 완전 새로운 세상이 열릴 텐데 말입니다."

"넌 얼마나 남았냐."

"안 보입니다."

몇 시간째 쉬지도 못하고 경계근무에 투입된 것에 짜증이 난 두 사람은 이렇게 대화를 하며 시간을 죽였다.

"큼, 이게 무슨 냄새야."

선임병의 말에 후임병도 고개를 갸웃한다.

"무슨……. 똥냄새 같습니다?"

"아냐. 그건 아니고. 음, 시체 썩는 냄새랑 비슷한데."

슈우우우우—

초소 밖으로 두 사람이 나섰다.

"응?"

여느 때와 달리 시야가 좋지 못했다.

바닥은 이미 자욱한 안개로 인해 자신의 군화도 보이지 않을 지경이었고 멀리서부터 꾸물거리는 안개는 마치 살아 있는 생물처럼만 느껴진다.

"……병장님."

"안다."

안 그래도 저번에 있었던 대참사로 인해 신경이 바짝 곤두서 있던 병사들이다. 사소한, 아니 뭔가 평소와 다른 모든 현상들에 지극한 경계를 하는 것이 당연했다.

"보고하겠습니다."

끄덕.

후임병이 몸을 돌린 순간이었다. 그의 눈앞에 검고 거대한 누군가가 서 있었다.

"어?"

사각.

병사의 안면이 피와 함께 그대로 흘러내렸다.

이것은 대전쟁의 서막.

육지와 바다를 통해 본격적으로 제국을 침공하려는 제렌 디스와 남부인들의 작은 선물.

이제 대륙은 눈폭풍보다 더한 참혹한 전쟁과 분열의 시대를 맞이한다.

외전
리디아 힐겐

RAJARIN

트라폴리아 대륙.

수천 년 전에는 트라린 대륙이라고 불리었던 풍요의 땅.

이 대륙의 지도가 완성되었을 때, 사람들은 날개를 펼친 새를 연상했다고 전해진다.

북부와 중부를 나누는 일라시니아 산맥 아래로 대륙 최대의 제국 로슈르가 위치해 있다.

전 국토의 대부분이 평야지대이고 동, 서 해안선 또한 여타 국가와 비교를 불허할 정도로 길기 때문에, 이 나라에서 생산되는 각종 물산들은 오억 인구가 먹고, 쓰기에 넘칠 정도다.

산맥 위쪽으로는 여덟 개의 왕국과 네 개의 공화국이 난립하며 오랜 기간, 그들끼리 전쟁을 벌였었다.

중부인들이 야만족이라 부를 정도로 뒤떨어진 문화를 가진 이들이 어떻게 중앙집권에 가까운 왕국들을 이루고 한발 더 나아가 '공화정'이라는 고도의 정치체계를 이룩했는지 신기할 따름이었다.

수천 년의 세월을 전쟁과 휴전을 반복하며 다투던 북부.

그러다 백 년 전, 자유무역연합이라는 거창한 명칭으로 군사, 경제 분야의 통합을 이룬 뒤 싸움을 종식하고 곧바로 로슈르 제국과 전쟁을 개시했다.

건조한 지역과 덥고 습한 지역이 골고루 분포되어 있기에 일억이 넘는 인구를 부양하는데 큰 어려움을 겪던 그들이 교역을 허용하지 않았던 제국에 대한 불만을 폭발시켰던 것이었다.

현재는 평화협정을 맺어 제한적 교역이 이루어진 상태였다. 거칠고 잔인한 북부인들을 맞아 큰 피해 없이 전쟁을 수행할 수 있었던 것은 제국의 군대가 그만큼 강했기 때문이었다. 예전 대륙을 호령했던 시론의 오왕국과 마찬가지로 로슈르 제국의 어마어마한 경제력은 그것을 가능케 했다.

그러나 남부는 달랐다.

제국군 절반이 넘는 이백만 대군이 밀집해 있는 얼음의 대지.

암흑군대와의 전쟁은 아직도 계속되고 있다……

"끄아아악! 아파! 아프다고오오!"

"살려 줘, 내 다리! 다리가!"

수십 명의 부상당한 병사들이 내지르는 고통에 찬 외침.

야전병원에서 흔히 볼 수 있는 광경이었다.

얼음의 대지 최전선에 위치한 제국 9군단 예하 72기병연대 소속 군의관 미켈리안은 쏟아져 들어오는 부상병들을 침착하게 살피며 급을 나누어 병실로 배치했다.

피로 얼룩진 종이를 받아들고 거기에 뭔가를 휘갈기는 미켈리안의 표정에는 슬픔도, 분노도 드러나 있지 않았다. 항상 같은 일상이었으니까.

그가 건넨 종이를 받아 들고 경례하며 자리를 뜨는 하사관의 뒷모습을 묵묵히 응시하던 미켈리안은 그제야 한숨을 쉬며 간호장교들에게 각각의 업무를 지시한다.

어느덧 밤이 찾아왔고 병동은 고요해졌다.

이미 죽을 사람은 다 죽고 소생 가능한 병사들만 약에 취한 채 깊은 잠에 빠져 있다.

오직 미켈리안의 개인 집무실에만 어두운 촛불이 켜져 있을 뿐.

"이래서야……. 정말 걷잡을 수 없는 피해만 발생하는군."

전투 경과가 적힌 종이와 아군의 인명피해가 소상히 기록된 보고서를 번갈아 보던 미켈리안이 탄식했다.

새로 부임한 연대장의 무리한 작전 지시로 인해 정예기병들과 역전의 보병들이 또다시 희생되었다.

"공에 눈이 먼 왕자님의 허세인가. 나 원 참."

연대장은 제후국 중 하나의 왕자였다. 그는 아직 20대 초반의 애송이인데다가 무공에 대한 욕심도 과했기에 부임 초반부터 병사들을 가혹하게 얼음 대지로 내모는 중이었다.

혀를 차던 미켈리안이 초를 들고 일어나 집무실을 벗어났다.

어두운 복도를 걷는 미켈리안.

이곳은 말이 야전병원이지 실제로는 중소 도시의 웬만한 병원보다 훨씬 잘 지어졌다.

전쟁과는 어울리지 않게 오묘한 아름다움을 풍기는 외관과 구조를 보고 있노라면, 지금과 같이 고요한 밤에는 아늑한 별장에 온 것과 같은 착각을 불러일으킨다.

하지만 그런 감상은 금물. 언제 또 악몽에 시달리는 병사들의 울부짖음이 들려올지 모른다.

"응?"

어디선가 도란도란 이야기를 나누는 소리가 들렸다.

'간호사들이로군. 일찍 잠자리에 들라고 하였건만.'

많은 수의 부상병들을 한꺼번에 맞이하여 상당히 힘든 하루를 보낸 이들이었다. 육체적 피로보다 더한 것은 정신적인 고통. 처참하게 잘리고 뜯긴 병사들을 보는 것은 십대 중반에서 이십대 중반의 여성들로 이루어진 간호 인력들이 감내하기엔 무리가 따른다. 여러 해를 시체의 산과 피의 바다에서 보냈기에 면역이라도 된 것일까. 그녀들은 이제 부상병들의 내장을 만지는 일에 전혀 거침이 없다.

미켈리안은 왠지 모르게 마음이 허해지면서 다시 한숨을 쉬었다.

대화 소리가 들려오는 곳을 향해 걷던 그는 그것이 당직실이 아닌 병실에서 들려오는 것을 깨닫고 살짝 발소리를 죽였다.

'누구지?'

분명 병사들 간 대화는 아니다. 미켈리안은 촛불을 불어 끄고 더욱 조용히 병실로 다가갔다.

"제가 무엇을 본지 아세요?"

약간은 거칠지만 아직 소년의 티가 나는 음성. 오늘 낮에 부상당해 들어온 병사들 중 하나였다.

"끝없는 눈밭이었어요. 아, 멀리 하늘 높은 줄 모르고 솟은 눈산도."

미켈리안은 음성이 새어 나오는 병실 앞에 서서 살짝 안쪽을 살펴보았다.

"처음이었어요. 그렇게 얼음의 대지 깊숙이 들어가 본 것은요."

어쩐지 신이 난 듯, 하지만 조용하게 소곤거리는 젊은 병사.

"문 레이디, 상상해 보세요. 누구도 밟아 보지 못한 순백의 땅. 거기에 첫 발을 대는 기쁨 같은 거요."

미켈리안은 그 병사가 일종의 환각 상태에 있음을 짐작했다.

"기병대가 깃발을 휘날리며 진군하고, 우리 보병대가 창을 세워 그 뒤를 따라가는 광경. 어때요, 멋지죠?"

미켈리안이 병사 앞에 작은 초를 밝히고 앉아 있는 여성을 바라보았다. 베일을 쓴 그녀의 얼굴은 촛불에도 불구하고 그늘져 있었다. 하지만 부드러운 얼굴선과 살짝 웃는 옆모습은 미켈리안에게 너무나도 익숙했다.

"아, 그때 문 레이디께서 같이 계셨다면 제가 한 송이 얼음 꽃을 드렸을 텐데."

문 레이디. 병사들이 그녀를 부르는 별칭이다.

"……알아요. 용감무쌍하고 당당한 그대들의 모습."

여자의 목소리는 다정하고 또 따뜻하기만 했다.

"우린 빨리 그들을 만나고 싶었어요. 지난 달, 형제들을 살육했던 송곳 전사들 말이에요. 그놈들의 가슴에, 머리에 복수의 창을 밀어 넣는 것만이 죽어 간 형제들의 원한을 잠재울 수 있는 유일한 방법이니까요."

"이해해요."

그녀가 손을 뻗어 병사의 머리를 쓰다듬었다.

"그런데…… 앞서 가던 기병들이 사라졌어요."

병사의 목소리에 조금씩 공포가 스며들었다.

"그것은 눈보라였죠. 마치…… 우리를 환영하는 것처럼 갑작스럽게 몰아친 눈보라."

병사의 몸이 떨렸다. 그리고 점점 말이 빨라지기 시작했다.

"다음은 우리 보병대였어요. 눈의 장막 속에 갇힌 듯, 전혀 앞을 볼 수도 없었어요. 그리고 그들이 다가왔죠."

"이제 그만 쉬세요."

그녀는 차분한 음성으로 병사의 땀을 닦아 주었다.

"닿는 모든 것이 깨졌어요. 사람도, 말도, 내지른 창들도. 우리의 입에서 뿜어진 하얀 입김들조차. 그건 뭐였을까요?"

"겨울밤의 악몽일 뿐이에요."

"악몽? 맞아요, 악몽. 왜 그걸 몰랐을까. 히히."

여인은 병사의 입에 따뜻하게 데운 우유를 한 숟갈 물려 주었다.

미켈리안의 눈에 비친 병사의 모습은 비참했다.

두 팔과 두 다리가 모두 절단되고 가슴 복판에 깊은 상처가 나 있는 모습.

살아 있다는 것이 기적일 정도였다.

그런 병사가 이 시간에 간호사와 대화를 나눈다? 그것도 전혀 고통을 느끼지 않는 채로?

미켈리안은 그 이유를 잘 알았다.

단순히 약에 의한 효과가 아닌 병사와 대화를 나누고 있는 그녀의 능력이라는 것을.

"……엄마가…… 보고 싶어요, 문 레이디……."

주륵.

미켈리안은 그녀가 쓴 베일 아래로 한 방울 눈물이 흐르는 것을 보았다.

젊은 병사는 잠들었다. 그런 병사를 위해 한참동안 자장가를 불러 주던 여인. 다시 병실에 고요가 찾아오고 그녀가 병사의 머리맡에 있던 초를 껐다.

"죄송해요. 신경 쓰시게 해서."

그녀는 이미 미켈리안이 병실 밖에 서 있었음을 알았다.

미켈리안은 고개를 끄덕이는 것으로 답을 대신했고 잠시 후 여인과 함께 병실이 밀집한 복도를 떠나 병원 외부로 나왔다.

두꺼운 외투를 걸친 미켈리안과 달리 비교적 가벼운 차림의 여인은 추운 날씨에도 불구하고 전혀 몸을 떨지 않는다.

낮게 뜬 달이 두 사람을 비추었다.

여인은 그제야 베일을 들어 달을 바라본다.

창백하고 푸른 달빛을 반사하는 그녀의 모습은 무척이나 아름다웠다.

하얗고 매끈한 피부. 약간은 보랏빛이 감도는 입술과 부드럽게 올라간 콧날은 대륙 중부에서도 보기 드문 미인의 상징이다. 또한 불면 떨어질 것 같이 큰 눈과 모든 것을 빨아들일 것만 같은 검은 눈동자는 옛 남부인들의 그것과 닮았다.

"리디아. 무리하지 말라고 했잖느냐."

리디아. 문 레이디라 불리는 그녀의 이름이었다.

"아파했고, 슬퍼했으니까요. 그에겐 육체의 고통보다 마음의 안식이 필요해요."

"헛된 바람일 뿐이야. 아침이 되면 또다시 자신의 몸뚱이를 보며 괴로움에 빠지겠지."

사지를 잃은 사람의 상실감은 그 무엇으로도 대체할 수 없다는 것은 미켈리안도, 리디아도 잘 안다.

"그를 네가 걱정할 필요는 없다. 상이군인우대정책에 따라 남은 평생 온 가족이 쓰고도 남을 만큼의 연금이 지급될 테니까. 그는, 저들은, 죽어간 병사들 모두는 제국의 영웅이다."

리디아는 미켈리안의 말에 긍정도, 부정도 하지 않은 채 다시 베일을 썼다.

"어서 자. 출발하려면 몇 시간 남지 않았으니."

"꼭, 가야만 하나요."

어디를 간다는 말인가.

간호사로 지원한 인력들은 대체로 10년간 제국과 병사들을 위해 봉사하는 것이 신성한 의무인데.

아직 16세에 불과한 리디아는 앞으로 팔 년을 더 이곳에 있어야 했다.

"추천을 받아 국립대학에 입학하는 것은 쉽게 찾아오는 기회가 아니란다."

며칠 전, 미켈리안과 면담하고 떠난 여성이 있었다.

흑색 실크를 머리부터 발끝까지 두른 채 끝까지 얼굴을 드러내지 않았던 여인.

"마음이 무겁네요. 이들을 남겨 두고 저만 떠난다니."

"넌, 전장과 어울리지 않아."

"우리 모두가 그렇답니다."

"……네가 가진 마음의 힘. 그것은 다른 곳에서 더욱 훌륭히 쓰일 게야. 그것을 키워 줄 이들이 대학에 계시고."

"휴우. 알겠어요."

리디아는 한숨을 쉬며 숙소로 돌아갔다.

그런 그녀의 모습이 사라질 때까지 미켈리안은 그 자리에 서서 미동조차 하지 않았다.

그리고 그가 고개를 숙이며 아주 조그맣게 입을 열었다.

"자린을 위하여."

미켈리안이 눈을 떠 다시 밤하늘의 달을 바라보았다. 그러나 그는 달을 바라보고 있지 않았다. 달이 있는 자리 너머에 존재하는 무언가를 애타는 마음으로 응시할 뿐.

"퀸, 너무 빠르지 않습니까."

"아뇨. 늦었다는 것이 주인의 판단입니다. 코치."

흑색 실크의 여인과 나누었던 대화다.

"리디아는……. 아직 부족해요. 여전히 가슴속에 죽음에 대한 동경을 간직하고 있다 그 말입니다."

"어쩔 수 없습니다. 정말로 간만에 주인께서 주신 말씀입니다. 뭔가 깊은 뜻이 있을 겁니다."

"당신의 권한으로 좀 늦출 수는 없습니까."

"미켈리안 코치. 주인께서 그렇다면 그런 겁니다. 우린……. 절대 복종을 맹세하지 않았습니까?"

"……."

"다섯 아이들은 앞으로 주인의 그늘에서 성장할 겁니다. 안심하세요."

"예."

"이제 당신을 놓아 드리죠. 무슨 일을 하시든 저희는 관여치 않겠습니다. 단, 비밀을 누설하거나 위대한 퍼펙트 그레이의 뜻에 반하는 행동만은 안 될 것입니다."

"걱정 마세요, 퀸. 리디아가 수도에 무사히 도착했다는 소식만 듣는다면 미련 없이 전역을 신청할 겁니다. 그리고 어디론가 멀리 떠날 거고요. 아마도……. 흑룡이 세상에 모습을 드러낸다면 그때에나 절 보실 수 있을 겁니다."

"훌륭해요, 코치. 그럼 전, 이만."

여인, 퀸이 작게 예를 보인 후 흩어지듯 모습을 감추었다.

"당신의 뜻을 누가 알겠습니까. 자린."
미켈리안은 회상을 멈추고 또다시 중얼거렸다.

＊　　　＊　　　＊

—울지 마세요.

이렇게 말하는 리디아도 흐르는 눈물을 주체할 수 없었다.
그녀의 앞에 펼쳐진 묘한 광경.
아버지와 어머니, 그리고 이제 갓 태어난 여자 아이. 저 갓난아이는 분
명 리디아 자신일 것이다. 흐느끼는 부모 옆에 누군가 서 있었다. 짐승의
가죽을 검게 물들여 길게 자른 뒤, 붕대처럼 온몸에 칭칭 감은, 기이한 방
어구를 입은 남자. 게다가 목을 보호하는 가죽을 코끝까지 끌어 올려 생
김새를 파악하기도 힘들었다.
그가 누군지는 리디아도 모른다. 하지만 결코 자신의 부모와 작은 리디
아에게 호의적인 모습은 아니었다.

"왜……."
어느새 리디아의 아버지는 침착함을 되찾고 불청객이 확실한 남자에게
물었다.
"이제 와서 왜!"
확연한 분노의 기색이었다. 늘 웃기만 하던 아버지의 모습과는 너무나
도 다른.

"아아, 그건 미안하게 생각해."

시원한 음성이 남자에게서 나왔다.

"로그 잉그하임! 넌 네가 스스로 한 말을 이처럼 쉽게 뒤집을 정도로 비겁한 자였나?"

―로그…… 잉그하임?

리디아는 남자의 이름을 되뇌었다.

"미안하다니까."

그의 태도는 전혀 그렇게 보이지 않았다.

"뭐, 내 실수였다고 해 두지. 사실 그것도 이제야 알았지만."

"끄으윽."

리디아의 아버지는 스스로도 로그의 상대가 되지 못함을 아는지 섣불리 덤비지 못한다. 그에게선 강인한 전사의 냄새가 풍겼다. 호리호리한 체격이지만 그 누구도 범접할 수 없는.

"왜 내 딸인데! 뭔가가 잘못된다면 네가 책임진다고 했잖아."

"……."

"하나가 희생해야 한다면 네 아들로 해. 책임을 지란 말이다!"

절규하는 아버지였다.

"이봐, 프랭크 힐겐."

로그가 낮은 음성으로 말을 시작했다.

"만약에 말이야. 내 아들이 태어난 이후로 너나 다른 누군가의 자식들이 줄줄이 나타나지 않았다면 세상은 당분간 평화로울 것이었어."

"엉뚱한 곳으로 화를 돌리려 하는가?"

"나와 유리아나가 우리의 존재 가치를 깨달았을 때는 이미 늦었지. 불가능할 줄 알았던 조합이 세상에 나왔으니까. 유전자를 후세에 전달할 도구에 불과한 우리가 결합을 통해 예언을 이루어 버렸다."

"그러니까 다 네 잘못이라고!"

프랭크가 더욱 크게 소리치며 로그를 탓했다. 잘하면 리디아의 생명을 지킬 수 있지 않을까 하는 생각으로.

"아이의…… 이름이?"

로그가 뜬금없이 이름을 물었다.

"리디아."

대답은 리디아의 어머니에게서 나왔다. 그녀를 향해 작게 고개를 숙여 주며 눈웃음을 보이는 로그.

"작고 사랑스러운 리디아……. 틀림없이 자네와 부인에게는 세상 무엇과도 바꿀 수 없는 소중한 보물일 테지."

그의 눈매가 선량해지는 것으로 보아 심경의 변화를 일으킨 것일까.

"아마 누군가 리디아를 해하려 한다면 목숨을 잃더라도 대항할 것이고. 그렇지?"

"당연하다."

"나도 같아."

순간 내부 공기의 흐름이 정지한 듯한 착각이 일 정도로 분위기가 가라앉는다.

"내 아이 데일. 우주 그 자체인 위대한 자린께서 보내 주신 선물……."

어머니가 리디아를 꽉 끌어안았다.

"이제 대답이 되었을까? 프랭크."

─하지만 난 살아 있는걸.

이것이 꿈과 환상에 불과하다는 사실을 확실히 자각하고 있는 리디아였다.

로그가 그의 허리에 찬 검은색 글라디우스를 뽑았다.

"이익!"

프랭크가 아내와 리디아의 앞을 막아서며 자세를 잡는다.

"이해해라. 너와 부인까지 해치고 싶진 않아."

"닥쳐!"

"아이는 다시 낳을 수 있어. 여럿을 낳다 보면 그중에 하나 정도는 도구의 기능을 할 거고."

로그는 차가웠다.

"네가 도구들 중 최강이라는 점, 모르는 바가 아니다. 그러나 나도 물러설 수는 없어. 리디아는 내가 지켜!"

화악!

프랭크의 몸에서 보랏빛 기운이 강하게 뿜어졌다. 하지만 그것은 결코 전투에 특화된 것이라 보기 힘들었다.

"프랭크…… 이 세상 어딘가에 네 조상으로부터 동일한 유전을 이어받은 이들이 분명히 존재하겠지? 나나 유리아나와는 다르게 말이야."

"……"

"그게 아니라면 전능한 자린께서 또 다른 그릇을 세상에 내려 주시겠지."

이 말은 프랭크 일가족의 죽음 따위는 시간이 해결해 줄 것이라는 뜻이다.

최악!

"어?"

프랭크의 입에서 가느다란 신음이 흘러나왔다.

쩌적.

그의 가슴이 가로로 크게 벌어졌다. 피 한 방울 흐르지 않는 상태로.

풀썩.

순식간에 건장한 사내가 무너졌다.

"데일에게 모든 것을 물려주었다지만 난 여전히 강해. 아마 인간들 중에서는 나와 상대할 자가 몇 없을 거야."

리디아는 왠지 로그의 저 자신감이 당연하다고 생각했다.

"힐겐 부인 비켜 주시겠습니까."

로그가 정중하게 프랭크의 아내에게 말했다.

누군가 그랬다. 어머니는 강하다고. 그녀는 리디아를 안은 채, 몸을 돌리고 한 치의 흔들림 없이 로그를 노려보았다.

"잔인하다고, 이기적이라고 욕하고 계시겠지요?"

스릉.

검은 글라디우스가 저절로 울음을 토한다.

"제가 인간이라 믿었던 때라면 분명 저 또한 죄책감을 가졌을 겁니다. 하지만 지금은……. 부인은 그저 고깃덩어리일 뿐입니다. 어떠한 말로 절 원망하시더라도 돼지가 내뱉는 역겨운 비명에 다름이 없지요."

검끝에서 연기처럼 흐느적거리는 묘한 기운이 그녀의 뺨을 쓰다듬는다.

"딱 한 번, 눈을 감고 아이를 제 앞으로 돌려놓으세요. 그럼 부인은 무사할 겁니다. 프랭크도."

힐겐 부인은 그 말을 거역하고 눈에 독기를 품었다. 로그는 잠시 그녀를 바라보다 이내 고개를 저었다. 그와 동시에 피비린내가 확 풍겼다.

"껵."

—아악!

리디아는 소름끼치는 장면에 비명을 토했다.

그 정도로 현실적인 환상이었다.

글라디우스가 힐겐 부인을 관통해 작은 리디아의 몸에 박혔다.

바닥에서 퍼덕거리던 프랭크의 얼굴에도 절망이 드리워졌다.

"끄으……."

프랭크가 모녀를 향해 손을 뻗었다. 손바닥에서 희미하게 나오는 보라색 빛. 그러나 그 빛은 그녀들에게 닿지 못했다.

"너도 마찬가지잖아, 프랭크. 네 모든 능력, 딸에게 흡수되었을 터. 넌 이제 조금 특이한 능력을 가진 농부 겸 의사에 불과하지."

프랭크가 예전에 가졌던 무한한 치유력을 리디아에게 '빼앗겼음'을 간파한 로그였다.

쓰우욱.

로그가 모녀를 뚫고 들어간 글라디우스를 회수했다. 풀썩 소리를 내며 무너지는 힐겐 부인은 딱 봐도 즉사한 것이 확실해 보인다.

"아아, 으어……."

상처를 통해 스며든 흑색 기운에 잠식된 프랭크의 몸에서 빠르게 수분이 사라져 갔다.

스스로 본신 능력의 상당 부분을 잃었다 말하는 로그. 과연 예전에는 어느 정도의 힘을 가졌었단 말인가.

"그럼 잘 가. 너희 일가의 희생으로 이 세상은 약간의 시간을 벌었어. 내 오랫동안 기억하지."

로그가 몸을 돌려 문으로 다가갔다.

그 순간.

로그의 걸음을 멈추게 한 작은 중얼거림이 있었다.

로그가 천천히 고개를 뒤로 돌렸다. 그리고 그의 얼굴은 삽시간에 충격으로 물들었다.

쓰러진 상태에서도 리디아를 꽉 안고 있는 힐겐 부인의 몸 주변으로 프랭크의 것과는 비교도 할 수 없을 만큼 진한 보랏빛 안개가 일렁거렸다.

저 현상은 과연 무엇일까. 그리고 저것을 일으키고 있는 존재는……

"리턴 소울? 아니야……. 달라. 그건 저주에 가깝고."

무너진 육체에 영혼을 돌려주는 힘. 그러나 이것은 뭔가 미묘하게 달랐다.

"크, 크크크."

로그는 프랭크의 비웃음을 듣고 그를 차갑게 노려보았다.

"네 짓은 아닐 테고."

"큭큭큭큭."

로그는 다시 한 번 모녀에게 검을 꽂기 위해 자루를 잡았으나 이내 그것을 놓았다.

찌잉—!

감겨 있던 아기 리디아의 눈이 떠지며 강렬한 빛이 사방으로 퍼졌다.

"……일라신의 입맞춤."

이제는 공간마저 지배하기 시작한 빛을 보며 로그가 말했다.

"드래곤 하트로군."

*   *   *

"문 레이디?"

리디아는 자신을 여러 차례 부르는 소리에 번뜩 정신을 차렸다.

"아, 예."

자신의 방에서 멍하니 창밖을 보는 자세로 한참이나 미동 없던 그녀를 부른 이는 제국군 장교들이 행사시에 입는 갑옷을 걸친 여성이었다.

"무슨 생각을 그리 깊게 하셨는지요. 열 번을 넘게 불렀어요."

씨익 웃으며 손을 내미는 여성 장교의 용모가 꽤 아름답다.

"죄송합니다."

예의 바른 리디아는 자리에서 일어나 여성의 손을 잡고 고개를 숙여 인사와 사과를 동시에 취했다.

"리디아 힐겐입니다."

"마리안 로포스카. 당신을 수도까지 모시라는 명을 받았어요. 아, 마리안이라고 불러도 좋아요."

사람 좋은 웃음을 보이는 마리안.

하지만 순간, 리디아는 그녀에게서 음침한 무언가를 느꼈다.

'⋯⋯.'

분명 자신에게 무한한 호의를 가졌고 또 어떤 사명감을 품은 것은 확실했다. 하나 그 아래 깊숙이 꿈틀거렸던 어둠은 무엇이었을까.

"그럼 슬슬 떠나 볼까요?"

새벽에 급히 움직여야 하는 데에는 이유가 있었다. 모두가 깨어 있는 시각에 리디아가 병원을 벗어난다면 병원에 있는 모든 사람들이 리디아를 붙잡고 놓아 주지 않을 것이 뻔했다. 또 리디아를 사모하여 자주 이곳을 방문하는 연대장과 마주치기라도 한다면⋯⋯.

"부탁드려요, 마리안."

리디아는 조금 전에 들었던 섬뜩한 느낌을 날려 버리듯 환하게 웃으며 안내를 요청한다. 준비된 마차를 타고 리디아가 떠났다.

처음 하루 동안은 평화로웠다.

그들이 오기 전까지는.

"그래요?"

리디아는 마차 안에서 마리안의 우스갯소리를 듣고 웃으며 말했다.

그녀는 뭐랄까……. 참으로 사람을 웃게 하는 데 재주가 많은 듯했다. 그러나 그것이 마리안의 참모습이 아님을 리디아는 알았다.

아직 얼음 대지를 다 빠져나오지 않은 상태임에도 변변한 호위대 없이—고위급 장교는 보통 일개 소대의 병력을 대동— 마부를 포함 단 세 명서서 이동하는 것은 분명 특별한 의미가 있다.

마리안이 극강한 전사이거나 아니면…….

리디아는 두 번째 짐작이 틀리기만을 바랐다. 늘 미켈리안을 감싸던 어둠과 유사한 기운이 마리안에게도, 마부에게도 읽혔기 때문이었다.

"문 레이디께서는 아직 남자 친구 없죠?"

"관심 없어요."

"흠, 듣자하니 72기병연대장께서 당신께 상당한 추파를 던졌다고 하던데요."

"설마요."

"호호, 어쩌면 좋은 기회가 될 수도 있어요. 무려 제후국의 왕자잖아요? 나중에 그분께서 운 좋게 자치령이나 제후국의 수장으로 임명되기라도 한다면, 문 레이디는 왕족이 되는 거예요."

"에그, 농담도 심하셔라."

마리안의 깔깔거리는 소리가 여운을 남긴다.

찡—!

순간 리디아의 인상이 조금 흐트러졌다.

'뭐지.'

뇌 깊숙이 뭔가가 진동하는 듯한 느낌. 이것은 처음 겪는 일이다.

"레이디?"

"아, 예."

"우리가 너무 서둘러 달렸나 보군요. 피곤하신 것 같아요. 잠시 쉬었다 갈까요?"

마리안은 리디아의 대답도 듣지 않고 마차 벽을 통통 쳐서 마부에게 멈추라는 신호를 보냈다.

휘이이잉—

마차에서 내린 리디아의 얼굴을 차가운 바람이 감쌌다.

'뭐였을까.'

잠깐 머릿속을 휘젓고 지나간 자극이었다.

어렸을 때부터 비상한 능력을 소유했던 리디아.

그중에는 틀리지 않는 '예감'도 포함되어 있었다.

미래를 가늠하는 것과는 달랐다. 그것은 자신에게 허락된 것이 아니었기에.

"먹구름······."

"에? 어디요?"

마리안이 뒤따라 나오며 리디아에게 묻는다.

"약간 흐릿하긴 하지만 어디에도 먹구름은 보이지 않는 걸요."

마리안은 사방을 둘러보며 리디아의 말을 부인했다.

"마리안."

"예."

"당신은 강한가요?"

"예?"

"성스러운 영혼이 달을 기다리고 있어요."

마리안의 표정이 삽시간에 굳었다.

"문 레이디. 무슨 말씀을 하시는 겁니까."

지금까지와는 전혀 다른 분위기와 말투를 드러내며 마리안이 말했다.

―퀸, 지금 자비로운 손길의 주인께서 뭔가를 경고하는 것 같습니다만.

―쉿! 함부로 정신력을 쓰지 말라고 했거늘.

―…….

마부로 가장했던 스타비챠를 나무라며 마리안―퀸―이 리디아의 눈치를 살폈다. 다행스럽게도 리디아는 먼 곳을 응시하며 이쪽에 관심을 두고 있지 않았다.

"문 레이디, 차 한잔만 하고 출발할까요? 따뜻한 음료는 몸과 마음을 편안케 해 주죠."

"예, 감사합니다."

리디아가 시선을 거두고 마리안의 제안에 응했다.

약간의 시간이 흐른 뒤, 마차가 다시 대지를 가르고 달렸다. 먼지 하나 남기지 않고 사라진 같은 공간. 그곳을 향해 보이지 않는 무언가가 모이기 시작했다. 사방에서 한 점으로 긴 발자국이 생성되었다.

뽀드득, 뽀드득.

아무것도 없는 허공이 일정한 형태를 그리며 일그러졌다.

후욱, 후욱.

이것은 틀림없이 생명체가 호흡하는 소리.

―디바이나카……. 아룬다세트.

공간 어디선가 마법 주문이 울린다.

화르륵!

마차가 머물렀던 자리에서 불꽃이 피어올랐다.

그리고 그 불꽃은 마차의 바퀴 자국을 따라 빠르게 이동해 곧 지평선 너머로 사라진다.

―이렇게 빨리 우리의 존재를 알아채다니. 과연.

―위대한 용암의 마법사께서 너무 시간을 끄신 게로군.

몇몇 형상들이 대화를 나눈다.

—곧 밤이 올 것이야. 이제 우리의 세상이지.

어디선가 기괴한 웃음소리가 들리는 것만 같았다.

콰콰콰콰!

땅거죽이 일어나며 그 안에서 하얀빛이 뱀의 꼬리처럼 꿈틀거렸다.

그리고 곧 주변에 포진한, 보이지 않는 적의 그림자를 찾아 쏜살같이 퍼졌다.

"쿠오오오!"

빛에 닿은 적의 일부가 햇볕에 눈 녹듯 허물어졌다.

"젠장!"

강적들을 맞이하여 분투하던 마리안이 그녀답지 않게 욕을 뱉었다. 낮에 리디아의 경고 아닌 경고를 받고 주의를 기울이긴 했었다. 하지만 자신과 마부 제리트의 능력으로 예상 가능한 적들을 충분히 물리칠 자신이 있었다.

미켈리안의 평가가 정확하다면, 아직 초보적인 치유마법과 가벼운 광역 축언 단계에 머물고 있는 리디아가 자신들에게 무슨 일이 일어나는지 깨닫기도 전에 상대는 소멸될 것이었다.

그러나.

바람과 함께 나타난 적은 강력했다.

"솔레일 라이트!"

마리안이 손을 높이 들고 외쳤다. 순간 이글거리는 화염이 덩어리진 채 허공에 떠올랐다.

마리안이 가리키는 방향으로 빠르게 날아간 화염은 목표점에서 원을 그리며 눈발을 쓸어 날렸다.

퍽! 퍽!

무언가 터지는 소리와 동시에 생선을 생으로 벗겨 낸 듯한 역겨운 냄새가 퍼졌다.

마리안은 쉬지 않고 오른손의 검을 휘둘렀다.

온통 검은 일색의 작은 꼬마 괴물들이 그녀의 검에 잘려 나간다.

"제리트!"

마리안은 마부의 이름을 불렀다.

이미 마차를 끌던 말은 아랫배가 십자로 갈라져 내장 전체가 통째로 흘러내린 채 뒹굴고 있었고 제리트는 마차 근처에 서서 적들과 접전을 벌이는 중이었다.

제리트는 마리안의 외침을 듣자마자 고개를 끄덕이고 바닥에 검을 꽂았다.

그리고 빠르게 두 손을 모아 허공에 작은 마법진을 그렸다.

슈슈슛.

투명한 무언가가 마리안의 공격 범위를 벗어나 마차를 향해 쇄도했다.

번쩍!

제리트의 눈앞에 그림처럼 떠 있는 마법진에서 방전이 일어났다.

파지지직!

동시에 네 방향으로 퍼진 전격 마법이 투명한 적들을 휘감아 태워 버린다.

"좋았어!"

흥분한 제리트는 저도 모르게 소리쳤다.

이상하게도 평소보다 강력한 마법사용이 가능했고 또 육체와 정신의 피로가 덜하다.

그것은 멀리 떨어져 있는 마리안도 마찬가지였다.

이 현상은 분명 마차 안에 있는 리디아의 축언 덕분일 것이다.

자신들이 왜 습격 받았는지 상대가 누구인지 알 턱은 없지만 리디아도 위험에 대처하는 방법을 잘 알고 있을 터.

그때였다. 상황이 급변하기 시작한 때가.

"우윽!"

제리트는 전격 마법진이 순식간에 사라지고 그 자리에 녹색으로 빛나는 두 개의 눈이 떠지는 것을 보았다.

퓩!

이제껏 살아오면서 이처럼 극심한 고통은 없었다.

뽀드득.

기괴하게 벌어진 제리트의 입안에서부터 하얀 형체가 생성되었다.

그것은 가느다란 팔이었다.

찰나에 등장한 적.

어느새 완전한 형태를 갖춘 놈이 누런 송곳니를 드러내며 제리트를 비웃는다.

"어거러럭……."

놈이 제리트의 혀를 잡아 뽑았다.

퍼걱!

마리안이 도움을 줄 시간조차 없었다.

제리트의 머리는 사방으로 뇌수와 검붉은 살덩어리, 조각난 뼈를 날리며 깨끗하게 사라졌다.

"이 노옴!"

동료의 죽음을 애도할 틈도 없이 마리안은 새로이 등장한 적을 향해 몸을 날렸다.

콰지직!

마리안의 검이 딱딱한 적의 피부를 뚫고 심장이 있을 부위를 관통했다.

"합!"

검면 하단부에 박혀있는 마법 매개체, 화이트 골드—신성력, 즉 태양교
단 고위사제의 축복이 담긴 구슬—가 강하게 진동했다.

펑!

제리트를 끔찍하게 죽인 적이 폭발하며 여기저기 파편을 뿌렸다.

"빌어먹을……. 제리트."

아마 리디아도 바깥 상황을 짐작했을 것이다. 과연 전장의 백합답게 리
디아는 숨소리조차 내지 않고 있었다.

윙— 윙—

"헛!"

마리안은 조각난 파편들이 열 걸음 앞에서 회오리치듯 뭉치는 것을 보
았다.

'저놈은 다르다. 그저 강하기만 한 생명체가 아니야.'

전투가 잠시 소강상태에 접어들었다.

톡, 톡.

완전 재생에 성공한 놈이 마리안을 보며 가운데 손가락으로 자신의 머
리를 툭툭 치며 징그러운 웃음을 보인다.

"그렇군. 너 자체가 마력의 덩어리……. 홀리 고스트."

마차 앞에 굳건히 선 마리안은 리디아가 보내고 있는 축복과 치유의 기
운으로 지친 몸을 서서히 회복한다.

깡! 까강!

리디아는 난무하는 마법의 여파와 검이 공기를 가르는 느낌을 선명히 받았다.

눈을 감은 채 들리지 않을 정도로 작게 대지의 기도를 올리며 외부 공간에 미약한 영향력을 행사했다.

리디아는 알고 있었다.

'적' 들은 정말로 강력했고 남부의 송곳전사나 그들이 끌고 다니는 하급 언데드, 얼음의 야수 따위는 가볍게 능가해 버릴 수 있는 흑마력에 둘러싸여 있다.

게다가 저 홀리 고스트들은 최악의 합성생물이라 여겨지는 '칼마이라' 다음으로 고대 인간들에게 극복 불가능한 공포를 선사했었다.

제리트의 죽음은 당연한 것이었고 이제 마리안도 그 뒤를 따를 것이다.

그리고 그다음은 자신이.

리디아는 여태껏 보여 주었던 능력, 그만큼만 사용하여 마리안에게 힘을 실어 줄 뿐이었다.

왜일까.

—그러니까. 왜 넌 저들의 목숨과 더불어 네 목숨까지 외면해 버리려 하지?

중얼거리던 리디아의 입술이 멈췄다.

—네가 마음만 먹으면 방금 꼴사납게 터져 버린 마부 하나만 가지고도 다 쓸어버렸을 텐데. 아하, 죽고 싶었구나. 태어나서 지금까지 표현하지는 않았지만 심장 깊은 곳에 늘 담아 왔던 소원 말이야.

'넌 누구지? 내 머릿속에서 말하는.'

—친구. 아, 아니. 친구였었지 아마.

'내게 친구라고 부를 만한 이는 존재치 않아.'

—맞아. 넌 친구를 입에 올릴 자격 따윈 없지. 모든 게 가식이고 또 모든 이들이 너의 이용 대상이었으니까.

'무슨 말인지 모르겠어. 넌 죽음을 앞두고 분열된 나의 또 다른 자아?'

"아악!"

축언이 잠시 중단되자 마리안이 빠르게 약해졌다.

필사적으로 마차를 지키며 적과 맞서던 그녀는 한 팔이 걸레처럼 찢어져 벌겋고 누런 덩어리들을 줄줄 흘린다.

하지만 리디아는 이제 마리안에 대해 더 이상 신경을 쓰지 않았다.

—멋져. 여전히 냉혹하군그래. 그런 너의 모습을 모두가 알았어야 했는데.

'사라져 줘. 난 네가 말하는 그런 사람이 아니야. 난……'

—보여 줄까? 너라는 존재.

'어?'

미지의 음성은 리디아의 동의도 얻지 않고 그녀의 정신을 어디론가 끌고 들어갔다.

* * *

덜컹!

마차의 문이 저절로 열렸다.

"헉…… 헉……."

사지가 잘려 나가고 아랫배에 머리통만한 구멍이 뚫려 버린 마리안.

그녀는 힘겹게 고개를 돌려 마차에서 나오는 리디아를 바라보았다.

"쿨럭, 우웨엑!"

조각난 식도의 일부가 밀려 나와 마리안의 피범벅 된 치아에 걸려 흐느적거렸다.

턱. 턱.

마리안은 리디아의 발소리가 무척이나 무겁다고 생각했다.

한 번이라도 더 위대했던 고대룡의 현신을 보기 위해 마리안의 눈동자가 비스듬하게 올라간다.

하지만 그녀는 결국 리디아를 눈에 담지 못했다.

리디아가 부드럽게 마리안의 머리를 쓰다듬었고 그녀는 고통 없는 희열 속에 생을 마쳤다.

"무라하티, 비타 누 트라고(자비로운 용의 아이여)."

어둠을 닮은 괴물, 홀리 고스트가 리디아를 향해 입을 열었다.

"너에게 기회란 없도다. 다시 태어나 신성한 존재께서 이룩하실 천국을 목도하라."

리디아는 놈의 말에도 아랑곳없이 그대로 걸었다.

바닥에 질척거리는 핏물도, 미끌미끌한 내장과 배설물의 역겨움도 리디아의 발길을 멈추지 못했다.

슛!

그녀의 목을 치기 위해 홀리 고스트 하나가 움직였다. 놈의 목적은 리디아의 머리였다.

롱 버트는 자비로운 용을 상징하는 도구의 모가지를 원했고 홀리 고스트들은 그것을 충족시켜 주어야 할 의무가 있었다.

리디아의 가느다란 뒷목을 날카로운 흑검이 가르려는 순간.

놈과 리디아의 눈이 마주쳤다.

징—!

홀리 고스트는 보았다.

인간의 것이 아닌, 드래곤의 눈을.

"아논."

리디아와 어울리지 않는 차갑고 음산한 목소리가 조용히 울렸다.

'여긴 어디?'

리디아는 자신이 걷는 길이 결코 낯설지만은 않았다.

고향땅 볼라스카도 아니었고, 남부의 전장도 아닌 그저 무성한 풀이 가득한 평원.

왜 이곳이 눈앞에 펼쳐졌는지, 왜 자신이 여기를 기억하는지 도무지 알 수가 없었다.

갑자기 평원이 사라지고 바닥없는 무저갱이 열렸다.

그곳으로 끝없이 추락하는 와중에도 리디아의 의문은 해소되지 않았다.

화아악.

바람 소리와 함께 새로운 세계가 나타났다.

"아!"

리디아는 자신이 터트린 탄성을 들으며 떨리는 가슴을 진정시켜야 했다.

지평선 전체를 뒤덮은 장벽. 붉게 물든 하늘 아래 나타난 초거대 요새.

용감한 베텔기우스가 최후를 맞이한 곳.

할라드.

리디아는 알 수 없는 죄책감에 심장이 내려앉는 고통을 맛보았다. 리디아는 소리 없이 포트 할라드의 중심으로 날았다.

푸른 용의 머리는 그가 태어난 우주를 향해 돌려졌도다.

100일이 지나도 썩지 않는 단단한 육신.

자비로운, 그리고 그가 연모했던 이의 입맞춤이 안식을 주었나니.

붉은 용의 불길보다 뜨거웠던 푸른 심장은 눈물이 메마른 또 다른 이에게 돌아가 켄텔의 바다에 잠겼도다.

어디선가 들려오는 노랫소리.

리디아는 볼을 타고 흐르는 눈물을 닦지도 않고 점점 다가오는 요새의 중심, 높은 탑에 시선을 주었다.

그곳에는 하얗게 삭아 버린 드래곤의 머리뼈가 있었다.

그 크기는 능히 산과 같았으며 여전한 날카로움을 간직한 뿔과 이빨은 살아 있었을 때의 위엄을 그대로 보여 주었다.

전투에 있어서는 최강의 드래곤이라 일컬어지던 베텔기우스의 머리뼈.

그가 사모했던 일라신의 마지막 키스 이후에야 비로소 대기와 흙으로 분해되었다는 베텔기우스의 육신은 이제 하얀 유골만 남긴 채 포트 할라드를 지키고 있다.

"틀려……. 난 그에게 마음을 준 적이 없는걸. 이용했을 뿐이야. 그의 애정을."

—그렇지? 뭐, 저 녀석도 몰랐던 바는 아니었지만.

"알아. 그랬기에 더 가슴이 아파."

—살릴 수도 있었어. 하지만 넌 그러지 않았지.

리디아가 천천히 베텔기우스의 머리뼈 가운데에 안착했다. 부드럽게 표면을 쓰다듬는 리디아의 얼굴에 서글픔이 가득하다.

—널 좋아하던 다른 녀석도 똑같았지? 친구를 해치고, 후회하고 슬퍼하면서 네게 목숨을 던졌지. 그때도 넌 너의 자비를 나누지 않았어.

레스모이……. 일라신의 블레이즈에 기꺼이 생명을 내놓은 어리석은 드래곤.

—그 거짓으로 점철된 자비 말이야.

"······그만해."

—세 번. 라 호루스께서 허락한, 모든 것을 되돌릴 수 있는 세 번의 기회. 넌 끝까지 그 축복된 용언을 외치지 않았지.

"그만하라고!"

슈아아아아!

소리를 지르며 귀를 막아 버리는 리디아. 그녀는 또다시 정신을 끌어당기는 흡입력에 몸을 맡기고 만다.

늪의 요정과 팬텀 클론을 제외하고 이곳에 온 홀리 고스트는 총 다섯이었다.

하나같이 롱 버트가 직접 제련한 블랙 미디엄을 핵으로 하여 탄생한 강력한 마물들.

그러나 지금, 가장 연약하리라 여겼던 리디아의 한 마디에 그중 하나가 빛과 함께 흩어진다.

리디아가 중얼거린 용언, 아논.

파괴가 아닌 회복을 상징하는 아논은 홀리 고스트뿐만 아니라 제렌 디스가 창조한 모든 존재들에게 가장 위협적인 용언이었다.

자연을 거스르는 존재인 흑마법체들은 정상적인 자연 상태로 사물을 되돌려 회복시키는 이 드래곤의 능력에 맞설 수 없기 때문이었다.

마치 태양빛에 노출된 흡혈귀처럼, 허공으로 먼지처럼 사라지는 동료의 모습에 남은 홀리 고스트들이 뒷걸음을 친다.

"빌어먹을, 어째서 나약한 인간의 형상으로 용언을······."

처음으로 두려움을 느낀 홀리 고스트는 말끝을 흐렸다. 만약 리디아가, 그 무시무시했던 일라신의 그릇인 소녀가 알 수 없는 이유로 그 힘의 일부를 깨달았다면 자신들은 그에 굴복해야 한다. 죽음으로써.

스스스스.

조금 전까지만 해도 달빛은 이들의 '사악함'을 배가시켜 주는 원천이었다.

하나, 이제는 그 달빛을 머금은 리디아로 인해 감당할 수 없는 두려움의 상징으로 바뀌었다.

—우, 움직일 수가 없다.

—이것이…… 일라신의 또 다른 힘?

홀리 고스트들은 녹터널 헌터가 아닌 자신들이, 일라신의 화신인 리디아를 '척살'하라는 임무를 받았다는 사실에 처음에는 불만이 컸다. 아득한 과거에는 어땠을지 모르지만 오늘날 이 소녀는 다섯 중에서 가장 약하다고 평가받았기 때문이었다.

이제 확실히 알았다.

제렌 디스의 판단은 완전히 틀렸다.

—드래곤 하트다. 그것도 거의 원형에 가까운.

—말도 안 돼. 저 인간의 형체는 그저 유전을 이어 갈 도구가 아니었던가.

—우리로서는 절대 상대가 되지 않아. 칼마이라, 아니, 제렌 디스께서 직접 오셨다면…….

그그그그.

난데없이 리디아가 지난 길을 따라 회오리가 발생했다. 그리고 홀리 고스트들과 수많은 하급 괴물들은 그 절망의 회오리를 공포에 질린 눈으로 바라볼 수밖에 없었다.

사각. 사각.

부드럽게 눈을 밟는 소리가 고요한 숲을 깨운다.

리디아는 5000년 전, 그녀 스스로가 '악'으로 규정했던 존재들을 지극히 정상적인 자연 상태—소멸—로 되돌렸다.

그리고 그렇게 한참을 걸었다. 아니, 이제는 그냥 허공에 뜬 채 무언의 부유를 계속했다. 홀리 고스트가 보았던 드래곤의 것이 아닌, 그녀 본연의 아름다운 눈을 가늘게 뜨고 조용히 호흡하는 리디아. 차가운 공기도 이따금 피부에 닿는 작은 눈의 결정도 그녀를 떨게 하지 못했다.

—봤지? 널 위해 죽어야 했던 불행한 드래곤들을.

'응……'

그녀의 정신은 여전히 머릿속 음성의 이끌림 속에 갇혀 있었다. 제리트와 마리안을 끔찍하게 살해한 적들을 간단히 제거하는 와중에도 리디아는 현실 세계를 인식하지 않았다. 일라신의 그릇으로 일컬어지는 그녀의 육체는 유전자에 각인된 명령에 따라 가장 합리적인 방어 체계를 가동시킨 것이었다.

아마도 리디아와 대화하는 미지의 목소리는 그것을 잘 알고 있었을 것이다. 그래서 그녀를 아득한 과거의 환상으로 인도했는지도.

—그때 들여다 볼 수 없었던 그들의 마음, 이제 느꼈어?

'이제가 아니야. 난 아주 오래전, 다 깨닫고 있었어. 당시에 외면했을 뿐이지.'

—긴 시간이……. 널 변하게 한 거로구나.

'글쎄. 맞아, 네 말처럼 시간이 너무 흘렀어. 그때 내가 가졌던 모든 것, 지금으로선 이해하기 힘들어.'

—앞으로 어쩔래? 또 거짓의 가면을 쓰고 인류를 아버지 자린의 품에서 멀어지게 할 건가?

'……어쩌면. 한데 난 무엇을 선택해야 할까?'

과거 일어났던 지독한 전쟁의 일부를 엿본 리디아였다.

그리고 일라신이 왜 제르 호바에게 반기를 들었는지, 제르 호바의 궁극적인 목적이 무엇이었는지, 검은 용은 홀로 세상을 멸할 수 있었음에도 왜 인류와 다른 모든 생명체에게 5000년이라는 시간을 주었는지.

리디아는 일라신의 죽음 이후 일어난 일들까지도 보았다.

완전무결했던 드래곤의 정신과 육체가 아닌, 그저 그릇 또는 도구로서 지켜보았던 과거의 환영들.

현 시대에서 그 고대의 존재들과 가장 가까운 자신은?

'그래. 난 인간이야. 자비롭지도, 가면을 쓰지도 않은 리디아 힐겐.'

리디아는 저 먼 하늘에서 누군가 빙그레 미소를 짓는 것 같은 묘한 느낌을 받는다.

—이봐, 친구.

'친구? 내게 그런 자격이 있어?'

—자린께서는 세 번의 기회를 주셨어.

'기억 나.'

—잊지 마. 단 세 번이란 것을. 그리고…….

'어서 말해.'

—인간의 몸을 한 넌, 그로 인해 많은 것을 잃게 될 거야. 아, 벌써 한 번은 잃었구나. 알지?

'상관없어.'

—좋아. 책임을 피하지 않는 그 자세. 똑똑한 척하는 누구랑은 확실히 달라.

'누구?'

—킥, 킥킥킥.

음성은 더 이상 리디아의 물음에 답하지 않고 기이한 웃음을 흘리며 점점 멀어져 갔다. 잠시 후, 풀려 있던 그녀의 동공이 서서히 정상으로 돌아왔다.

정말로 참혹한 광경이었다. 허리 아래가 잘려, 흘러내릴 내장조차 남아 있지 않은 시체.

그 시체가 뭔가를 잡기 위해 끝없이 손을 허우적거리며 앞으로 기어간다.

누구지? 저런 상태로 생명을 유지하는 것은 불가능할 텐데.

—이건 내 책임이 아니라고. 친구.

그의 마음이 읽혀진다. 그는 살아 있다. 하지만 저 생명의 불꽃은 언제 사그라질지 모른다. 리디아는 본능적으로 그에게 한 발짝 다가갔다.

"잘 있어라."

이미 호흡은 끊겼고 기도조차 얼어붙어 버린 이의 입에서 말이 튀어나왔다.

불가능을 가능으로 바꾼 힘은 어디에서 왔을까.

그때, 리디아의 가슴 중앙 바로 위에 존재하는 무언가가 강하게 반응했다. 그것은 마치 심장이 뛰는 것과 같았다. 진짜 인간이라면 절대로 가질 수 없는 그것.

바로 드래곤 하트.

순간, 죽어 가는 자에게서 옛 친구의 모습이 떠올랐다.

그의 최후도…… 저랬었지.

박살 난 자신의 몸을 보고 실실 웃으며, 사모했던 누군가에게 블레이즈를 토하라며 심장을 들이밀던.

"너였구나."

주르륵.

리디아는 그녀도 인지하지 못한 채 눈물을 흘렸다. 꿈틀거리던 그의 몸이 멈췄다.

"이런 모습을 하고…… 얼마나 아팠을까."

—자꾸 말 걸지 말고, 그냥 가게 놔둬.

상대의 감정이 또다시 느껴진다.

'레스모이, 너였어……. 제르 호바가 말했던 다섯이 모인다는 말. 이걸 의미하는 거였구나.'

레스모이, 아니 그의 그릇이 눈앞에 있다. 리디아는 차분히 앉아 그의 뺨을 쓰다듬었다.

'다섯. 우린 결국 이렇게 만나게 될 운명. 과거의 실수를 치유하기 위해.'

상대도 뭔가를 느꼈을까. 리디아의 손길을 받자 오히려 빠르게 생의 기운을 잃어 간다.

'어떻게 해야 하지?'

그의 드래곤 하트는 어떤 이유에서인지 재생을 거부하고 있다.

힘들다. 리턴 카라다스도 이 친구를 살릴 수 없다.

'제발. 방법을 알려 줘.'

어딘가에 있을 미지의 음성에게 간절히 애원하는 리디아. 하지만 상대는 이제 그녀의 머릿속에도, 이 공간에도 존재하지 않았다.

'선택……. 선택. 선택!'

리디아는 자신의 선택으로 미래를 바꿀 수 있음을 안다. 본의든, 타의든 이 친구의 드래곤 하트가 빛을 완전히 잃게 된다면 제르 호바의 예언 또한 빛을 잃는다. 누군가는 이루고자 하고 또 누군가는 파괴하고자 하는 그 예언이.

한쪽은 인류에게 약간의 시간을 더 줄 것이고 다른 한쪽은 영원한 생명, 또는 영원한 암흑을 가져올 것이다. 선택의 기로에 선 리디아가 죽어

가는 친구의 손을 꽉 잡았다.

'그래, 난 당신의 예언을 이루겠어.'

순간 리디아는 시야가 환해지는 충격에 잠시 넋을 놓았다. 그리고 그 환한 가운데에서 그녀는 익숙하지만 오랫동안 잊고 있었던 기이한 문양을 보았다.

'익스······.'

그 뜻도, 심지어 발음도 모르건만 리디아는 어느새 간절한 의지를 담아 문양을 읽는다.

이 기분.

보라색 아지랑이가 몸을 감싸며 바닥없는 황홀함을 전해 오는 기분.

얼마 만에 느껴 보는 감각인가.

머릿속 음성이 말했지.

세 번의 기회는 자신에게 많은 것을 빼앗아 갈 거라고. 그리고 이미 한 번, 리디아는 무언가를 잃었다고.

이것이 두 번째란 뜻이었다.

부활.

자린이 준 세 번의 기회.

첫 번째는 갓난아기였을 때, 로그 잉그하임이라는 냉혹한 남자에게 어머니와 함께 살해당한 뒤, 드래곤 하트의 의지를 통해 받아들였던 부활의 축복.

그로 인해 리디아는 태어나기도 전부터 가졌던 과거의 기억 자체를 잃었다. 어쩌면 홀로 제르 호바의 예언을 깨고 세상에 군림할 수도 있었을 기회를.

그러나 이번엔 달랐다.

부활이라는, 최고의 축복을 자신의 손에 죽었던 친구를 위해 사용하는 것이다.

'일라신의 입맞춤' 또는 '엘칸트의 자비'라 명명된 궁극의 능력.

이 고귀한 힘을 아낌없이 사용하는 것에 리디아는 전혀 망설이지 않았다. 리디아는 이 세상에 누구도 알지 못하는 생소한 단어를 말했다.

그녀의 입에서 그것이 흘러나온 순간, 죽음과 손잡고 있던 친구의 시간이, 필사적으로 적들과 싸우다 산화한 제리트와 마리안의 시간이, 떡처럼 뭉개져 버린 말과 마차의 시간이.

거꾸로 흘렀다.

이것이 바로 진정한 부활의 비밀. 그리고 리디아가 때때로 환상처럼 보았던 어린 시절의 믿기지 않는 기억들과 미지의 음성이 보여 준 까마득한 옛 전설의 날들, 또 그와 나눈 대화들, 마지막으로 부활의 축복이라는 절대적인 용언에 관한 기억들 모두 그녀에게서 떠났다.

다그닥, 다그닥.

약간의 진동과 시끄러운 말발굽 소리에 리디아가 잠에서 깨어났다.

"······응. 으응?"

언제 잠들었는지도 모를 정도로 단잠에 빠졌던 리디아는 눈앞에 이질적이고 흐릿한 무언가가 있음을 깨닫고 의문을 표했다.

"아, 일어났어요?"

마리안의 조용하지만 분명한 음성에 약간은 안심이 들었다.

그녀를 바라보며 눈의 초점을 맞춘 리디아가 멋쩍은 듯 웃는다.

그러나 고개를 돌려 정면을 바라본 순간 의외의 장면에 눈을 동그랗게 뜨고 말았다.

"에?"

맞은편 자리에 누군가가 코를 골며 잠들어 있었다.

헝클어진 머리칼이 은근히 매력적인 사내였다. 군용모포를 목까지 덮어 올린 그의 모습에 리디아는 왠지 마음이 편안해졌다.

"이 사람은 누구죠?"

"헉! 문 레이디. 무슨 말씀을."

"……?"

"아까 차 마시다 말고 잠시 소변 보겠다고 하시더니 숲에 가셨다가 이 사람 발견하신 분이 당신이잖아요."

마리안의 말에 리디아는 머리가 띵해지며 어지러움을 느꼈다.

"알몸으로 얼어 죽어 가는 자에게 응급처치를 하고 절 불러 여기까지 데리고 온 것, 기억 안 나나요?"

"그, 그랬나요. 하, 제가 너무 잠을 깊게 잤던가 봐요. 도통 기억 이……."

겨우 몇 시간 잠들었다고 해서 그전에 있었던 가까운 일이 떠오르지 않 는다니.

'전에도 이런 일이 있었지.'

아예 없었던 현상은 아니었다.

어린 시절, 뭔가 특별한 일이 있었을 때면 그에 대해 기억을 못해 주변 사람들의 어리둥절함을 자아내곤 했었다. 혹자는 리디아가 가진 놀라운 힘의 반작용이라고 했고, 또 누군가는 질투 많은 곡식의 요정들이 리디아 에게 장난을 치는 것이라고도 했다.

'왜일까. 저 사람이 낯설지 않아.'

어쨌든 자신이 그를 구해 온 것은 확실해 보였다. 마차는 그렇게 수도 를 향해 이동을 멈추지 않았다. 그리고 꽤 시간이 흘렀다.

마침내 청년이 눈을 떴다.

그는 잠깐 어리둥절한 표정을 짓더니 그 자신의 다리를 내려다보았고 모포 안으로 스스로의 몸을 더듬는다.

마지막으로 얼굴을 몇 번 쓰다듬은 후, 한숨을 쉬던 그의 입이 열렸다.

"악몽…… 이었을까."

그는 어떤 무서운 꿈을 꾸었을까.

혹시 영원한 겨울의 악몽은 아니었을까.

*　　*　　*

"드래곤 하트로군."

로그는 경이가 가득한 얼굴로 말했다.

"프랭크."

어느새 리디아와 그녀의 어머니를 감싸던 진한 보랏빛 안개에 의해 빠르게 치유되고 있는 프랭크 힐젠.

그는 로그가 자신의 이름을 부르자 차분히 고개를 돌렸다.

"넌 알고 있었나?"

"아니."

"거짓말. 네가 드래곤 하트의 존재를 몰랐을 리가 없어."

로그는 또다시 프랭크를 베어 버릴 듯 인상을 쓴다.

"그럼 넌 알았고? 네 아들이 태어났을 때."

프랭크가 남은 상처에서 로그에게 당한 어둠의 기운을 몰아내며 말했다.

"하긴."

로그는 프랭크의 말에 일리가 있다고 생각했다.

"쳇."

살기가 사라져 버린 로그는 혀를 차며 바닥에 철퍽 앉았다.

"이건 뭐, 어쩔 수가 없군. 건드리기엔 오히려 너무 위험해져 버렸어. 이 세상도."

"틀려."

"왜."

"내 딸, 리디아에게서 드래곤 하트가 발견되었다는 것은 네 아들을 포함해 다른 아이들에게도 그것이 존재한다는 뜻이다. 꽤 오래전, 삭제되었던 예언의 몇몇 부분을 찾기 위해 '쾌활한 드래곤 콰이룽'과 싸웠을 당시를 기억하나?"

로그는 그때를 너무나도 선명하게 기억하고 있었다. 자신과 프랭크, 다른 다섯 동료들의 운명을 바꾼 날이었기 때문이었다.

"……함께한 다섯이 막아서리라."

"아니지. 드래곤 하트와 함께한 다섯이 막아서리라."

프랭크는 로그가 애써 읊지 않은 앞부분을 대신 말했다.

"다음, 또 다음 세대의 몫이 아니었어. 주인공은 우리의 아이들이야. 완벽한 그릇인 게지."

로그는 프랭크의 감동 섞인 표정을 보다 말고 리디아에게로 시선을 주었다. 그녀와 힐겐 부인은 그야말로 죽음에서 돌아왔다. 몸에 난 상처는 말할 것도 없고 검에 뚫린 옷조차 언제 그랬냐는 듯 완벽하게 이전 상태로 돌아갔다.

시간을…… 되돌린 것일까. 저들만의 공간에서 저들만의 시간을 재창조했다?

저런 거대한 능력이 아직 갓난아기에 불과한 리디아에게서 나오다니.

이렇게 되자 오히려 아들, 데일에 대해 더더욱 두려움이 드는 로그였다.

잉그하임 가문의 숙명에 유리아나라는 또 다른 전설의 계승자가 결합해 탄생한 존재가 데일이었으니.

"……엘칸타스."

"응? 뭐라고?"

자신을 베고 아내와 딸을 '죽여' 버렸던 로그에게 평상시와 다를 바 없는 말투로 프랭크가 묻는다.

"아니, 아니야."

로그는 더 이상 이들 일가에게 볼일이 없는 듯 벌떡 일어나 문으로 다가갔다.

"이제 뭘 할 건데?"

프랭크가 묻는다.

"내 부친이, 또 그 부친의 부친이 해 왔던 일."

"남쪽을 지켜보려는가."

"그래. 이제 내 대가 끝이겠지. 징그러운 약속에 묶여 사는 것도."

"……"

프랭크가 보내는 무언의 작별인사를 외면하며 로그가 집 밖으로 나갔다.

로그는 힐겐 일가의 집에서 멀리 떨어진 언덕에 올랐다. 그리고 달과 별이 가득한 하늘을 바라본다.

그의 눈동자에 꽉 찬 보름달이 비친다. 잠시 후, 그 눈동자는 달에서 벗어나 다른 별 하나를 찾아 그 빛을 반사했다.

"익스 엘칸타스."

그는 죽었던 리디아가, 그것도 말도 못하는 아이가 중얼거렸던 단어를 분명히 들었다.

"엘칸트의 자비—부활—를 상징하는 용언인가."

평온했던 이 자연계에 용의 능력을 불러온 리디아. 그리고 그로 인한 대가는 분명 클 터였다.

리디아에게 직접적으로 가해지는 벌은 그렇다 치고 세상 어딘가에서 틀림없이 변고가 일어날 것이다.

"역시. '일라신의 별'이 속도를 내기 시작했군. 곧 다른 별들도 뒤를 따르겠고."

로그는 별들의 이동을 감지하고 심각한 표정을 지었다.

"많이 안다는 건…… 피곤한 일이야. 안 그래? 내 사랑하는 유리아나."

로그는 황금빛 머리칼을 자랑하는 아름다운 여인을 떠올리고 입가에 냉혹한 웃음을 머금는다.

지금은 연약하기만 한 '인간'의 모습을 하고 있는 아내를.

바람을 등지고 검은 전사 로그가 묵직한 걸음을 옮긴다.

9장
프랭크와 만나다

RAJA RIN

"내가 어렸을 때……."

절반 이상 넘어간 해를 바라보며 소녀—이제는 여인이 된—가 말했다.

"가끔 아빠가 안 보이실 때가 있었어."

맨 앞에서 천천히 걷는 리디아를 따라 데일과 친구들이 걸음을 옮긴다.

"하지만 난 알았지. 나에게 어려운 숙제를 주실 때마다 늘 기도하셨다는걸."

리디아가 지나는 길을 따라 흩날리는 빛은 마치 요정의 날갯짓처럼 보였다.

"엄마 말로는 저 신전의 진짜 주인은 요정이 아니라고 했어. 아주 오래전부터, 이곳에 존재해 온 무언가라고만……."

일행은 어느덧 이프로디 언덕을 올라 신전 앞에 당도했다.

"아빠는 이곳에서 기도하셨던 거야. 그 무언가와 함께."

덜컹.

닫혀 있던 신전의 문이 열렸다.

"다녀갔군."

예상한 바와 같이 쉽게 열리는 문을 보며 키릭이 중얼거렸다. 신전은 일반적인 집 두 개 정도를 합쳐 놓은 크기였다.

전체적으로 음침한 분위기를 풍기는 내부는 거의 비어 있었지만 중앙에 사람 키만 한 조각상 하나가 있었다.

"리디아. 어렸을 때는 여기 와 본 적 있다고 했지? 이게 뭔지 알아?"

살아 있는 듯 정교하게 다듬어진 석상을 바라보며 데일이 물었다.

"잘은 기억나지 않아. 하지만 내가 이곳을 뛰어다닐 때, 어디선가 부드러운 노랫소리가 들렸던 것 같아."

"역시."

데일은 품에서 호난의 열쇠를 꺼내었다. 이전에 그랬던 것처럼 반복적으로 빛을 발하는.

"뭐라고 쓰여 있니?"

자오링이 물었지만 데일은 고개를 가로저었다.

"아무것도. 하지만 이곳이 누구를 위해 지어졌는지는 알아. 베난드록의 친구, 노래하는 기사 오미엔. 친구의 부탁으로 또 다른 조각을 찾아 그의 품에서 지켜 왔을 거야."

"한데 우리보다 먼저 방문한 자가 있고."

루산의 말에 키릭이 굳은 표정을 지었다.

"어서 가 보자. 설마 이번에도?"

자오링은 또 드래곤과 싸울지도 모른다는 생각에 치를 떨었다.

"드윙가르크의 경우는 예외적인 일이었어. 흑룡족은 원래 각자가 무척이나 이기적이거든. 누군가를 위해 무언가를 지킨다는 개념은 아예 없다고 봐야 해. 그러나 오직 드윙가크만은 태양의 조각 중 하나를 지켰어. 그건 그의 성향과도 관계가 깊지. 자세한 이야기는 우리로선 알 수 없으니 넘어가기로 하자. 일단, 나머지 조각들은 드래곤의 보호에서 벗어나 있어. 이것만큼은 확실해. 즉……."

데일은 신전의 벽면을 따라 걸으며 말했다.

"우리의 길에 더 이상 드래곤은 없다는 뜻이야."

데일이 저리 말한다면 그런 것이다. 올 씽 아이라는 기이한 존재와 소통한다지 않는가. 그리고 이들은 올 씽 아이의 힘—비록 일부이지만—을 보았다. 믿지 않을 이유가 없는 것이다. 데일은 이전에 했던 것과 같이 열쇠를 벽에 꾹꾹 눌러가며 문을 찾기 위해 노력했다.

그리고 잠시 후. 열쇠가 벽에 빨려 들어가듯 사라졌다.

그그긍.

신전 벽 일부가 무너지며 그곳에 익숙한 형태의 부드러운 금속 표면이 보였다.

"다들 준비?"

데일의 말에 모두가 고개를 끄덕였다.

"가자."

심장의 박동이 느껴지는 표면에 손을 올리자 육체와 영혼이 동시에 다른 세계로 날아갔다.

—링.

'응?'

—링, 보여?

'뭐가? 그런데 넌 누구지.'

—친구긴 한데 별로 친한 친구는 아냐.

'너 혹시……'

예전 누미비아의 해변에서 기이한 일을 겪었을 때 느꼈던 그 음성일까.

—그건 별로 중요한 게 아니고. 보이냐고.

'으, 으응.'

자오링은 자신의 시점이지만 다른 누군가의 기억이 펼쳐지는 것을 보았다.

이제 더 이상 싸움의 함성도, 승리를 기뻐하는 암흑군대의 외침도 들리지 않았다.

터벅. 터벅.

위로 이어지는 긴 원형 계단을 오르는 발걸음이 있었다.

포트 할라드의 전투가 끝났다.

베텔기우스의 마지막 정예군은 이곳에서 전멸했다.

그를 따르던 3만의 인간들. 흑룡족을 배신한 72의 드래곤들. 암흑군대에서 빠져나갔던 8만 마법 생명체들.

모든 생명이 하나도 남지 않고 사라졌다. 암흑군대의 피해도 컸다. 목숨을 내놓은 적—베텔기우스의 군세—은 그 어느 때보다 강력했고 집요했다.

세미토우르가 아껴 두었던 세 개 군단이 전투 초반 남김없이 쓰러졌다. 그들의 희생으로 난공불락의 요새 외성을 뚫을 수 있었다.

전술 따위는 없었다.

그저 끝없는 소모전만이 남아 포트 할라드를 피로 물들였다. 어마어마한 규모의 내성에 있는 베텔기우스도, 암흑군대의 중심에서 이들을 지휘하는 세미토우르와 레스모이도 직접 전투에 참여하지 않았다.

베텔기우스는 기다렸다. 그가 머무는 공간에서 그가 준비한 최후의 싸움을. 그리고 두 고대용은 베텔기우스의 권리를 존중할 의무가 있었다.

꾸륵, 꾸륵.

입에서 푸른 피와 조각난 내장을 뱉어 내는 드래곤은 베텔기우스의 편에 섰던 흑룡족. 그는 비참하게 박살 나 버린 몸을 제대로 재생시키지도 못한 채 고통스러워한다.

꽈직!

드래곤의 머리가 터졌다. 그와 동시에 희미하게 빛을 내뿜던 드래곤 하트를 뽑아 버리는 손이 있었다.

우지직.

가볍게 심장을 쥐어 터트려 버리는 자는 한때 동료였던 흑룡족의 대장군, 룬트강.

그의 손에 포트 할라드를 사수했던 마지막 하나가 사라졌다. 룬트강은 잠시 주변을 둘러본 뒤 고개를 들어 내성의 꼭대기를 바라보았다. 요새에 있던 잔적은 이제 완전히 마무리되었다.

하지만 저곳, '베텔기우스의 레어'는 아니었다.

벌써 내성에 투입된 병력만 2만이 넘었다. 그중에는 룬트강과 비견될만 한, 강력한 흑룡족도 여럿이 포함되어 있었다. 지난 춤추는 뱀 산맥의 대학살 당시 베텔기우스는 레스모이의 일격에 중한 상처를 입고 후퇴했었다. 그의 드래곤 하트로도 회복이 어려울 정도의 상처는 분명 베텔기우스의 전투력을 절반 이하로 떨어뜨렸을 것이다.

하지만 그는 여전히 강했다.

그의 레어로 투입된 병력은 결코 돌아오지 않았으니까.

"눈물의 주인에게서 명령이 하달되었습니다."

소리 없이 다가온 전령은 홀리 고스트였다.

"외성에 있는, 부상병을 포함한 전 병력 그대로 진군."

"크크크."

룬트강은 어이없는 명령에 차갑게 웃었다. 아무리 이 전투에서 전권을 위임받은 눈물의 주인이라지만 해도 너무했다.

맷돌에 들어간 콩이 갈리듯 허무하게 죽어 가는 수만의 병사들은 그녀의 안중에도 없는가.

"지금 그분─베텔기우스─의 안식처 앞에 대기하고 있는 부대는?"

룬트강이 부관에게 물었다.

"총 여섯 개 사단 규모입니다."

"전부 다 투입시켜."

"예?"

"축차투입으로 전부 소모시키란 말이다."

"이 전투에 참가한 부대들은 암흑군대 내에서도 고르고 고른 최정예라 할 수 있습니다. 이런 어리석은 명령 때문에 낭비하기엔……."

"그분을 위한 제물이야. 우리 모두가."

룬트강의 말에 부관이 침묵한다.

세미토우르는 오늘 베텔기우스를 반드시 죽이고자 마음먹었다.

그리고 결코 가볍지 않을 그의 죽음 앞에 20만에 달하는 생명을 제물로 바치고자 한다.

"투입."

대장군 룬트강의 한 마디에 수만 병력이 또다시 베텔기우스의 레어로 들어간다.

삼 일이 지났다.

그동안 10만이 넘는 병사들—흑룡족, 마수들, 인간의 배신자들, 그 외 암흑군대의 구성원—이 이 죽음의 행렬에 참가했다.

저 레어 안에서 베텔기우스는 그 자신의 적들을 홀로 격파했다.

기존에 입었던 부상의 정도를 생각한다면 기적이 아닌, 전설로 남을 일이었다. 강력한 흑룡이었던 룬트강도, 그의 부관들도, 세미토우르와 레스모이의 친위대들도 모두 산화했다. 마지막에는 전투병이 아닌 보급부대와 후방을 책임지는 예비대까지 모조리 갈려 나갔다.

이제 남은 병력은 겨우 5천. 이들은 넋이 나갈 만큼 나가 버려 그저 멍하니 자신들에게 떨어질 명령만을 기다리고 있었다.

쉬이잉—

레어에서 불어 오는 바람에는 진한 피의 냄새가 물씬 풍겼다.

척.

뒤에서 누가 나타났는지도 모를 정도로 피비린내에 취해 버린 병사들. 그들은 자신들을 가르고 지나가는 존재를 인식하지도 못했다.

"주…… 주인."

그 존재를 알아본 어느 병사가 신음한다. 어느새 레어의 입구 앞에 선 존재는 지금까지 끝없이 진군을 명했던 이. 바로 세미토우르였다.

"저, 저희는."

세미토우르는 핏물이 흘러나오는 거대한 철문을 바라볼 뿐, 아무 대답도 하지 않는다.

슈우웃! 콰앙!

강한 압력이 그녀로부터 터져 나와 철문과 입구 전체를 박살 내 버렸다. 동시에 셀 수도 없이 많은 시체와 피가 파도처럼 밀려나와 병사들을 덮친다.

"윽!"

"크르릉!"

인간 병사들은 전율했고 마수들은 울부짖었다.

앞에 선 고대용의 한 마디면 곧 자신들도 저렇게 될 것이기에.

하지만 그녀는 단 한 번도 입을 열지 않았다. 그리고 천천히 지옥개의 아가리 같은 어둠 속으로 들어갔다.

드래곤의 레어는 현실 세계와는 조금 다른 별천지. 일반적인 공간에서 비물리적인 공간으로 확장되었다고나 할까. 밖에서 보면 작은 오두막과 같지만 내부로 들어오면 드넓은 평원이 될 수도, 끝없는 하늘이 될 수도 있다.

세미토우르는 한참 동안 어둠 속을 걸으며 사방을 가득 메운 육신의 잔해들을 보았다.

시체는 쌓이고 쌓여 산이 되었고, 피는 흐르고 흘러 강을 이뤘다. 그렇게 수많은 죽음들을 지나치자 레어 중앙에 높이 솟은 탑이 나타났다.

그녀는 탑 내부에 원형으로 이루어진 계단을 따라 올라갔다.

올라가는 중간에 몇 번이나 세차게 흘러내리는 대량의 핏물을 듬뿍 맞았지만, 그녀가 걸친 녹색의 망토에는 일점의 피도 닿지 않는다.

철컥, 쿠웅.

드디어 탑의 꼭대기에 올랐다. 그곳은 또 다른 세상이었다.

대평원이 펼쳐졌고, 붉은 하늘은 강렬하게 빛나는 태양을 머금고 있다.

이곳에도 역시 어마어마한 숫자의 암흑군대 병사들의 시신이 널려 있었다. 마치 언덕처럼 이루어진 전사자들의 무더기 위에 그가 보였다.

단 하나의 용맹한 용. 전투의 귀재이며 전장의 신.

가장 파괴적이고 가장 잔혹한 무적의 마왕.

베텔기우스.

그가 중간체의 모습을 한 채 시체의 언덕에 앉아 있다.

"왔나."

언제나 저랬지. 감정 따위는 전혀 느껴지지 않는 음성으로. 태양을 뒤에 두고 그림자 진 그의 얼굴 또한 예전 그대로다.

"잘 왔어. 안 그래도 지쳤거든."

베텔기우스가 들고 있던 무언가를 던졌다. 툭 소리를 내며 세미토우르의 발 앞에 떨어진 그것은 드래곤 하트의 일부분이었다.

"이걸 먹고 버텼나."

세미토우르의 목소리는 여성형 드래곤의 그것과 달리 무척이나 낮고 음산했다.

"응. 지금 내 심장의 상태로는 쉽게 회복이 불가능했으니까."

즉, 이곳을 침범했던 병력들 중 흑룡족 용사들을 죽여 그들의 드래곤 하트를 먹어 왔다는 말이다.

"덕분에 실컷 힘을 쓸 수 있었지. 레스모이가 선물해 준 '저주의 냉기'를 잠시 눌러 두고서."

뽀드득.

베텔기우스의 가슴 복판에서 냉기가 일어나며 주변으로 퍼졌다.

"……왜."

세미토우르가 물었다.

"왜? 이유가 어디 있겠나."

"왜 우릴, 나를 배신했지?"

"잘 알 텐데."

느긋하게 대답하는 베텔기우스와 달리 세미토우르의 육체는 심하게 떨렸다. 망토에 연결된 후드가 그녀의 얼굴을 가리고 있었지만, 그늘 아래 살짝 보이는 입은 분노로 일그러져 있다.

"우리의 미래, 인간과 모든 생물의 미래, 아버지 자린을 향한 우리의 원망을 누구보다 잘 이해했던 너였다."

"그랬었지."

"한데 이 모든 숭고한 사명을 저버리고 왜 인간의 편에 붙었는지 답하라고!"

"내 입으로 듣고 싶었나……."

베텔기우스의 가슴을 타고 퍼지던 얼음막은 곧 푸른 불꽃에 의해 소멸되었다.

"겨우 연정 따위에 굴복한 건가? 일라신이…… 네겐 그렇게 소중했던가?"

결국 세미토우르는 가슴속에 담아 두었던 울분을 터뜨렸다.

"친구여."

베텔기우스가 의미를 알 수 없는 미소를 짓는다.

"이 세상에는 합리적인 이성으로 설명하기 불가능한 부분들이 정말 많다네. 우리의 고귀한 두뇌와 지식, 모든 것들 초월한 능력으로도 말이야."

"그걸 연정 따위로 설명하고자 하는가?"

"아니."

"그럼?"

"내 의지가 방향을 틀었다고 해 두지."

"드래곤의 의지는 흔들리지 않아. 우린 완벽한 존재니까."

드래곤은 본래 자린이 창조한 가장 완전한 생명체.

따라서 그들의 결정에는 어떠한 흠도 있을 수 없으며 그 결정에 이르는 과정은 그야말로 수억, 수십억에 달하는 사고를 거친다. 다시 말해, 일단 정해진 목표는 최상의 선택이기에 그것을 행해야만 한다.

결정을 거부하는 행위는 스스로의 무결성을 부정하는 것과 마찬가지. 그것은 자린이 내린 드래곤의 존재가치를 흔드는 불경이었다. 한데 지금 베텔기우스는 자신의 의지로 결정했던 이 전쟁을 그 자신이 부정하려 한다.

절대로 있을 수 없는 일이다.

"세미토우르 정말로 우리 일곱은 완벽 그 자체일까."

"당연하다."

"그걸 누가 정했지?"

"넌 미쳤어. 잠시 교활한 일라신의 속임수에 넘어간 거야. 난 그렇게 믿어."

세미토우르는 절박한 심정으로 말했다. 그녀 또한 완전무결해야 할 고대의 드래곤. 지금 보이는 이 모습은 그러한 위엄에 전혀 어울리지 않는다. 과연 이들이 '자린의 선택'이라고 믿는 자신들의 완전함은 그러한 믿음에 부응할까?

"난 보았다."

"뭘!"

"우리의…… 이 모든 세상의 과거를……."

슈우우욱!

어디선가 불어 온 바람이 세미토우르의 귀를 가렸다.

자오링은 식어 버린 얼굴로 눈을 떴다.

호난의 열쇠가 열어 준 세계로 들어오면서 어렴풋이 보았던 어떤 사건. 그에 대해 정확하게 기억나는 건 없었다. 하지만 오래전부터 의문을 가졌던 단편과 이어지는 접점을 발견한 것만 같았다.

'하나는 확실해. 난 알 수 없는 누군가의 음성을 들었어. 검은 머리, 검은 눈동자, 그리고 검은 날개를 가진…….'

"링. 얼굴이 왜 그래?"

자오링은 루산이 부르는 소리에 정신을 퍼뜩 차렸다.

'이 아이도 뭔가를 보았을까? 데일도, 리디아도, 키릭도?'

자신에게만 기이한 환상과 음성이 다가오지는 않았을 것이다. 하지만 저들의 표정은 조금 전과 전혀 다르지 않다.

'짜증나. 답답해.'

"저기! 뭐가 있어."

루산이 소리치자 키릭이 앞장서며 세이비어를 뽑아 든다.

싸크비스 때와는 달리 이 공간은 생명의 기운을 포함하지 않고 있다.

아니, 무언가가 있는 것 같기는 한데 그것이 살아 있는 것인지는 확실치 않았다. 약속한 대로 키릭이 맨 앞, 그 다음 자오링이, 데일과 리디아, 마지막으로 루산이 싸크비스를 꽉 잡고 이동했다. 멀리 천장에서 내려온 한 줄기 빛이 비추는 점이 보였다. 점점 다가갈수록 그 형태가 확실해지는 그것은 사람 가슴 높이의 돌기둥과 그 위에 놓인 해골이었다.

꿀꺽.

자오링이 마른 침을 삼켰다. 어디에서 갑자기 공격이 들어올지도 모른다는 불안감 때문이었다. 이 장소에서는 그 무엇도 쉽게 판단할 수 없었다. 자오링 자신이 보유한, 적의 기운을 읽어내는 능력도 소용없었다. 그것은 키릭도, 루산도, 리디아와 데일도 마찬가지일 터이다. 생명력이 없는 물체에서 살인광선이 쏘아진다든지 하는 괴상한 일들은 이미 싸크비스의 레어에서 겪었다. 이곳이라고 크게 다르지는 않을 거라는 생각을 하자 더욱 긴장되기 시작한다. 다행히 해골이 있는 기둥까지 아무런 공격도 없었다. 자오링은 그제야 눈앞의 물체를 자세히 볼 수 있었다.

"뱀?"

기둥이라고 생각했던 받침대는 일종의 조각이었다. 똬리를 잔뜩 튼 뱀이 가위를 물고 머리에 저울을 올려놓은 형태. 오래된 듯한 해골은 그 위에 얹혀 있었다.

"설마 이 해골이 다음 조각은 아니겠지?"

"응, 아닐걸."

데일은 정교하게 조각된 뱀을 보고 감탄하며 말했다.

"여기 팔랑드의 아들, 론 오미엔이 잠들다."

뱀이 물고 있는 가위에 새겨진 글자는 확실히 현대 로슈르 어였다. 비교적 최근에 만들어진 것이라는 증거.

"아빠야."

리디아는 오미엔의 '무덤'을 조성한 이가 누군지 금방 알아차렸다.

"어느 날 정신이 혼미해진 엄마가 그랬어. 우리 가족이 이곳에 정착한 이유는 전부 이 신전 때문이라고."

리디아의 음성은 차분하기 그지없었다.

분명 그 가슴속에 큰 고통과 슬픔을 담았을 텐데.

"아빠를 이끈 미지의 목소리가 있다고 해. 내가 태어나기도 전의 일이야."

"이 해골이 그랬다는 건가?"

키릭이 리디아에게 물었다.

"그건 저 끝에 계신 분이 말씀해 주실 거야."

"뭐?"

데일의 말에 리디아가 놀라 소리쳤다. 모두의 시선이 한 곳으로 향했다.

빛이 내리쬐는 중앙에서 멀리, 반대편 끝 어둠 안에서 반짝이는 두 개의 점. 틀림없는 생명체의 눈이다.

"아, 아빠!"

리디아가 비명을 지르듯 그곳으로 달렸다.

"잠깐!"

루산의 만류에도 리디아는 멈추지 않았다.

크릉……

양쪽 공간에서 기분 나쁜 짐승의 울음소리가 들렸다.

휙!

키릭이 먼저 날았고, 그다음은 자오링이 반대쪽을 향해 뛰었다.

캬아악!

그러나 짐승들이 한발 빨랐다. 순간이동에 가까운 자오링의 움직임이 무색할 정도로. 피를 머금은 괴수들의 아가리가 리디아를 삼킬 듯 벌어졌다.

펑! 퍼엉!

자오링의 손에서 내기가 구슬처럼 뭉쳐져 괴수에게 쏘아졌다.

슈아앗!

키릭이 휘두른 세이비어에서 검기가 실체화되어 다른 괴수의 목을 노린다.

퍼걱! 스걱!

내기와 검기가 동시에 괴수들에게 각각 적중했다.

그러나. 놈들은 전혀 힘을 잃지 않고 리디아를 뜯어먹기 위해 더욱 크게 주둥이를 벌렸다. 거의 정신을 놓아 버린 리디아. 한낱 짐승의 먹이로 전락하고 말 것인가.

파파팟!

순간 짐승들이 뭔가에 부딪쳐 튕겨 나갔다. 주욱 밀려나던 그들이 땅에 떨어짐과 동시에 돌로 변해 부서졌다.

"과연."

데일은 당연하다는 듯 중얼거린다.

리디아는 단 한 마디도 하지 않았다. 그러나 그녀는 이미 용언의 보호를 받고 있었다.

아논. 회복류 용언.

그녀 스스로는 기억하지도 못하는 용언이건만, 육체는 이 급박한 상황에서 반사적으로 용언이 가진 축복을 발산시켰다. 이 상황이 말해 주는 것은 무엇일까. 혹시 용의 그릇이 될 아이들의 성장을 뜻하는 것은 아닐까.

"아빠아!"

척.

갑자기 리디아가 멈춰 섰다.

스으으으.

어설프게 만들어진 석좌에 그가 있었다. 리디아의 아버지 프랭크 힐겐이. 컴컴한 어둠에 가려져 있지만 그의 숨소리, 그의 냄새는 리디아에게 확신을 준다.

"가까이 오지 마라, 리디아."

"아, 아빠."

"널 둘러쌌던 자린의 축복이 아직 사라지지 않고 있구나. 그건…… 내게 너무나도 치명적이지."

"무슨 말씀을 하시는 건가요."

"……."

"엄마가, 엄마가 돌아가신 거 알고 계세요?"

"그래. 오랜 세월 너무나도 힘들었을 게야. 죽음은 그녀에게 행복한 안식을 선물했단다."

누가 들어도 미친 소리.

"왜 이곳에 계신가요."

"널 만나야 했으니까. 얼마 남지 않은 내 생명을 조금 더 유지하기 위해서."

둘이 이런 대화를 나누는 동안 일행들이 다가왔다.

"네게 많은 것들을 말해 주고 싶었다. 하지만…… 그럴 필요는 없겠구나. 네 곁에 있는 작은 친구 때문에."

프랭크가 데일을 보며 눈을 빛낸다.

"데일 잉그하임입니다."

데일이 먼저 자신을 소개했다. 그러나 결코 가까이 다가가지 않았다. 반짝이는 눈만이 보이는 프랭크였지만, 이미 데일은 그의 상태를 짐작하고 있는 듯하다.

"네가……."

뭔가를 더 말하려던 프랭크는 곧 입을 다물었다.

"아빠 말해 주세요. 누가 엄마와 마을 분들을 해쳤는지."

"그들을 해친 이는 없단다. 다가올 공포의 날을 보지 않도록 배려해 준 것일 뿐."

"이상한 소리 하지 마시죠. 그 드래곤은 미쳤습니다."

키릭이 으르렁거렸다.

"오, 넌 폴락의 아들이구나."

"폴락?"

"그런 사람이 있다. 아, 사람이라 하기는 좀 그렇구나. 크크크."

"리디아, 미안하지만 네 아버지는 정신이 나갔다. 나는 더 상대하지 않겠어."

키릭이 한숨을 쉬며 물러섰다.

"아빠. 정말로 드래곤이 한 짓인가요? 그렇다면 왜? 공포의 날이니 뭐니 이상한 말씀만 하지 마시고요."

"그녀는 나에게 말했다. 너희가 걷는 길은 올바르지 않다고. 그리고 너흴 증오한다고. 지금 자신이 하는 모든 행동은 복수심과 더불어 잘못된 길을 걷는 너희에게 경고를 보내는 것이라고 말이다."

"우리가 잘못된 길을 걷고 있다고요?"

리디아는 당황했다.

꼭 데일을 믿어서가 아니라 그녀의 가슴이, 머리가 보내는 어떤 본능적인 이끌림이 있다고 여겨 왔기 때문이다.

"이거 누구하곤 말이 다른데?"

루산이 장난스럽게 입을 열었지만 아무도 답하지 않았다.

"난 예부터 내려온 예언이 희망이라 믿어 왔단다. 어떠한 해석을 하더라도 결국 멸망이 아닌 번영의 시대가 열릴 거라 생각했지. 하지만 그녀는 다르게 말하더구나. 모든 것은 왜곡되었고, 조작된 기억이 세상을 지배하고 있다고. 딸아, 난 무엇을 위해 살아왔던 것이냐. 너는 알고 있느냐?"

드드드드.

공간이 진동했다.

"이거 위험한데."

데일이 조용히 말했다. 그리고 프랭크에게 다가간다.

"야, 뭐해."

자오링의 말에도 아랑곳없이 데일이 프랭크의 손을 잡았다.

슈우우.

진동이 멈추었다. 이 기이한 현상에 다들 잠시 넋을 놓았다.

"아저씨, 한 말씀만 드리죠. 아직 세상 누구도 진실의 끝에 가 보지 못했습니다. 우린 거기를 향해 걷고 있고요. 드래곤 헤테르프는 그녀 자신만이 진실이라 생각한답니다. 타락의 첫째 조건, 그건 불가해한 존재로부터의 탈출에서 시작되죠. 그 탈출은 자신의 생각이 진실이라 여기는 순간에 일어나고요. 누가 옳고 그른지는 그 끝에 가 봐야 알 수 있지 않겠어요?"

웃으며 말하는 데일을 프랭크의 눈이 빤히 바라본다.

"슬픈 일이지만 옛 예언은 이미 시작되었어요. 아시다시피 우리의 존재가 촉발점이었죠."

"부정할 수 없구나."

이 공간의 지배자인 프랭크가 진정하자 다시 고요가 감돌았다.

"자, 이제 말씀해 주세요. 아저씨의 역할에 대해."

데일의 말이 끝나기도 전에 리디아가 다가와 프랭크의 다른 손을 잡았다.

흠칫 놀라는 프랭크.

하지만 이미 리디아에게서 용언의 효과가 다 사라졌는지 그가 말했던 치명적 결과는 일어나지 않는다. 이때 리디아는 아버지의 손이 정상적이지 않음을 느꼈다. 거칠고 뾰족한 무언가가 그녀의 손바닥을 찔렀고, 끈적끈적한 진물 같은 것이 묻어 나온다.

딸깍, 화르륵.

조금 떨어져 있던 키릭이 불꽃을 일으켜 주위를 밝혔다.

"아!"

리디아의 입에서 안타까운 신음이 흘렀다. 불빛에 비친 프랭크의 모습은 인간의 그것이라 할 수 없었다. 잔뜩 돋은 비늘이 온몸을 덮었고 보랏빛 액체가 비늘 사이로 쉴 새 없이 흐른다. 튀어나온 안면은 마치 도마뱀을 연상시킬 정도로 징그럽게 변했으며, 뒷머리에 솟은 두 개의 뿔은 사슴의 그것과 닮았다.

"……드래곤."

나직하게 말하는 데일의 눈빛이 소름끼치게 변했다.

10장
제국의 하루

RAJA RIN

그냥 정기적인 훈련일 뿐이었다.

비상 상황을 대비한 요새들 간의 훈련.

제국군 병사들은 이날도 별 긴장감 없이 열을 지어 밀려드는 부상병에 대비한 구조 활동과 적의 침입을 가상하여 바쁘게 이동했다.

삼 일 전부터 남쪽 200만 제국군 총사령부에서 올라와야 할 전역자와 휴가자 명단이 뚝 끊긴 것은 이상할 만한 일이었다.

하지만 꽤 여러 날 동안 있었던 눈폭풍을 생각한다면 충분히 그럴 수도 있다고 넘어갈 수 있었다.

물론 갑작스러운 적들의 공세로 거의 만에 가까운 병사들이 전사한 일 의 여파가 아직 남아 있기에 훈련은 평소보다 더 엄격해야 했다.

"야! 정신 안 차려?"

손이 미끄러져 들것을 놓친 병사에게 하사관이 버럭 소리를 질렀다.

"쳇."

투덜거리며 막대를 잡아 들고 움직이는 병사를 바라보는 하사관의 얼굴에 짜증이 묻어 나온다.

"에휴, 젠장. 군대도 흘렀구먼. 저런 것들이 나 군인이요, 나 병장이요, 이러면서 거들먹거리니 원."

하사관은 고개를 흔들다 말고 잠시 눈을 돌려 포트 노틀을 쳐다보았다.

얇게 눈이 쌓인 대지 위에 굳건히 들어선 요새.

제국에겐 든든한 방어막이고 남부의 미치광이들에겐 넘을 수 없는 벽과 같다.

이러한 사실은 이곳뿐 아니라 거리를 두고 일렬로 지어진 150개에 이르는 다른 곳들도 마찬가지.

튼튼한 성벽을 보고 있자니 마음이 편해진다.

삐비익! 삑!

성벽 위에서 휘슬이 울렸다.

병사들 모두가 그곳을 일제히 바라보았다.

장교 하나가 깃발을 들고 이리저리 자신들에게 신호를 보내고 있다.

그리고 그 모습은 매우 다급해 보였다.

"전원 요새로 귀환? 왜 저러지……."

몇 달 전, 요새 사령관 얀 하스가 사냥을 나갔다가 실종된 이후 저런 긴급한 모습은 처음이었다. 왠지 모를 불안감을 느낀 하사관은 서둘러 병사들을 닦달해 요새로 들어갔다.

쿠쿵!

성벽에 서서 먼 곳을 응시하던 사령관 대행, 로프로스 소장은 먹구름이 잔뜩 낀 하늘에서 떨어지는 벼락을 보았다.

저 정도면 거의 최악의 기상이변이었다.

"기분이 좋지 않아."

남쪽에 눈이 많이 내렸고, 그런 상황에서 국지전이 벌어졌다는 소식은 로프로스를 긴장케 했었다.

하지만 그 이후, 적들의 움직임이 있다는 보고는 없었고, 또 있어서도 아니 되었다.

또 삼 일간의 무소식도 그의 우울함을 더해 주었다.

가끔 있는 일이었지만 흉사가 겹친 이 마당에 일어난 일이라 그냥 좌시하긴 힘들었다.

이런 상황에서 느닷없이 들이닥친 기상이변이라……

기괴하고 알 수 없는 존재로 가득한 얼음 대지.

어릴 적부터 남부의 마귀들에 대해 듣고 자랐던 그로선 왠지 저 먹구름과 벼락이 불길하게만 느껴진다.

"보이나? 비도, 눈도 내리지 않는 구름이."

"예. 뭐, 흔하진 않지만 충분히 있을 수는 있는 일이라 생각합니다."

예전에 얀 하스를 모시던 부관이 로프로스의 말을 받았다.

"있을 수는 있겠지. 하지만 시기가 영 좋지 않아."

"따뜻한 양곡주 한잔이라도 하시겠습니까. 요즘 따라 피곤해 보이십니다."

"전장에서 술은 그리 권할 만한 게 아니라네."

부관은 근 백 년간 평화롭기만 했던 포트 노틀을 전장에 비유하는 로프로스가 우습기만 했다. 얀 하스였다면 권하기도 전에 병째로 들이마셨을 텐데.

콰아앙!

갑작스러운 천둥소리에 부관이 저도 모르게 움찔했다.

"허, 이번 것은 좀 놀랐습니다."

부관이 엄살을 부리며 로프로스를 바라보았다.

한데 그의 표정이 너무나도 좋지 못함을 알고 로프로스의 시선을 따라 먹구름을 보았다.

번쩍!

한 번에 수십 개의 벼락이 지상을 강타한다. 저런 현상은 태어나서 한 번도 본 적이 없었다. 흑고 방금 전보다 더욱 큰 천둥소리가 그의 귀를 강타했다.

"흑!"

"봤는가."

"예, 지독합니다. 자연의 조화란……."

"아니, 그걸 의미하는 게 아니야. 저 구름이, 저 벼락이 다가오고 있어."

"……?"

로프로스는 굳은 얼굴로 이곳을 향해 움직이는 먹구름을 응시했다.

"벼락이 내리치는 횟수와 그 진로가 무척이나 규칙적이야. 마치 지상에서 누군가가 벼락을 끌어당기는 것처럼. 그리고 그것은 지금 여기로 오고 있지."

무슨 개소리를 하냐는 듯 부관이 눈을 동그랗게 뜨고 로프로스와 먹구름을 번갈아 보았다.

"마법? 글쎄……. 우린 보다 현실적인 위협에 처해 있는지도 모르겠군."

콰아아앙!

"크으……. 소장님, 저게 만약 적들의 조화라면 전투 소식이 전해지지 않았을 리가 없습니다. 이곳 노틀 요새는 제국을 수호하는 보루로서 수많은 병력과 물자를 보관……."

"봐봐. 저기, 누군가 있어."

부관의 말을 끊고 손가락을 뻗치는 로프로스.

부관의 눈동자가 자동적으로 그 손가락을 따라갔다.

"헉!"

어느새 더욱 가까이 다가온 먹구름.

그리고 그 아래에 선 누군가들. 작은 점으로 보이지만 확실히 '인간'의 형상이다.

콰앙!

벼락이 떨어져 그들 중 하나에게 꽂혔다. 그러나 당연히 통구이가 되어 즉사해야 할 그는 아무런 피해 없이 요새를 향한 걸음을 멈추지 않는다.

"꺼, 꺼억."

기가 막혀 버린 부관이 말도 제대로 못하는 사이, 로프로스가 몸을 돌렸다.

"……앞으로는 그저 그런 전투가 아닌 대전쟁이야. 남부 놈들이 참아 왔던 저력을 폭발시켰군그래."

부관은 어쩐지 그의 음성에서 힘이 하나도 느껴지지 않음을 깨닫는다.

카리융이 황태자로 선포된 지 여러 날이 흘렀다.

사문화된 권리인 줄 알았던 선제후권의 행사로 카본을 밀어낸 그는 분명 떳떳해야만 했다. 한데 이날까지 공식적인 행사나 대국민 발표, 각부의 지지성명 같은 본격적인 작업은 없었다.

그 스스로도 뭔가 꺼림한 기분을 느껴서일까.

그래서인지 카리융은 황궁으로 거처를 옮기지 않은 채 여전히 황제의 별궁에 머물고 있었다. 자신을 찾는 여러 유력자들과 귀족, 정부 관계인들의 면담요청을 일절 거부하며 오로지 몇 명의 측근들에게만 방문을 허락했다.

그리고 제국 안전부, 마르테의 사냥개들에게도.

배틀액스 홀은 그중에서 특히 중요한 이들과 만날 때 이용하는 장소였다. 카리용은 지금 그곳에서 누군가와 만나고 있다.

"홀고트."

끼긱.

카리용의 부름에 고개를 숙이고 서 있던 홀고트가 몸을 움직인다.

"흠, 여전히 몸이 불편한 것 같군그래."

"죄송합니다."

카리용은 홀고트가 혼수상태에서 회복된 뒤, 그가 예전의 훌륭한 요원이 아니라는 얘기를 들었다. 하지만 보리스의 죽음에 관해 알아야 했기에 그와 상당한 시간을 함께 보내며 불확실한 기억을 일깨우기 위해 애썼다.

실제로 아직까지 홀고트는 당시의 일을 잘 기억하지 못했다. 그저 연기가 피어오르고 천둥치는 소리가 사방에서 들렸으며 비명과 죽음이 난무하는 혼돈만을 단편적으로 떠올릴 수 있다고 했다. 폐기직전까지 간 요원은 카리용에게 쓸모가 없다.

하지만, 비델이 홀고트를 살렸다. 일부러 비델에게 자신의 야심을 내비친 것은 신의 한수였다. 만약 비델이 엉뚱한 행동을 한다면 사냥개들에게 제거하라 하면 그만이었고, 그저 당황하는 모습만 보인다면 자신에게 더더욱 쓸모없는 존재가 될 것이었다. 하지만 비델은 기다렸다는 듯 카리용에게 충성을 맹세하며 합법적인 권력 탈취 방법을 제안했다.

바로 제후들과 듀크들의 투표를 통한 황태자의 교체. 즉, 선제후권 행사였다.

거기까지는 카리웅도 어설프게나마 고려해 봤던 방법이었다. 그러나 비델은 보다 확실한 패를 준비했다.

솔윈 자르 보리스의 죽음을 이용하는 것.

황태자의 무능에 대한 성토를 넘어 그 죽음에 그가 관여했음을 드러내라는 것이었다. 이 말을 듣고 카리웅은 자신의 무릎을 치며 흥분했다.

선제후들은 모두가 보리스 아래에서 적과 싸웠던 이들이다. 카리웅과 마찬가지로 보리스에게 특별한 감정을 가진 자들이란 말이었다. 만약 정말로 카본이 그 음모에 발을 담갔다면 반란이라도 일으킬 제후들. 비록 완벽하게 증명하진 못하더라도 그들의 마음을 흔들 수만 있다면…….

다음 단계는 홀고트였다. 그날의 처참한 암살에서 살아남은 유일한 사냥개. 홀고트가 보리스의 뒤에 설 수 있는 몇 안 되는 요원임을 아는 선제후들이기에 그의 말에 큰 신뢰를 보낼 것이 틀림없었다. 비델의 제안에 카리웅은 흔쾌히 응했다.

조직에서 폐기되어 퇴물이 될 운명이었던 홀고트도 구사일생으로 살았다. 그는 카리웅의 명령에 따라 선제후들 앞에서 거짓 증언을 했다. 확실한 증거는 없지만 황태자의 음모가 있었고 보리스는 그것을 막으려다 죽음을 당했다는.

이것으로 되었다. 권리 행사에 회의적이던 제후들과 듀크들의 마음에 불신을 심어 놓았다. 몰타의 왕을 제외하고 3:3의 결과를 만들어 낸 것만으로도 홀고트는 역할을 완벽히 해냈다. 물론 최후의 순간 카라스가 자신에게 손을 들어 주지 않았다면 물거품이 되었을 테지만. 그리고 마침내 카본을 밀어내고 카리웅 자신이 황태자로 인정받았다.

이제 홀고트는 카리웅의 둘도 없는 심복이 되었다.

"멀리 휴양이라도 가는 게 어때?"

"앞으로 해야 할 일들이 많으리라 생각합니다."

뭐랄까. 가끔은 홀고트의 저런 말투와 표정이 왠지 마음에 걸린다.

"한데 요즘 비델이 잘 보이지 않는군."

"권력에 붙어 사는 개일 뿐입니다. 황태자께서 신경 쓰실 인물은 아닙니다."

"곁에 두기에는 체면이 서지 않고 버리기에 괜히 미안해지는 그런 자야. 비델은."

희미하게 웃는 홀고트를 보며 카리융이 한숨을 쉬었다.

"이봐."

"예, 태자 전하."

"아니, 그냥 마르테라 불러도 좋아."

"……."

"뭐, 강요하진 않겠지만 태자라는 명칭은 아직 익숙지 않아서."

"예, 마르테."

"나를 위해 거짓을 말한 것, 후회하진 않나?"

"후회는 없습니다. 전 당연한 명령을 따른 겁니다."

"그걸 명령이라 받아들였다니 차라리 내 마음이 편하군."

이럴 때면 정말 보리스의 그늘이 얼마나 대단한 것이었는지 새삼 느낀다. 몇 천 년만의 국가 중대사에 거짓을 끼워 넣으면서도 얼굴 표정 하나 변하지 않았던 홀고트다. 이런 대단한 요원을 키워 낸 보리스를 자신은 결코 따라갈 수 없다. 사실 이제는 그럴 필요도 없겠지만.

'홀고트…… 블러드하운드13. 맡은 임무와 부여받은 숫자에 비해 훨씬 대담하고 뛰어난 자다. 눈치도 있고 자신의 자리가 어디인지, 누가 주인인지도 잘 알고. 이런 자라면…….'

"빨리 자네의 몸이 낫길 바라지."

"감사합니다."

"그럼 잠시 자리를 비워 주겠나."

홀고트는 거의 습관적으로 주변을 둘러보았다. 예전 보리스가 이런 말을 했을 때, 그의 안전을 확보하던 버릇이 남아 있었기 때문일까. 홀고트가 카리옹에게 극진한 예를 보이며 천천히 물러섰다.

쿵.

그가 아직 불편한 발을 옮기자 무거운 돌이 바닥에 부딪치는 소리가 울렸다. 그 소리에 익숙해질 법도 하지만 카리옹은 살짝 인상을 구겼다.

완전히 부서져 버린 다리뼈를 간신히 이어 붙인 뒤, 고정시키기 위해 사용한 쇠와 석회의 무게 때문이라고는 하지만 이상하게도 거슬린다. 쿵쿵거리던 홀고트가 이내 홀에서 모습을 감추었다.

"휴우……."

카리옹은 답답해지는 가슴을 쓰다듬는다.

"이제 슬슬 아버지를 만나야겠군. 그다음엔 형님도. 왠지 더 이상 시간을 끌면 안 될 것 같아서 말이지."

카리옹은 아무도 없는 이곳에서 스스로에게 다짐하듯 입 밖으로 혼잣말을 내뱉는다.

"뭐? 황제께서 카이저 홀에 나오시지 않았다고?"

카리옹은 근위기사의 말을 듣고 놀라 소리 질렀다.

"나에게 거짓을 말한다면 네 혀를 자르겠다."

"전하……."

기사는 곤란한 얼굴로 같은 말을 되풀이할 뿐이다.

으득.

"언제부터였나."

"예?"

"폐하의 출입이 멈춘 때가 언제였냐는 말이다."

"아닙니다, 전하. 오늘은 특별한 사정으로……."

말끝을 흐리던 기사는 카리융의 이글거리는 눈을 보고 입을 꾹 닫았다.

"혀가 아니라 목을 잘라야겠군."

카리융에게서 진심을 본 기사는 길게 한숨을 쉬었다.

"이 개월 정도 되었습니다."

"그런데도 내게 아무런 말을 안 했나?"

"저희도 악사들을 통해 최근에 알았습니다. 그들이 이상하게 행동하기에 다그쳤더니 아무도 없는 홀에서 연주를 해 왔답니다."

"악사들이 감히 자의로 그러진 않았을 테고, 누가 시켰다던가."

"……."

"나도 짐작하는 이가 있다. 확인하고자 하는 것이니 답하라."

"전 황태자, 카본 일황자님이십니다."

카리융의 불길이 잠잠해졌다.

"이 개월이 아니라 훨씬 전부터였을 거야. 악사들도, 너희도 헛것을 보았어."

어리둥절해하는 기사들을 뒤로 하고 카리융이 몸을 돌렸다.

아버지 욘 세프라임은 지금 이곳 황제궁에 없음이 확실하다. 그는 지금 한때 태자궁이라 불렸던 곳에 있을 것이다. 형은, 카본은 대체 무슨 짓을 꾸미고 있는 걸까.

자신이 황태자의 자리에서 내려지는 날조차 얼굴을 보이지 않았던 카본이다. 제국에, 수도에, 이 황실과 황궁에 이상한 기류가 흐르고 있음을 모르는 이는 없다. 다들 숨죽이고 있을 뿐. 그리고 그 중심에는 카본이 있다. 지금으로선 주인공은 결코 카리융 자신이 아니다.

"이그제!"

척.

아무것도 없던 공간에 누군가 나타났다. 카리융을—정확히는 마르테를—근접 경호하는 블러드하운드98, 이그제라는 젊은 요원이다.

"울프와 파라오에서 50명만 추려서 집합시켜."

"따르겠습니다."

이그제는 어떠한 의문도 없이 주인인 마르테의 명에 복종한다.

'이렇게 나온다면 나도 어쩔 수 없어.'

조용한 수면 아래 암투가 벌어질 것인가.

"아침에 먹었던 스프에서 냄새가 나더군."

카리융은 의미 없는 말을 중얼거리며 두근거리는 가슴을 진정시켜 본다.

그날 저녁. 정예 사냥개들과 근위병들이 일황자의 거처를 장악했다. 카본의 호위병들은 어떠한 저항도 없이 문을 열었고, 별궁은 빠르게 평정되었다.

착, 착, 착, 착.

가벼운 걸음으로 복도를 지나는 이는 카리융이다. 그는 몇 명의 요원들과 병사들을 대동하고 카본의 집무실로 향했다. 황자비와 자녀들을 먼저 확보하면서 더 이상 카본이 쓸데없는 짓을 못하도록 조치했기에 걸릴 것은 없었다.

예상한대로 집무실을 지키는 호위병들은 없었다.

"열어."

카리융이 차갑게 명령하자 요원들이 거칠게 문을 열었다.

덜컹!

슈우우웅—

문이 열리자마자 강한 바람이 밀려 나왔다. 그 바람은 열려진 창을 통해서 들어오는 것이었다.

"……."

넓은 집무실 안에는 사람의 온기가 느껴지지 않는다. 하지만 창가에 있는 흔들의자에 누군가 앉아 있었다.

"형님?"

카리융이 입을 열었다. 하지만 대답은 들려오지 않는다.

"이미 끝났습니다. 아버지를, 황제를 납치해 감금한 혐의로 형님을 체포하겠습니다."

여전히 답이 없는 상대방.

"신속한 결정이라고 탓하지 마세요. 대신 변명의 기회는 드릴 테니까."

까딱거리는 의자의 움직임은 처음과 같다. 이때, 불길한 생각이 카리융을 스쳤다. 입구를 등지고 조금씩 흔들거리는 의자의 주인에게서는 숨소리조차 들리지 않는다.

혹시 카본이…….

턱, 턱.

떨리는 발걸음으로 카리융이 앞으로 나서자 요원 두 명이 살짝 저지하려다 곧 포기했다.

카리융의 표정이 너무나도 무섭게 변해 있었기 때문이다.

느리게, 아주 느리게 의자로 다가간 카리융. 실크를 머리에서 발끝까지 덮고 있어 누군지 알아볼 수 없는 인물이 거기에 있었다. 카리융은 떨리는 손으로 실크를 잡아 갔다. 그리고 확 천을 잡아챈 뒤 짧은 신음을 흘렸다.

"……아버지."

그는 황제였다.

"이…… 이럴 수가."

완전히 말라붙어 미라처럼 변해 버린 욘 세프라임. 경악으로 물든 카리융이 뒷걸음친다.

"헉!"

그제야 황제를 알아본 요원들과 병사들이 비명을 질렀다.

"태, 태자 전하."

어서 다음 명령을 내려 달라 재촉하는 요원. 그러나 카리융은 한참을 멍한 상태로 황제의 시체를 바라보기만 했다. 그리고 마침내 그의 입이 열렸다.

"이건 반역이다."

"예?"

"당장 반역자 카본을 찾아. 죄목은 황제 시해."

"아, 알겠습니다."

"이곳에 있는 모든 이들도 마찬가지다. 같은 죄목을 적용해 체포하라."

초유의 사태가 벌어졌다.

역사상 가장 강력한 제국이며 또한 가장 안정적인 질서를 주도하던 로슈르에서 반란에 버금가는 일이 발생했다.

제국 초창기에나 있었을 법한 황제 시해 사건. 그것도 다름 아닌 전 황태자에 의해 주도되었다. 황제의 시신은 여러 날을 굶었는지 상당히 마르고 비참한 상태로 발견되었다. 즉각적인 제국 고위층의 소집령이 발동되었다. 황제 아래의 모든 관료들이 모인 자리에서 사건 경과가 발표되었고, 그 자리에서 카본에게 줄을 섰던 수백 명의 관리가 체포당했다.

하지만 카본과 안첸트, 그 외 몇 명의 고위층들은 이미 사라지고 없었다. 제국 안전부는 수도권 내에 전 경찰병력을 동원해 인간이 다닐 수 있는 모든 길을 차단했다. 단 세 시간 만에 벌어진 일이었다. 카리융은 국가적인 혼란을 막기 위해 국민들에게 이 사실을 감추라 지시했다.

그리고 카본과 그 추종자들에 대한 추적은 비밀리에 진행하라 명령했다. 만약 진실이 새어 나갈 경우 철저히 조사해 입을 놀린 자에게 큰 벌을 내릴 것임도 천명했다. 반역자의 가족들과 관련자들은 즉시 구금되었고 이후 재판을 통해 그 처우가 결정될 것이다. 아마도 그 끝에는 죽음이 기다리고 있을 터. 바야흐로 무지막지한 피의 숙청이 벌어질 것임을 모르는 이는 없었다.

이제 제국의 미래는 불투명해졌다. 황위 계승권 다툼 뒤, 황제의 비참한 죽음. 각 제후국의 권한 확대. 북부의 불온한 움직임. 남부의 침략.

과연 남은 자들은 이 난국을 무사히 타개할 수 있을까.

"재미있다는 표정이군요."

늙은 안첸트의 말을 들은 사내가 슬쩍 웃었다. 어두컴컴한 마차 내부의 그늘에 가려진 얼굴. 하지만 희미한 빛은 그의 안면 근육 하나하나의 움직임을 놓치지 않고 보여 준다.

"그럼요. 정말로 재미있지 않습니까? 어쩌 예상한 그대로 일이 돌아가니까요."

"후우……."

안첸트는 카본의 저런 태도가 별로 마음에 들지 않았다. 지고한 드래곤인 자신이 그저 뛰어날 뿐인 '인간'에게 휘둘린다는 사실도. 카본은 손바닥 위에 올 씽 아이가 허락한 능력을 펼쳐 놓고 즐거워한다. 공 모양을 이루었던 붉은 선이 넓게 퍼지며 트라폴리아 대륙을 그렸다. 그리고 순식간에 로슈르 제국의 수도 라로시르를 형성한다. 노랗고 파란 점들이 라로시르를 쉴 새 없이 가로지르며 이동했다.

"놀랍지 않습니까? 안첸트 경. 모든 것을 보고 또 지배할 수 있는 힘이라니요."

카본은 자신의 처지도 잊은 듯, 낄낄거리기만 한다.

"지금은 그게 중요한 문제가 아닙니다, 퍼펙트 그레이."

"제국의 황좌 따위는 저도 그렇고, 경도 그렇고 크게 문제 삼지 않기로 했잖아요?"

"그것도 아닙니다."

"그럼 뭘 걱정합니까. 우리 데 자리누스의 모든 역량은 그대로 보존되었고, 애초에 불안의 씨앗 따위는 남겨 놓지 않았습니다. 안 그래요?"

카본은 그 차가운 성격답게 자신의 가족들이나 자신을 바라보던 관리들과 그 식구들에 대해서는 전혀 생각지 않는 모양이다.

"그 또한 제가 드리는 말씀에 포함되어 있지 않습니다만."

안첸트의 음성이 낮게 깔린다.

"우리의 목적만 완수할 수 있다면 그 무엇도 버려야 한다고 가르치신 분이 당신입니다. 히올라이."

"퍼펙트 그레이. 잘 들으세요. 그대가 비록 올 씽 아이의 접속 권한을 얻었지만, 완벽하지는 않습니다. 당장 그 아이들의 소재도 파악하지 못하잖습니까. 그들은 그레이께서 장악하지 못한 올 씽 아이의 다른 성질로부터 보호받고 있습니다. 또 함께 코드를 나누었던 자가 침투해 온다는 사실은 그레이께서 말씀하셨습니다."

아마도 노림에게서 접속 코드를 받은 롱 버트를 말하는 듯하다.

"게다가 이번 건은 성급하셨습니다. 황제 시해의 누명을 스스로 짊어지고 도피라니요. 저희 세 현자들의 의견은 완전히 무시하신 게 아닙니까."

카본의 빛나던 눈이 잠시 감겼다. 그리고 곧 그의 입이 열렸다.

"히올라이. 이 세계가 지금 얼마나 급박한 상황에 처해 있는지 저도 잘 압니다. 올 씽 아이는 많은 것을 보여 주었죠. 200만 대군의 몰락과 제렌 디스의 중부 침략. 북부인들의 음모에다가 용암 바다 너머의 불사자들……."

안첸트는 묵묵히 카본의 말을 들었다.

"제가 아버지께 들었던 말이 뭔지 아세요? 결국 인류와 더불어 모든 생명체는 자린의 분노, 그것이 진정 분노인지 아니면 애증인지 모르겠지만 일단 그것을 피할 수 없다는 겁니다. 하지만 오래전에 제르 호바가 말했듯 기회가 주어졌습니다. 자린께 닿을 수 있는 인간만의 기회. 그것은 결코 안정된 평화 속에서 싹틀 수 없죠. 인간의 지성과 발전은 늘 혼란과 파괴가 있은 뒤 급격하게 성장했습니다."

"무슨 말씀을 하시고 싶은지 모르겠습니다."

"그날이 오기 전에 인류는 각성해야 한다는 겁니다. 파괴와 멸망을 통해서 썩은 부분을 도려내고 무능하고 열등한 존재들이 사라져야 인류에게 희망이 생깁니다. 전 아버지의 말씀과 올 씽 아이의 시선을 통해 그것을 깨달았습니다. 제르 호바는…… 그는 예언을 통해 그것을 알려 주었습니다. 진정한 인류의 번영을 그는 원했던 거라고요. 드래곤 하트와 함께한 다섯이 막아서리라? 하하하! 그들이 막을 것은 제르 호바가 아니에요. 이 땅의 모든 생명체가 발전할 기회를 빼앗으려 하는 자들을 막아설 것을 의미하죠."

"장담하십니까?"

"올 씽 아이를 유영하며 태고의 존재를 느꼈습니다. 고대의 일곱 드래곤들만이 접할 수 있었다던 전능한 존재. 당신들, 과거에 흑룡족이라 불렸던, 고대용들의 완전함에 가까웠던 그대들조차 영접하지 못했던 존재. 바로 '라 호루스' 말입니다."

안첸트의 눈가가 붉어지며 괴이한 기운이 풍긴다.

"엄청난 전쟁과 혼란이 도래할 앞으로의 대륙. 남부의 침략은 시작되었고 곧 북부인들도 밀고 내려올 겁니다. 죽지 않는 자들은 이미 그들의 마수를 온 세계에 침투시켰고요. 그저 안정만 꾀하던 제국은 간단히 몰락할 수밖에 없어요. 그건 제르 호바도, 라 호루스도 원치 않는 방향입니다. 저 이전의 제국은 수천 년 동안 초기의 강대함을 잃었어요. 200만? 500만? 허수아비를 아무리 세워 봐야 태풍을 막을 순 없지요. 누군가 강력한 권력과 힘으로 제국을 운영해야 합니다. 전 절대 그렇게 못합니다. 그걸 가능케 할 이는 제 동생 카리용 외엔 없어요. 그 녀석에게 명분과 힘을 실어 줘야 합니다. 제국의 힘을 하나로 모아 위, 아래의 적과 싸워 버텨야 합니다. 그날이 올 때까지요."

"그래서 저희의 의견을 무시하고 악역을 자처하셨다는 말씀이군요."

어느새 돋아난 송곳니를 드러내며 안첸트가 중얼거렸다.

"히올라이. 전 그대들의 지혜를 받아들였습니다. 당신들의 그 피. 드래곤의 피를 마셨단 말입니다. 그대들이 원한다면 절 지배할 수도 있겠지요. 하지만 이번만큼은 제가 옳아요. 당신들보다 훨씬 더 인류를 걱정하는 퍼펙트 그레이로서 드리는 말씀입니다."

카본이 드래곤의 피를 언급하자 안첸트의 차가운 분노가 조금씩 가라앉았다. 그는 절대 쓰리 드래곤즈의 영향력에서 벗어날 수 없다. 5000년 동안 데 자리누스의 지도자들이 그들과 가까이 할 수밖에 없었던 이유. 그것은 강력한 흑룡의 피로 인한 계약 때문이었다.

"지켜봅시다. 제게 이어지지 않았던 토타르퍼스의 무력이 동생에게 있으니 잘 해낼 겁니다."

카본의 입에서 지속적으로 언급되는 토타르퍼스. 인류를 위협하던 제렌디스인 그의 이름은 무슨 이유로 '퍼펙트 그레이'를 통해 등장하는 것일까.

띵, 띵.

순간 올 씽 아이가 보내 주는 붉은 선들의 조합이 흔들렸다.

"……."

침묵하며 그것을 노려보는 카본. 잠시 후, 그의 입가가 씰룩거렸다.

"또 그놈입니까."

안첸트가 물었다. 즉, 롱 버트가 카본의 영역에 들어왔는지를 물은 것.

"아뇨. 그가 지배하는 체계와는 다릅니다."

찌릿, 윙— 윙—

선들이 얽히며 산맥이 되었다가 다시 평야로 변한 뒤 마지막에는 제 형태를 갖추지 못한 선의 조합으로 변했다.

"호오, 누군가 임시 허가 코드를 받아 냈군요. 이건 아마도……."

"용의 아이, 총명한 데일."

"그 아이가 아니면 누가 있겠습니까, 후훗."

노란 점 다섯 개가, 난무하는 붉은 선들 속에서 반짝였다.

"그럼 잠시 쉬어야겠습니다. 새로운 총단에 도착하면 깨워 주시겠어요?"

안첸트는 여유 가득한 카본을 보며 또다시 한숨을 쉬었다.

공포의 드래곤을 앞에 두고도 저렇게 뻔뻔하기만 한 퍼펙트 그레이는 5000년 만에 처음이다.

세프라임의 시조 발타스도, 전대 그레이 욘 세프라임도 자신들을 극진히 대우해 주었건만. 아무래도 인간들과 섞여 살면서 드래곤으로서 가졌던 자부심과 정신력이 많이 약해진 것만 같았다.

'인간은…… 정말 두려운 존재야.'

무엇이 두렵단 말인가.

마차는 소리 없이 평원을 달린다.

11장
팔찌 오미엔

RAJARIN

"······드래곤."

"아니야!"

리디아가 비명을 지르듯 소리쳤다.

그녀는 마치 보여서는 아니 될 추악한 괴물을 감싸듯 프랭크를 껴안고 미친 사람처럼 울부짖었다.

"정확히 하자면 드래곤은 아니긴 해. 그렇죠? 힐겐 아저씨."

"······맞다. 로그의 아들아."

뾰족한 이를 드러내며 말하는 프랭크는 웃는지 우는지 알 수 없는 표정을 지었다. 그의 모습을 보고 바로 무기를 꺼내 들었던 키릭과 루산은 서로를 돌아본 뒤 무기를 거두고 자세를 잡았다. 다만 자오링만이 기묘한 눈으로 프랭크를 바라볼 뿐.

"잠재되어 있던 일부의 유전자에 강한 자극을 주었군요. 그녀가 한 짓인가요?"

"으허헝."

리디아의 울음소리를 들으며 데일이 말한다.

"아니란다. 오로지 나의 뜻이었지. 딸에게 돌려주어야 할 물건이 있으니까."

"쉽게 주시지는 않겠죠."

데일의 말에 프랭크가 고개를 끄덕이며 리디아를 내려다본다. 추악한 괴물의 얼굴과 달리 그의 눈은 따뜻하기만 하다. 아버지의 정이랄까.

"우리의 역사에 대해 난 깊이 해 줄 말이 없다. 그것은 본래 스스로 알아 가는 것이니까. 나도 그랬고 너희를 낳은 부모들도 그러했을 것이다. 이는 곧 유전을 이었던 모든 이들에게 해당되는 것이다."

프랭크가 천천히 입을 열었다.

"어떤 이들은 자신의 존재에 대해 자각하지 못한 채 인간으로서 일생을 마쳤고, 또 어떤 이들은 불완전한 조합의 결과로 폭주하곤 했단다. 인간의 기록에 등장하는 수많은 영웅들과 마수들, 뱀의 형상을 한 초월체들이 바로 그러한 존재들을 가리킨다. 어쩔 때는 그들 사이에서 불가능하다 여겼던 유전의 돌연변이가 일어나기도 했고 그것을 극복한 이들에게 또다시 숙명이 주어지곤 했지."

프랭크의 얼굴이 점점 더 인간의 그것에서 멀어졌다.

"바로 너희처럼 말이다."

"이해할 수 없어요. 아빠의 말은 우리가 인간이 아니란 거잖아요."

리디아가 훌쩍거리며 말했다.

"리디아. 생물은 본래 무한한 가능성을 내포하고 있단다. 어제의 인간이 오늘의 늑대가 될 수 있고, 오늘의 물고기가 내일의 독수리로 바뀔 수도 있지."

뭔가 심오한 뜻을 가진 프랭크의 말이지만, 지금 이 자리에서 그것을 이해하는 이는 데일뿐이다.

"다양성을 말씀하시는군요."

"옳다. 다양성만이 생물을 영원히 번성케 하는 열쇠이다. 그리고 너흰 그 다양성의 끝에서 태어난 존재들이고. 사실…… 때가 이르긴 했지만."

"흠……."

데일이 머리를 긁으며 코끝을 찡그렸다.

"리디아. 이 아빠는 이런 날이 정말로 오지 않기를 자런께 기도해 왔단다. 우리의 존재에 대해 깨달은 그 순간부터. 태어날 나의 아이는 '그날'의 주인공이 아니길. 그러나 로그…… 그가 예언의 모래시계를 작동시켜 버렸단다."

"데일의 아버지가요? 두 분은 대체 어떻게 아는 사이죠?"

"우리는 너희 나이 때쯤, 그러니까 모험심 가득하고 혈기왕성한 그런 시절을 함께했단다. 몇 명의 마음이 맞는 친구들과 더불어. 어쩌면 그 또한 미리 짜인 계획에 의한 것이었으리라 생각이 되는구나."

"……."

"전설, 그래, 이 세상에 떠도는 수많은 전설을 찾아 우린 여행했지. 보기 드문 괴물들과도 싸웠고, 고대의 영혼들과도 검을 겨누었었다. 그러다 결국."

프랭크가 뜸을 들였다.

"그녀를 깨웠지. 유전의 굴레에서 멀리 떨어져 있던, 세상이 잘못 알던 전설의 실체를 말이다. 바로 탐욕스러운 유리아나…… 데일 너의 어머니다."

아이들은 눈이 휘둥그레진 채 데일을 바라보았다.

"짐작은 했어요. 저, 데일이라는 불가능한 존재가 가능할 수밖에 없었던 이유가 궁금했었죠."

"데, 데일. 이게 다 뭔 소리야."

루산의 얼굴이 조금씩 파랗게 질렸다.

지금껏 특별한 친구라고 생각했던 작은 소년이 왠지 모르게 거대한 음모의 주재자처럼 느껴졌기 때문이다.

"하지만 그 또한 미리 계획된 일이었다. 콰이룽……. 우리가 처음 맞닥뜨렸던 드래곤. 누군가가 콰이룽을 이용해 로그와 유리아나의 만남을 이루도록 했지. 아주 치밀한 자야. 이제는 그가 누군지 짐작이 가지만, 그 당시로는 모든 것이 엄청난 우연의 산물이라고만 여겼다."

"저, 거기까지만 듣겠어요. 우리에겐 시간이 충분치 않거든요."

데일이 프랭크의 말을 딱 끊었다.

"크크크. 그래, 그러려무나. 나 또한 이런 쓸데없는 얘기보다는 딸과의 시간을 더 갖고 싶으니. 아, 그리고 한 가지만."

"말씀하세요."

"네 자신이 '주인' 임을 잊지 마라. 너흰 결코 '손님' 이 아니야."

주인이라……. 왜 뜬금없이 이런 말을.

"물러나 드려야겠죠?"

"고맙구나."

순순히 뒤로 빠지는 데일을 따라 리디아를 제외한 나머지 일행은 얼떨결에 걸음을 옮겼다.

"야, 데일 진짜 설명 제대로 안 할래?"

늘 묵묵히 따르던 키릭과 달리 루산은 화를 내면서까지 데일에게 설명을 요구했다.

"그게 중요해?"

"나 이용당하는 거 질색이거든. 특히 가까운 사람한테."

"설마 내가 너흴 이용한다고 생각하는 건 아니겠지?"

평소와 마찬가지로 신비로운 웃음을 지으며 그냥 넘어가려는 데일이었다.

"루산, 잠시만."

자오링이 식식거리는 루산을 뒤로 물렸다.

찌릿.

자오링이 데일 가까이 서자 키릭이 눈을 부라렸다. 키릭은 여전히 자오링을 '믿을 수 없는' 동료로 인식한다.

"다음은 나야?"

"……."

"리디아 다음은 나냐고. 또 웃기지도 않는 공간이동을 해서 내 고향으로 뭔가를 찾으러 가는 거 맞아?"

"우리를 이끄는 존재는 내가 아니야. 난 아직 미래를 보는 눈에 접속할 권한이 없어."

"어려운 말 쓰면 그냥 넘어갈 줄 알았지?"

"쉬운 말로 해도 네가 알아듣긴 힘들 것을 아니까."

"너…… 언제부터 그렇게 변한 거니."

그렇지 않아도 모두가 궁금해하던 문제였다. 이전에도 이에 대해 짧게 얘기를 나눈 적이 있지만 구체적이고 확실한 답은 얻지 못했다. 그동안 겪었던 생명의 위협과 앞으로 겪을 고통을 감안한다면 이 부분은 제대로 짚고 넘어갈 필요가 있다는 것이 모두의 생각이다. 심지어 키릭마저도.

자오링의 물음에 데일은 아무런 말을 하지 않았다. 지그시 그녀를 바라보며 입가를 살짝 올릴 뿐이었다.

"부탁이야, 대답해 줘."

"나도 나의 이런 성격 변화에 대해 고민해 본 적이 있어."

데일이 차분하게 입을 열었다.

"기억나지 않는 수많은 꿈과 환상. 어딘가에서 날 찾는 공허한 목소리……. 성급한 결론이긴 하지만 난 이렇게 말하고 싶어. 내 안에 존재하는 무의식이 나의 의식을 변화시키는 것이 아닐까 하는."

"무의식?"

"일반적으로는 각성 상태가 아닌 심리라고 표현할 수 있어. 한데 그게 조금씩 각성하고 있다면? 하나가 아닌 여러 무의식이 존재한다면? 난 대체 누굴까? 아니 무얼까?"

사실 데일은 이 문제에 대해 심각하게 고민했다. 다만 아이들이 걱정할까 봐 겉으로 티를 내지 못한 것이었다.

"그래도 난 너희 친구 데일이야."

이 부분에 있어서 만큼은 단호하게 말할 수 있었다.

"휴우. 그래, 인정."

자오링이 몸을 숙이며 물러났다. 그런 그녀에게 따뜻한 웃음을 보내는 데일. 그러나 데일은 정말로 보지 못했다. 자오링의 입가에 맺힌 차가운 미소를.

"아빠."

"그래, 리디아."

"진실을 알려 주세요."

"진실? 네가 보는 것이 진실이다."

"드래곤이 무슨 말을 했든 상관없어요. 전 알아야 해요. 이곳이 아빠에게 어떤 의미를 주는지, 아빠가 드래곤과 만난 후 왜 이런 모습으로 여기 있어야만 하는지 소상히 말해 주세요."

프랭크는 슬픈 눈으로 딸을 바라보았다.

"때로는 모르는 것이 나을 때도 있단다. 쉽지는 않겠지만."

"이대로 이별하는 것보다는 나아요."

"고집쟁이."

노래하는 기사 오미엔이 어떤 이유로 이 땅에 들어왔는지는 아무도 몰랐다. 그러나 그의 사명이 무엇이든 간에 그가 있음으로 이곳이 더욱 풍요롭게 변했다는 사실은 변함이 없다. 먼 훗날 대지의 요정으로 받들어질 만큼 오미엔은 이 땅과 이곳의 사람들을 위해 끝없는 축복을 노래했다. 그는 천 년을 살았다고 전해진다. 언젠가 지혜로운 누군가가 오미엔에게 물었다. 왜 이 땅을 떠나지 않느냐고. 그는 대답했다. 처음엔 친구를 위한 사명감이었지만 이제는 남아 있는 자체로 행복하다고.

과연 진심이었을까. 그가 찾아낸 무언가가 세상을 변화시켰고 또 그를 변화시킨 것일까. 알 수 없는 일이다. 전설과도 같았던 오미엔과 그의 이야기가 사라져 갈 무렵, 이곳을 찾은 부부가 있었다. 그들은, 아니 남자는 언제나 말없이 돌을 쌓았고 몇 년이 지나자 그것은 보기 좋은 신전이 되었다.

언젠가 성질 급한 누군가가 남자에게 물었다. 왜 신전을 세우고 또 지키느냐고. 그는 대답했다. 처음엔 자신만을 위한 만족이었지만 이제는 미래를 위한 의무가 되었다고. 그는 진심이었다. 그를 부른 누군가가 그에게 의무를 쥐어 주었고 또 그는 받아들였다. 이것이 진실이었다.

천 년을 살았던 전설의 기사와 드래곤의 씨앗을 가졌던 한 남자.

기사 오미엔과 프랭크의 이야기다.

"아빠가 그러면 노래하는 기사가 지켜 온 신물을……."

"맞다. 그 이전에 어떤 일이 있었는지 자세히는 알지 못한다. 하지만 난 그의 영혼으로부터 이끌림을 받았지. 치유와 축복을 노래하는 비슷한 성향에 끌렸을 수도 있다. 아니면 아주 오래전, 하늘이 정한 운명이었을지도. 아니길 바랐던 너의 탄생을 위해서 말이다."

리디아가 또 눈물을 한 방울 흘렸다.

"내가 왜 이런 모습이 되었는지 말해 주마."

"……예."

"난 신전과 신물을 수호하는 역할을 부여받았을 뿐 만진 적도, 본 적도 없단다. 이 비밀스러운 공간도 내가 만든 것이 아니란다. 이곳을 감추기 위해 신전을 쌓은 게지."

"……."

"그 드래곤의 이름이 헤테르프라고 했던가?"

"아마도요."

"그녀는 오미엔의 신물을 원했어. 하지만 그러기 위해선 드래곤으로서 누렸던 영원함과 힘을 포기해야 했지. 이곳은 현실과 다른 세계란다. 허락받은 자, 아니면 열쇠를 소유한 자만이 올 수 있는……."

"아빠는 허락받았고요?"

"아니."

길게 벌어지는 뱀의 주둥이가 마치 프랭크의 허망한 웃음처럼 보였다.

"하나의 인간으로서 프랭크 힐겐을 버렸단다. '누클레우스의 벽'을 뚫고, 나를 이루는 근원의 변화를 받아들였어."

구름, 빛, 누클레우스.

제르 호바의 예언에 나오는 단어.

의미를 알 수 없는 이 단어가 가리키는 변화란 무엇일까.

"여기로 빨려 드는 날 바라보던 드래곤 헤테르프는 그때 무슨 생각을 했을까. 내 용기를 칭찬이라도 하지 않았을까? 크크크크."

"아빠아……."

"난 조금씩 변해 가는 몸을 느끼며 이 공간의 지배자로서 허락받았다. 누구의 침범도 허락지 않는, 그것이 전설의 드래곤일지라도."

찌잉!

프랭크의 눈동자가 사라지며 그 자리를 검은빛이 대신했다.

"딸아. 넌 나를 부수고 오미엔이 지켜 왔던 신물을 차지해야 한다. 쉽지는 않겠지만."

데일이 쉽지 않을 거라 말했던 뜻이 여기에 있었던가. 프랭크의 몸이 점점 흐려졌다. 이제는 완전히 인간의 신체가 아닌, 드래곤의 중간체에 가까워진 몸이 안개처럼 흩어져만 갔다.

"아, 아빠?"

—데일…… 로그 잉그하임의 아들을…….

"예?"

—사랑한다, 리디아. 자린의…… 호루스의 품에서 널 지켜보마…….

화아악!

리디아는 눈이 멀어 버릴 정도의 빛에 고개를 돌리고 쓰러졌다.

아이들이 빛이 보내 온 충격에 몸을 움츠렸을 때, 데일이 말했다.

"시작."

띠리릭.

데일의 앞에 올 씽 아이에 접속하기 위한 붉은 선들이 오르간의 건반처럼 펼쳐졌다.

"으으."

괴로워하던 루산이 간신히 몸을 일으켜 데일이 하는 행동을 보았다.

"몸에…… 힘이 하나도 없어."

띠리릭, 띠딕.

그는 데일의 관자놀이로 땀이 흐르는 것을 보았다. 데일의 정면에 나타난 선들이 숫자의 형태로 변했다.

"줄어들고 있는 건가."

5에서 시작되었으리라 짐작되는 숫자들이 점점 내려가고 있다.

"저게 무슨 의미지?"

함께 그것을 확인한 키릭이 중얼거렸다.

"안 좋은 것만은 확실해. 데일의 표정이 영."

친구들의 말소리를 들으며 빠르게 손가락을 놀리는 데일은 지금 필사적으로 접속을 시도하는 중이었다. 상황은 급박했다. 5분이 지나면 이 공간은 전혀 다른 세계로 변한다. 우선은 산소의 원자핵붕괴가 일어나 전자를 방출해 다른 원자핵으로 전이할 것이다. 그리고 그 결과는 장담할 수 없다. 두 번째로 공간 내에 존재하는 모든 물리체의 전자가 초속 90억km의 속도로 상호 충돌을 일으킬 것이다. 그 또한 다음을 말할 수 없다. 마지막으로 오미엔의 해골을 중심으로 막대한 수축이 일어날 것이다. 상상을 불허할 정도의 질량이 개미 한 마리 크기로 압축되어 모든 것을 빨아들이는 지옥을 연출한다면……. 물론 이 모든 과정은 3초 안에 완성되었다가 흔적도 없이 사라진다. 그리고 세상은 다시 평화로운 상태로 돌아가고.

데일은 처음 프랭크를 보았을 때, 이 붕괴의 끝을 보았다. 위험하다는 표현은 차라리 사치다.

띵! 지이이잉—

"쳇!"

1분 동안 1,300개의 게스트 코드를 입력했다.

하지만 올 씽 아이는 그 모든 접근을 거부한다.

'고유한 게스트 코드는 막혔어. 지금 상황에서 새 권한을 등록하긴 늦었고.'

4분이 채 남지 않았다.

'설마 자신의 딸을 포함해 우리 모두가 죽기를 원하는 건가.'

그럴 리가 없다. 그랬다면 처음부터 이런 불필요한 과정 따위를 마련하지 않아도 되었다.

"흠, 이거 어쩐다."

틱.

데일이 손을 놔 버렸다. 아직 앞으로 일어날 참사에 대해 모르는 아이들은 눈을 비비며 데일에게 다가왔다.

"아무것도 안 해도 되나?"

루산이 물었다.

"쉿, 나 생각 중이야."

"그러면서 말은 잘하네."

지금 데일의 두뇌 활동은 인간의 한계를 살짝 넘어선 상태다. 그러면서도 또 대화가 가능하다는 사실은 누구도 모른다.

"무슨 생각 하는데?"

"어떻게 하면 살아남을까."

"방법이 있어?"

"몰라."

"헐."

일단 붕괴가 시작되면 그 끝은 소멸이다. 베텔기우스의 방패도 자신들을 보호할 수 없으며, 리디아의 축언과 치유도 무용지물. 유일한 희망은 공간이동이지만, '누클레우스의 벽'을 통과한 뒤에는 호난의 열쇠를 통하지 않고는 탈출이 불가능하다. 다시 말해 붕괴를 막고 태양의 조각을 얻은 뒤 다음 조각이 있는 곳으로 '보내지는' 과정을 겪어야 한다는 말이다.

그러는 사이 2분이 지났다. 남은 시간이 3분도 채 되지 않는 상황.

프랭크가 있던 자리에서 리디아의 흐느낌이 들려온다. 조금은 안타까운 눈을 한 데일이 엎드린 그녀를 바라보았다. 그리고 또 뭔가를 생각한다.

"……."

순간 데일의 미간이 꿈틀거렸다.

"얘들아 하나만 확인하자."

"어, 뭔데."

"아까 두 사람을 위해 자리를 비킬 때, 아저씨가 뭐라 했는지 기억하는 사람?"

루산과 키릭, 자오링은 서로를 몇 번 돌아보았다.

"그게……."

"고맙다고 한 거 같은데."

자오링의 말에 데일이 고개를 젓는다.

"그전에."

"우리는 손님이 아닌 주인이라 했다."

"그렇지? 확실히 하고 싶었어."

키릭이 정확히 짚어 주자 데일이 안심한 듯 씨익 웃는다.

띠릭.

다시 데일이 접속을 시도했다.

"지금까지는 말이야. 난 그들의 눈을 빌린다고 생각했었어."

데일이 손을 한 번 길게 끌자 지금까지 펼쳐졌던 선들이 사라지고 그 자리에 푸른색의 새로운 선들이 촘촘히 들어섰다.

"즉, 일종의 손님이었다는 거."

지이잉―!

푸른 선들은 회오리치는 태풍 형태로 변했다. 그리고 순식간에 확대되며 셀 수 없을 정도로 많은 작은 구체들로 바뀌었다.

"신기하네, 그거."

"우리가 사는 세상 너머 아득히 먼 공간이야."

데일의 말이 끝나자마자 구체들이 사라지며 보다 큰 구체 하나만 남는다. 그 주위를 돌고 있는 수천 개의 노란 점들은 과연 무엇을 나타내는 것일까.

"이제 깨달았어. 내가, 우리가 주인이었어. 호루스의 눈―올 씽 아이―도, 워 스타도, 대기 너머 천공을 수호하는 호난의 거울도."

루산은 또 이상한 소리를 한다는 표정으로 혀를 찼다.

"자, 그럼 이제 들어갈게."

슈우웃!

"억!"

루산이 화들짝 놀라며 데일에게서 한 발짝 떨어졌다. 차갑고 뜨거운 기운이 교차하며 데일이 존재하는 공간을 어지럽혔다.

그리고 잠시 후, 데일의 모습이 기이하게 일그러지기 시작했다.

인간이 상상하던 하늘 뒤쪽에는 어떤 세계가 존재할까. 요정 또는 정령? 아니면…… . 신? 구름 위에 황금의 궁전과 각종 보석으로 이루어진 집들이 있을까. 아마도 대부분의 인간들은 꿀이 흐르는 강에서 태양빛의 은혜로움을 느끼며 잠들지 않는 쾌락을 꿈꿀지도 모른다.

그러나. 세상을 둘러싼 대기 바깥에는 깊은 어둠만이 존재했다. 영원의 시간을 거쳐도 결코 닿을 수 없는, 침묵의 세계. 절대로 흔들리지 않는 고요 속에서 무언가가 움직였다. 천천히, 아주 천천히. 마치 나방의 날개처럼 커지며 태양을 가리는 미지의 물체. 잠시 후, 어딘가를 향해 한 줄기 빛이 꼬리를 그리며 떨어졌다.

"데일, 저기……."

시간을 알리는 것이 확실한 숫자가 2 이하로 떨어졌다.

왠지 모를 불안감을 느낀 루산은 이제는 정상으로 돌아온 데일에게 다가가며 말했다.

"잠깐."

갑자기 키릭이 루산의 길을 막았다.

"위험하니 다가가지 마라."

"응? 왜."

키릭은 데일을 슬쩍 흘겨본 뒤 다시 입을 열었다.

"하나가 아니야."

"엥?"

"지금 데일은 하나가 아니다."

"너도 애한테 전염이라도 됐냐? 뭔 말들을 그리 어렵게 해."

"같은 시간, 같은 공간에 하나만 존재해야 할 데일이, 우리가 짐작도 못할 만큼 많이 겹쳐 있다."

루산도 자오링도 순간 멍한 표정을 짓는다.

"왜 그런지는 모르지만 확실히 그래. 내 눈으로 확인한 데일만 열이 넘는다."

"풋. 캬하하하! 이제 너도 좀 맛이 갔구나."

"아무튼 절대 건드리지 마. 빨려 들어가기 싫으면."

키릭이 위협적으로 버티고 서서 루산과 자오링을 노려보았다. 키릭의 말은 사실이었다. 올 씽 아이에 지배력을 행사함으로 잠시 동안 절대적인 보호를 받게 된 데일이다. 키릭의 표현대로 몇 백, 몇 천의 데일이 시공을 초월해 겹침으로서 일정 공간 내에서 만큼은 금강석보다 단단하며 외부의 약한 자극에도 강하게 반발할 수 있게 되었다. 즉, 괜히 건드렸다가는 무슨 일이 일어날지 전혀 모르는 상태가 된 것이다.

그때였다.

오미엔과 프랭크의 공간을 뚫고 무언가가 떨어졌다.

쿵!

첫 번째 충격은 공간의 외벽에 작용했다.

일행의 능력을 제한했던 벽의 기능이 완전히 해제되었다.

쿵!

두 번째 충격은 오미엔의 해골을 강타했다. 쩌저적, 갈라지며 순식간에 모래처럼 분해되어 버린 해골.

세 번째 충격은 가위를 물고 저울을 든 뱀 조각을 박살냈다.

"흐억!"

동시에 데일이 피를 토하며 쓰러졌다.

"억! 데일!"

놀란 루산이 소리쳤고 키릭이 데일을 가볍게 안았다. 한 번에 많은 양의 피를 잃었기에 데일의 얼굴은 창백하기만 하다.

지이익.

그 순간 데일이 만들어 냈던 푸른 선들이 일그러지더니 곧 사라져 버린다. 그와 동시에 숫자 0이 허공에 찍혔다. 일행들은 아무 말도 하지 않았다. 분명 뭔가가 일어났어야 했는데 데일이 그것을 막아 낸 상황임을 잘 알았기 때문이다.

그렇게 침묵하는 사이 리디아가 다가왔다. 어느새 눈물을 거두고 평소와 다름없이 차분한 모습으로 돌아간 리디아. 그녀가 조용히 데일의 이마에 손을 얹는다. 리디아는 일부러 데일과 감정의 공유를 하지 않고 치유의 능력만을 사용했다. 지금 데일, 또는 그 안에 자리한 다른 존재에 관한 정보는 의미가 없기 때문이었다. 리디아의 치유로 데일이 빠르게 회복했다.

"끙……."

정상적으로 혈색이 돌아온 데일이 눈을 뜨며 신음을 흘렸다.

"어찌 된 건지는 안 물어봐도 되겠지?"

자오링이 무뚝뚝하게 말했다.

"아, 좀 무리했어. 환영받지 못하는 주인이니까. 이런 몸으로는 모든 위성을 다루기 힘들어."

"그러시든가."

데일은 자오링의 말을 흘리며 리디아에게 눈길을 주었다. 완전한 평정 상태로 돌아온 리디아. 데일과 눈이 마주치자 그녀는 고개를 힘차게 끄덕여 주었다. 프랭크와 어쩌면 영원할 수도 있는 이별을 겪었지만 무척이나 의연한 자세를 보인다.

"자, 움직이자."

데일이 일어나 먼저 걸었다. 그가 가는 곳에는 뱀 기둥이 있다. 아이들이 다 같이 기둥을 둘러섰다.

"이 안에?"

루산이 뱀의 머리를 툭툭 치며 말했다.

"리디아, 기도해 주겠어?"

"응."

리디아는 경건한 모습으로 조용히 손을 모으고 기도문을 읊었다. 슬픔을 승화시켜 아름다움으로 토해내는 듯 리디아의 기도 소리는 황홀하기까지 하다. 묵묵히 그녀를 지켜보던 키릭이 잠시 생각에 잠긴 얼굴로 눈을 감았다. 루산은 약간 멍한 표정으로 리디아를 바라보며 넋을 놓는다.

속을 알 수 없는 데일. 그리고…….

눈을 가늘게 뜨고 리디아를 응시하는 자오링.

팟!

뱀의 눈에서 불꽃이 튀었다.

"헐."

루산은 그냥 돌인 줄로만 알았던 뱀이 껍질을 깨고 살아 꿈틀거리는 장면에 저도 모르게 감탄을 뱉는다.

쨍그랑.

뱀이 저울과 가위를 떨어뜨렸다. 그러자 마치 땅에 물이 스며들듯 두 물체는 흡수되어 버린다.

"저, 저거 위험하지 않나?"

루산의 호들갑에도 리디아는 기도를 계속했다. 여차하면 뱀을 베어 버리기 위해 키릭이 세이비어를 잡아 간다. 혀를 날름거리던 뱀은 아이들을 일별한 뒤 리디아에게 접근했다. 그리고 그녀의 다리를 타고 올랐다.

"흠."

걱정스러워하는 키릭, 루산과 달리 자오링은 흥미가 깃든 눈으로 리디아를 주시했다. 그런 자오링을 묘한 표정으로 돌아보는 데일. 이제껏 리디아에 대해 불확실한 태도를 보였던 그가 자오링을 같은 눈으로 본다. 리디아의 허벅지, 아랫배, 가슴을 타고 오르던 뱀이 그녀의 오른팔을 지나 팔목에서부터 감기기 시작했다.

그 놀라운 장면에서 키릭은 즉시 깨달았다. 저 뱀 자체가 바로⋯⋯.

"호난의 태양, 그 세 번째 조각."

데일의 말에 루산은 의문을 가졌다. 왜 세 번째일까. 두 번째가 아니었던가?

촤아앗!

또다시 뱀의 눈에서 빛이 터졌다.

리디아는 자신의 팔목을 감싼 작은 팔찌를 쓰다듬었다.

"예쁜데?"

자오링이 씩 웃었다. 그러나 거기엔 결코 호의적인 감정이 담겨 있지 않았다.

"리디아, 느껴져?"

데일이 물었다. 그러자 리디아가 빙그레 미소를 지으며 입을 열었다.

"응. 오미엔, 그가 떠나며 남긴 축복의 노래가 들려. 그리고 아빠도."

팔찌에는 프랭크의 마음과 그의 능력이 고스란히 남아 리디아의 능력을 배가시켜 주었다.

"이제 나 원망하면 안 된다."

"안 해. 어차피 내겐 위험하기 그지없는 힘이었어. 이제 '오미엔'이 그 자릴 대신할 거야."

리디아는 이전에 리턴 카라다스의 강대한 마력을 펼쳤었다. 그로 인해 쌓아 왔던 상당한 정신적 에너지를 잃고 더불어 육체적 피해까지 입었다. 즉, 로슈르 제국의 대마법사나 롱 버트 정도의 탈인간급 마법사가 아니라면 피해를 회복하는 데 꽤 오랜 세월을 소모해야 한다는 뜻이다. 데일의 계획, 또는 강요 아닌 강요로 인해 마력을 낭비해 버린 리디아는 롱 버트의 블랙 미디엄과 같은 마력의 결정체가 아니면 인간의 형태로 리턴 소울이나 카라다스 같은 대단한 마법을 쓰기 힘든 상황이었다.

그러나 이제 팔찌 오미엔의 힘으로 그것이 가능해졌다.

"다음 조각이 있는 곳으로 가 볼까?"

리디아의 목소리엔 성스러운 힘이 넘쳤다.

12장
그들의 이야기(4)

RAJARN

평화로운 마을이 지옥으로 변하는 데는 한 시간이 걸리지 않았다.

남부에서 멀리 떨어진, 각 요새로부터도 상당한 거리를 둔 이곳은 이전에 루산이 옷가지와 무기를 구입했던 마을이었다. 이른 새벽, 마을에 들이닥친 송곳전사들은 약 두 개 대대 규모. 이미 근처에 주둔하던 경비중대는 모조리 도륙당해 송곳전사들의 전리품으로서 그들의 허리에 대롱대롱 매달린 신세가 되었다.

송곳전사들은 서두르지 않았다. 만약 규율이 없는 폭도들이었다면 처음부터 정신없이 마을을 유린했을 것이다. 하지만 이들은 천천히 마을을 포위했다. 듣기 거북한 남부의 노래를 부르며 조금씩 포위망을 좁혀 마을 사람들에게 공포를 심어 주었다.

그리고 명령이 떨어지자 곧바로 진격을 개시했다. 대충 날을 세운 칼은 희생자에게 극도의 고통을 선물했다. 송곳전사들은 마치 푸줏간의 고기를 내려치듯 여러 번 끊어서 목을 자르며 기쁨의 함성을 지른다. 아이들의 비명은 가래 끓는 소리가 되어 끝났고 여인들은 사지가 잘리는 형벌을 받았다.

아무도 보호해 줄 수 없는, 지상에 나타난 마귀들의 축제.

구슬처럼 꿰인 머리들이 불에 구워지고 여기저기 널린 팔, 다리와 파헤쳐진 내장들은 남부 야수들의 아침식사가 되었다. 아직 죽이지 않은 인간들을 광장에 모은 뒤, 앞줄부터 끌어내어 무거운 바윗돌로 찧어 죽이는 잔인함. 차라리 일격에 숨이 끊어진 이들은 행운아였다. 이런 처참한 광경이 그날 아침까지 일곱 마을에서 벌어졌다. 그리고 저녁이 되기 전, 곳곳에 산재한 다른 마을들도 이 운명을 따를 터였다.

어디선가 제렌 디스의, 아니 제르 호바의 너털웃음이 들리는 듯하다.

북서 제국 해군은 본래 대양 해군을 목표로 육성되었다.

하지만 오늘날에는 주 임무를 연안 방어에 한정시켜 혹시나 있을지 모를 외부의 침략만을 대비해 왔다. 따라서 대양용으로 만들어진 상당수의 전함은 퇴역한 뒤 분해되어 재활용되었고, 남아 있는 거대 전함들은 노후화되어 함포 훈련용으로 전락한 지 오래다.

안개 낀 바다에는 약 300여 척의 소형 전함들이 정박해 있었다.

끼익, 끼이익.

부드럽게 흔들리는 전함의 갑판 위에 물을 뿌리며 소금기를 씻어 내는 수병.

그는 야간근무를 마치고 아침 선상순검을 준비하는 중이었다.

끼익, 끼익.

"아, 거슬려."

아까부터 그의 귀에 배가 흔들리며 마찰하는 소리가 들려왔다. 보통 이 정도 소리는 바람이 불거나 파도가 칠 때가 아니면 잘 들리지 않는다.

최악!

그가 투덜대며 강하게 물을 뿌렸다.

스으으.

짙은 안개가 수병의 시야를 가렸다.

"끙."

한참 바닥을 닦던 수병은 일어나 허리를 쭉 펴면서 정면을 슬쩍 바라보았다.

"......."

뭔가 거뭇한 것이 보인다. 안개 때문에 정확한 형체를 확인할 수 없었지만 꽤 무게감이 있는 것이 좌에서 우로 천천히 이동하고 있다.

"어, 어이!"

야간 순찰을 다녀왔던 아군일까. 그는 다시 한 번 크게 외쳐 보았다.

"이봐!"

보통 정박할 때를 제외하곤 이렇게 가까이 지나가는 것은 금지다.

한데 저 물체가 진짜 전함이라면 규정을 어겨도 한참 어겼다.

끼이이이.

기이한 소리는 그쪽에서 들렸다.

"어?"

살짝 안개가 걷혔다. 크다. 그리고 검다. 수병에 눈동자에 비친 물체는 배였다. 제국 전통의 방식으로 제작되지 않은 전투함선. 어안이 벙벙해진 수병은 누군가가 자신을 향해 손을 흔드는 광경을 보았다. 환하게 웃으며 눈을 찡긋하는 잘생긴 남자.

묘하게 기분이 나쁜 복장 가운데에는 흰색 염료로 해골을 그려 놓았다. 그제야 수병은 사내의 뒤편에 활짝 펼쳐진 돛을 확인했다. 사내 상의 가운데 그려진 해골과 같은, 하지만 훨씬 더 크고 끔찍하게 그려진 해골이 검은 돛의 펄럭거림을 따라 움직인다.

웃음을 보내는 사내가 손을 흔드는 의미는 무엇일까. 잠시 후, 수병은 그 뜻을 깨닫는다. 사내가 아래쪽에서 불이 활활 타오르는 항아리를 집어 들었다. 그리고 익숙한 자세로 수병을 향해 던진다. 수병은 이 믿을 수 없는 상황 속에 끝까지 멍한 표정을 풀지 못했다. 사내가 우아하게 수병에게 마지막 인사를 보냈다.

펑!

"으아아아악!"

항아리가 터지며 토타르퍼스의 불이 사방으로 퍼졌다.

"하하하하!"

사내, 알트로피데스는 바다가 떠나갈 듯 크게 웃었다.

휙! 휙!

그의 기함에서 수많은 불 항아리가 제국의 함선들로 던져졌다.

꺼지지 않는 불은 곧 엄청난 화재를 일으키며 밀집한 배들을 유린했다.

그제야 갑판으로 뛰어나오며 비명을 지르는 수병들. 그들의 당황하는 얼굴과 공포에 질린 눈동자를 마주한 알트로피데스의 입가에 만족스러운 웃음이 걸렸다. 푸른 산호섬의 함대 대부분을 북서 제국 해군 근처에 두고 홀로 해군기지 복판으로 들어온 알트로피데스. 그는 자신이 했던 말을 지켰다.

끼이이익.

불타는 제국 함선들을 뒤로하고 해적 기함이 서서히 항구를 빠져나간다. 그와 동시에 엄청난 숫자의 불 항아리가 하늘로 솟았다.

남부의 기습적인 침략은 이런 과정을 통해 중앙에 보고되었다.

가장 먼저 수상한 기운을 읽은 자들은 마르테의 사냥개들이었다. 그들은 그 이전에 있었던 국지적 도발 이후 더욱 활발한 활동을 펼쳤다. 그때의 도발을 사전에 감지하지 못했던 실책을 만회하기 위해서였다. 처음 제국군의 여덟 개 거점이 동시에 무너졌을 때까지는 이들도 확신을 갖지 못했었다. 하지만 접경선 좌익이 완전히 뚫려 15만에 달하는 병사들이 몰살되자 사태의 심각성을 깨달았다. 이것은 5000년 만에 일어난 대규모 침공.

빠르게 판단을 내린 사냥개들은 새를 이용한 연락을 시도했으나 좌절되었다. 이상하게도 동물들이 제 힘을 발휘하지 못했기 때문이었다. 일단 인편으로 우익의 군단들에 전쟁개시를 알렸으나, 그리 효과적이지는 못했다.

만약 사냥개들의 숫자가 100명만 되었어도 요새들이 모두 함락되고 제국 민간인들이 학살당하는 일은 벌어지지 않았을 것이다. 불과 20명도 안 되는 인원으로는 한계가 있었다. 적들은 빨랐다.

송곳전사들을 말하는 것이 아니었다. 이미 남부 제국령 내에 퍼져 있던 마법 생명체들과 그들이 인간을 죽이고 변형시킨 언데드들은 훌륭한 방해꾼이었다. 아직 180만 제국군이 남았지만 그들은 말굽 모양으로 치고 들어온 남부 세력에 의해 완전히 포위되었다. 사냥개들은 최후의 선택을 해야 했다. 개개인이 죽음의 돌파를 감행하는 것.

그로부터 삼 일 후, 17명의 사냥개가 비명에 가고 단 한 명만이 포위망을 돌파해 접경지 바로 위, 제국 동남부에 위치한 자치령, 폴른에 도착할 수 있었다. 보고에 속도가 더해졌다. 사냥개들은 순식간에 제국 내의 모든 안전망을 가동시켰고 두 시간 만에 라로시르의 카리웅에게 전쟁 소식이 전해졌다. 북서 제국 해군이 해적들의 공격을 받아 전멸한 지 반나절 후의 일이었다. 그러는 사이 각 제후국과 자치령에서는 제국에서 이주한 예비군들을 중심으로 징병령이 내려졌고 빠르게 군대가 결성되었다.

"미친!"

카리웅은 분노로 목소리가 떨릴 정도였다.

그는 황궁 내에 자신의 집무실을 따로 두고 황제를 대리한 상태였다.

긴급히 소집된 각부 장관들 또한 황당하긴 마찬가지였다. 우왕좌왕 각자 따로 말을 쏟아내며 집무실을 더욱 혼란케 만든다.

"조용!"

카리용의 외침에 모두가 입을 닫았다.

"현재로서는 모든 보고에 신뢰를 주긴 힘들다."

"하지만 전하."

안전부 장관 오페리스는 사냥개들의 보고는 확실하다는 것을 안다. 따라서 아직까지 미심쩍어 하는 카리용에게 한 마디를 하려 했다.

"모든 정황이 전문과 들어맞습니다. 각 지역에서도 긴급한 상황을 확인한 모양입니다."

"그럼 전쟁이란 말입니까?"

"……틀림없습니다."

카리용은 정말 기가 차다 못해 혼이 나가 버릴 지경이었다. 이제야 겨우 일황자의 '반역 사건'을 수습하고 황제였던 아버지의 서거를 공개하려던 순간이었다. 한데 이런 중요한 시기에 남부 미치광이들이 사고를 쳤다. 그것도 대형 사고를.

"정확한 전황에 대해서는 아직 올라온 것이 없습니다만, 이번 사태를 너무 크게 볼 필요는 없지 않겠습니까?"

아날로프 비델의 말이다.

"수만의 제국 병사들이 죽었습니다. 어쩌면 10만, 20만이 넘었을지도 모르죠. 게다가 자치령과 중부 데칼 평원 남쪽 민간인들의 피해는 상상조차 힘들어요. 한데 크게 볼 필요가 없다니요. 비델 경, 지금 말씀이 지나치십니다?"

오페리스가 이를 갈며 반박했다.

"아, 그러니까 그게……."

"그만."

카리옹이 이들의 다툼을 끊었다.

"일단 각국이 독자적으로 병력을 소집한다고 합니다. 그만큼 급박한 일이라 판단했기 때문일 겁니다. 조만간 병기와 장교, 하사관들을 보내 달라고 아우성칠 거고요. 하루빨리 그 부분부터 정리합시다."

카리옹이 침착하게 하나하나 준비를 지시했다. 역시 전쟁에 익숙한 영웅다운 면모였다.

"국가의 대혼란을 방지하기 위해 '전쟁'이란 표현은 금지하겠습니다. 적당한 말을 찾아보도록 하세요. 그리고 또 마다르 온 세프라임 2세 황제 폐하의 승하는 당분간 비밀로 합니다. 이럴 때일수록 강력한 구심점이 필요한 법이니까요."

장관들과 관계자들은 카리옹의 모습에서 대단한 위엄을 느꼈다. 진정한 황제의 재목이란 바로 이런 사람을 말하는 것이 아닐까.

"북쪽 국경을 지키는 제국군 중에서 50만을 순차적으로 이동시킬 겁니다. 그리고 그 아래쪽에 주둔한 모든 사단들을 남부에 가까운 쪽부터 규합해 평원과 자치령 근처로 보내세요. 호닐 경?"

카리옹은 새로 임명된 방위부 장관을 호명했다.

"예, 전하. 이번 주 안으로 수확이 끝날 것으로 예상되는 바, 볼라스카 주 예비군 동원령이 선포될 것입니다. 최소 200만에서 최대 700만 명을 보충할 수 있을 것으로 여겨집니다. 적응 훈련을 마치면 전장에 투입하도록 조치하겠습니다."

역시 제국 최고의 인구를 자랑하는 볼라스카 주답게 동원령의 규모가 다르다.

"볼라스카 주에만 무리한 동원을 강요할 순 없습니다. 또 대규모 동원으로 인한 신민들의 동요를 간과해선 안 됩니다. 각 주 인구 비례에 따라

적당히 배분하세요."

"알겠습니다, 전하."

카리웅이 군통수권자로서 여러 명령을 하달하던 중 궁내 전령이 헐레벌떡 뛰어 들어왔다.

"저! 전하!"

"뭐냐, 또!"

카리웅은 짜증이 확 솟구치는 얼굴로 소리쳤다.

"북서 제국 해군이……."

"썅!"

말이 끝나기도 전에 카리웅의 분노가 폭발했다.

더 들을 필요도 없었다.

분명 적의 공격을 받고 상당한 피해를 입었을 것이다. 그런데 놈들이 어떻게?

"피해 상황은?"

"……."

"왜 머뭇거리나."

"육지에 주둔하던 병력들까지 포함하여 총 3만의 수병이 전사 또는 행방불명되었습니다."

"그럼…… 전멸이 아닌가."

카리웅의 음성이 식었다. 화가 극에 이르렀다는 뜻.

"생존자는 500명 미만. 적들은 바다에서 왔다고 합니다."

"바다라. 남부의 쓰레기들에게 해군이 있었나?"

만약 그러하다면 이건 심각한 문제다.

그들에겐 대양해군을 육성할 만한 능력이 없다고 판단해 왔는데 그러한 선입견이 완전히 무너지는 순간이기 때문이다. 그 뜻은 놈들의 저력이 상상 이상이라는 것을 드러내 준다. 지금까지 남부에 대해 취했던 모든 전략전술을 뒤집어야 할 사태에 이를 수도 있다.

"생존자들 중 상처가 경미한 자들을 서둘러 이곳으로 보내라 하라. 직접 물어봐야겠다."

"예, 전하."

척, 척, 척, 척.

무거운 발소리와 함께 여기저기서 고함이 터져 나왔다.

얼음 대지의 중심부, 투쟁의 성 앞은 지난 한 달 내내 이랬다.

남부 각 지역에서 몰려든 송곳전사 1천만은 병력을 나누어 투쟁의 성을 지나는 것으로 전장을 향한 발걸음을 시작했다.

끝없이 흐르는 검은 용암처럼 저들은 중부로 진격한다. 높이 솟은 성에서 그들을 지켜보는 눈이 있었다.

피의 마법사, 용암의 롱 버트.

그는 여전히 후드 아래 깊게 가려진 얼굴을 들지 않는다. 롱 버트는 현재 전황이 자신들에게 크게 유리한 것을 안다. 아무리 노림이 한 발짝 물러섰다고는 하지만 무적의 검사 헤싸카와 자신이 있는 한 전쟁에서의 승률은 적어도 7할이 넘는다. 그러나 그는 그것을 결코 즐기는 듯 보이지 않았다.

"이상하군……."

롱 버트가 중얼거린다.

"나 같으면 벌써 모습을 드러내었을 텐데. 너무 방관하고 있는 것 아닌가?"

그가 기다리고 있는 상대는 따로 있었다. 이전 노림과의 대화에서도 언급되었던 이름. 인간들을 사랑했으나 오히려 인간들에게는 공포의 대상이 된 드래곤, 라흐다.

세상 뒤에서 엄청난 일을 꾸미고 있을 그를 생각하면 어지간한 롱 버트조차 두려움에 젖었다. 라흐다는 예언의 날을 당기고 자신들의 때 이른 부활에 관여했으며, 수많은 제약 사항들을 피해 하늘 아래 모든 것을 조종하는 드래곤이다. 이런 생각이 진실이든 아니든 현재까지 상황은 롱 버트가 이렇게 판단하도록 만들었다.

"원래 짜증나는 일을 그냥 넘어갈 분은 아닌데. 그렇죠?"

라흐다의 그 치밀한 성격을 기억하는 롱 버트에게 이번 전쟁은 목숨을 건 도박이었다.

그는 언제라도 고대용으로 현신해 백만이든, 천만이든 눈앞의 모든 생명체를 불살라 버릴 과격함이 있다. 한데 너무 조용했다.

전쟁을 앞당겼음에도 자신들 앞에 나타난 존재는 없었다. 라흐다, 그리고 북극의 철인들. 적어도 둘 중 하나는 등장할 줄 알았다. 이것이 롱 버트의 즐거움을 앗아 간 원인이었다. 지나친 고요가 가져다주는 불안감.

롱 버트가 가장 싫어하는 '감정' 중의 하나다. 게다가…… . 그는 기본적으로 남을 믿지 않는다.

헤싸카? 노림?

그들도 롱 버트에겐 '숭고한' 목표를 위한 도구일 뿐이었다. 홍염의 주인이 자신을 배제하고 그들과 접촉한다면? 제르 호바의 위대한 신념을 가로막았던 그날의 결과가 다시 일어날지도 모른다. 불안요소는 또 있었다. 바로 해적들의 왕 옥토푸스. 제렌 디스 앞에서는 극히 공경한 자세를 취하는 옥토푸스였지만 진심으로 충성을 바치고 있다는 생각이 들지 않았다.

"모든 것이 신성한 당신의 시험입니까?"

롱 버트는 제르 호바를 향해 물음을 던져 본다.

뚜벅, 뚜벅.

롱 버트에게 다가오는 발소리가 있었다.

"후우……. 후우……."

이 깊고 거친 호흡은 천둥전사들의 것.

롱 버트의 뒤에 선 자는 썬다르였다.

"왜…… 다음 명령을…… 후우…… 주시지 않습니까."

썬다르는—다른 천둥전사들과 마찬가지로— 인간의 가죽을 뒤집어쓴 상태였다. 처음 등장한 날, 천 명의 송곳전사들을 학살해 그들의 껍질을 벗겨 낸 천둥군단.

구성 성분을 알 수 없는 그들만의 금속 위에 인간의 피부를 입힌 이유는 천둥군단이 근본적으로는 지상의 대기를 견디기 어려운 데 있었다.

일종의 갑옷인 그 금속은 인간 피부와 결합해 이들이 지상 활동을 영위하는 데 무리가 없도록 만들어 주었다. 다만, 호흡은 여전히 자신들의 방식을 따랐다. 천으로 가려진 얼굴 아래에 괴상한 마스크를 쓴 그 모습 그대로. 마스크에는 속이 빈 줄 하나가 뱀처럼 휘어져 등 쪽으로 연결되어 있다. 만약 데일이 이들을 본다면 이런 말을 했을지도 모른다.

—인간과 달리 산소 호흡이 아닌 수소와 질소, 헬륨의 혼합기체로 숨 쉬는 자들.

"분명 물러나 있으라 했을 텐데?"

그그그그.

롱 버트는 무척 기분 나쁘다는 말투였다.

"감히…… 우리의 전사들을…… 도륙한 놈이 있습니다……."

"원래 전장에는 강한 놈이 한두 명쯤은 있는 법이지. 연약한 인간이라고 해서 능력자가 없는 건 아니고. 제국군 내에 강력한 전사와 마법사가 없다고 누가 보장하나?"

72기병연대의 야전병원에서 벌어졌던 일을 말하는 것이다.

가볍게 밀어 버릴 줄 알았던 그곳에서 천둥전사와 마법 생명체들, 송곳전사들이 무차별로 학살당했다.

물론 그 일을 벌인 장본인은 찾지 못했고.

"저는…… 다릅니다. 우린…… 단 하나의 정신으로…… 이어져 있습니다. 그들은…… 자신이 죽었다는 감각조차…… 인지하지 못했습니다."

"호오, 그래서?"

"5000년 전에도…… 그런 실력을 가진…… 전사는 없었습니다……. 인간 중에서는……."

"그럼 인간이 아니었나 보군."

롱 버트의 음성에는 다분히 비웃음도 포함되어 있다.

"당신께서 한 말씀과…… 너무 다르지 않습니까……. 만약 미리 해 주셨다면…… 후우…… 대비를 했을 겁니다……. 이따위 껍질을……."

더 강한 육체를 가진 제물이 필요했다는 말이다.

"아직도 그 버릇을 못 고쳤군. 인간을 무시하는 못된 버릇. 잠재력에 있어서는 드래곤도 인정한 종족이 인간이야. 전능한 자린께서 그들에게 준 몇 안 되는 장점 중의 하나지. 잊었나? 나 또한 인간이었다는걸."

롱 버트의 말에 썬다르가 곧 수긍했다.

"걱정은 마라."

"걱정…… 따윈 없습니다. 그저 놈을……"

"찢어 버리고 싶다는 거겠지. 뭐, 이 대륙에만 10억에 가까운 인간이 있어. 저 위쪽에 사는, 죽지도 못하는 괴물들이 좋아하는 확률 놀이에 따르면 너희보다 강한 인간들도 존재해. 그 수가 많지는 않겠지만."

롱 버트는 드래곤의 현신이 될 아이들에 대해서는 언급하지 않았다.

"기다려. 당분간은 인간들만의 전쟁이 될 테니까."

"그럼…… 왜 처음엔 우리를 선봉에…… 세웠습니까."

"멍청하긴. 피를 보고 싶어 미치려고 하는 사자에게 잠시 고기를 던져 주었을 뿐. 너희의 등장은 아직 일러. 너희가 싸워야 할 상대는 따로 있다."

썬다르의 숨이 고르고 깊어졌다.

끓어오르던 분노가 가라앉고 그 자리에 새로운 욕망이 꿈틀거린다는 방증. 그것은 자신들의 싸울 상대들의 피를 향한 욕망이었다.

"돌아가. 그리고 인내해. 5000년이나 기다렸으면서 아직 인내라는 단어의 뜻도 모르진 않겠지?"

크릉.

썬다르가 한 차례 강렬한 눈빛을 보낸 뒤, 조용히 사라졌다. 롱 버트의 눈이 다시 몇 백만인지 모를 송곳전사들의 행렬로 향했다. 저들 또한 긴 세월을 인내했던 복수의 화신들. 저들은, 저들의 조상들이 했던 선택은 틀리지 않다. 제르 호바를 위해, 자린을 위해, 궁극적으로는 인류를 위해 칼을 들은 자들. 승자가 기록한 역사는 언제나 패자를 악으로 규정한다.

"정말 저희가 악입니까?"

롱 버트의 이 물음은 제르 호바가 아닌, 전능한 자린에게 던진 것이었다. 물론 누구도 그에 대한 답을 해 주진 못한다.

지잉—!

롱 버트가 손을 높이 들었다. 그러자 그의 손바닥 위에 붉은 선들이 교차하며 트라폴리아 대륙 모양을 만든다. 카본의 올 씽 아이와 똑같은 그것을.

대륙이 전화에 휩싸이기 시작한 지 얼마 지나지 않았을 무렵.

푸름 산호 군도에서도 은밀하기 이를 데 없는 섬.

한가롭게 낚시를 하는 장발의 청년은 무엇이 그리 즐거운지 콧노래를 흥얼거린다.

바깥세상에서 벌어지는 혼란의 서막도 이 청년에게는 그저 별일이 아닌 듯하다.

"흠, 이놈들을 어떻게 골려 준다."

청년 슈네인은 막 잡아 올린 물고기를 눈앞에 대고 말했다.

그는 이전에 알트로피데스가 출진 인사를 하러 왔을 때, 아무렇지도 않은 얼굴로 이 모든 것이 자신의 계획 중 일부라는 뜻을 피력했었다.

하지만 실제로는 그 또한 당황스러웠다. 처음 롱 버트가 제국을 침략할 것을 알았을 때는 순간적으로 화를 참지 못하고 중간체로 현신할 뻔했다.

롱 버트는 예전에도 영악했던 자였다. 제르 호바의 뜻을 먼저 알고 롱 버트 자신의 스승이었던 탄타쿨을 기만하여 종국에는 일라신마저 인간을 버리도록 했던 꾀돌이였다. 또 제르 호바와 탄타쿨을 제외한 나머지 고대 용들에게는 가끔 불경한 자세를 취하기도 했던 그를 좋아하긴 힘들다.

슈네인은 롱 버트를 너무 빨리 깨어나도록 조치했던 것을 후회했다. 그는 자신의 결코 자신의 손에서만 놀아날 인형이 아니었기에.

"확! 불질러 버릴까. 아니지, 그럼 북쪽 놈들이 신경질을 낼 거야."

5000년 동안 슈네인은 제르 호바가 죽지 않는 자들과 맺은 약속을 경계해야만 했다. 지상에서 고대용들은 '사라져야만' 했고 작은 힘이라도 발현했을 시, 그들은 모아 왔던 강력한 힘을 표출할 것이었다. 그래서 결국 그는 자신의 강대했던 육체를 소멸시켰다. 그리고 그 정신만을 유지한 채, 하늘의 힘을 빌려 자신의 유전자를 지속적으로 세상에 남겼다.

5000년을 관통하며 있어 온 많은 영웅들과 지도자들—물론 인간의 한계를 넘지 않는 범위에서—이 바로 현재의 슈네인 자신을 위해 명멸했던 것이다. 더 이상 유전자의 다양성을 확보할 필요가 없음을 알았을 때는 베난드록이라는 친구를 위해 세상을 살았던 시기였다.

그는 이때부터 영원한 삶을 선택했다. 슈네인은 '인간'의 몸으로 강력한 흑룡, 드윙가크와 한때 친구였던 얼음의 기사 싸크비스를 물리쳤다. 드윙가크의 드래곤 하트를 뜯어먹을 정도로 강한 힘을 얻은 뒤였다.

그리고 지금까지 수많은 세대를 거치며 차분히 때를 기다렸다.

　가끔 존재를 나누어 각각 다른 환경에서, 다른 인격으로 살아가는 유희는 오직 그만의 특권이었다. 그리고 드디어 때가 찾아왔다.

　"쳇."

　그런데 롱 버트가 선수를 쳤다. 몇 년 후로 예상했던, 아니, 계획했던 대전쟁을 시작해 버린 것이다. 제르 호바를 적당한 시기에 세상에 강림하게 하려던 자신의 생각을 몇 수나 앞질러 버렸다.

　"이것도 다 인간의 육체와 뇌에 너무 오래 물들어 있었기 때문일까."

　지고한 드래곤의 육체적 능력과 지능은 인간이 감히 범접할 수조차 없다. 아무리 무한한 가능성을 지닌 인간의 몸이라지만, 동시에 수만 가지 생각과 계산을 하고 또 미래의 일부를 예견, 또는 예측할 수 있는 드래곤을 따라갈 순 없었다.

　롱 버트는 아마 이런 부분까지 고려했을 것이다. 슈네인 자신이 결국 예전의 초월체적 능력을 갖추기 위해서는 그 스스로 계획을 물리고 고대용으로서 헌신해야 한다. 그러기 위해서는 로그와 유리아나의 딸, 뮤이나가 반드시 있어야 했고. 뮤이나를 생각하자 슈네인의 입가에 웃음이 피어났다.

　"귀엽지, 암."

　슈네인이 다시 미끼를 걸어 낚싯줄을 바다로 던진다.

　우르릉.

　그때였다. 멀리서 드래곤이 울부짖는 소리와 흡사한 굉음이 들린 때가.

　누군가…… 이곳을 향해 오고 있다. 겹겹이 펼쳐진 강력한 결계를 깨고 배치해 두었던 불마귀들을 물리치며 다가온다.

　"에이, 너무 늦게 왔잖아. 기다리다 늙어 죽는 줄 알았어."

　굉음은 멈추지 않고 들려왔다.

　휙.

슈네인이 낚싯대를 거두었다.

"이만큼이면 뮤이나도 좋아하겠지?"

안경을 고쳐 쓰고 일어선 슈네인의 뒤로 거대한 그림자가 생성되었다.

쉬이아— 촤아아—

따사로운 해변에 파도와 함께 작은 배 한 척이 밀려왔다. 배는 물속에 잠긴 모래에 닿아 더 이상 해변 가까이까지 오지 못했다.

첨벙.

검은 전투복을 입은 검사가 배에서 내려 얕게 깔린 바닷물을 밟고 걸었다. 오른손에는 글라디우스를, 등에는 이름 모를 기다란 검을 맨 로그 잉그하임이었다. 그는 뭍으로 완전히 올라온 뒤 피범벅이 된 글라디우스를 바닷물로 씻고 그대로 햇볕에 말린다. 마치 자신의 집으로 돌아온 것처럼 행동하는 로그였다. 그런 그를 향해 다가오는 이가 있었다. 인기척을 느꼈음에도 로그는 무심한 얼굴로 신발마저 벗어 말렸다.

척. 툭.

다가온 상대가 로그의 앞에 낚싯대와 잡은 고기를 담은 그물망을 던졌다. 로그는 그제야 고개를 돌렸다. 그의 앞에는 밀짚모자를 삐딱하게 쓴 슈네인이 팔짱을 낀 채 서 있었다. 두 사람은 한참을 말없이 서로를 바라보기만 했다. 지루한 시간이 흐른 후. 먼저 입을 연 사람은 로그였다.

"누군가를 생각나게 하는 얼굴이군."

13장
텟카이 산의 장샤오펭

RAJARIN

이히히힝!

놀란 말이 울부짖었다.

이라코스타 북방민족들의 전형적인 갑주를 걸친 장수 또한 갑자기 나타난 거인의 그림자에 경악했다.

스윽, 콰앙!

전속력으로 달리던 말의 이마에 거인의 주먹이 박혔다. 투닥 소리를 내며 말의 목뼈와 척추가 부서지고 머리통과 긴 목이 몸속으로 밀려 들어갔다.

"으악!"

장수가 비명을 지르며 공중을 날았다.

몇 미터를 날아가 머리부터 떨어진 장수는 목이 부러져 그대로 즉사했다.

"엉?"

루산은 갑자기 눈앞에 나타난 광경에 멍하니 입을 벌렸다. 자신들은 조금 전, 볼라스카의 신전에서 호난의 열쇠를 타고 공간이동을 했다. 이전에 그랬듯 아무도 없는, 조용한 어느 장소에 도착할 것으로 생각했었다.

한데 이곳은…… 전장이다.

"하! 하아!"

흙먼지 너머에서 기병들이 말을 재촉하며 달려왔다.

"야."

"응?"

루산은 데일에게 뭔가를 물으려다가 이내 포기했다. 저 아무렇지도 않은 표정을 보면 뭔가 힘이 쭉 빠지는 느낌이 들곤 한다.

먼지를 헤치고 등장한 기병은 방금 키릭 때문에 죽은 장수와 복장 상태가 달랐다. 아마 서로 적대하는 세력이나 국가 간의 전쟁터에 떨어진 것이 틀림없다.

"코로쓰!"

자오링의 눈이 번쩍 뜨였다. 그녀는 상대의 말을 알아들은 듯했다.

스오오오!

자오링의 주변이 삽시간에 녹색 아지랑이로 회오리쳤다.

펑!

순간적으로 자오링의 몸이 사라졌다. 그리고 일행들을 공격하려는 기병들의 위쪽에 나타났다.

퍽!

가볍게 한 명의 머리통을 걷어차 박살 내고 다른 기병의 뒤에 올라타는 자오링. 그녀는 무표정하게 기병의 목에 팔을 건 뒤, 그대로 몸을 회전시켰다.

우드득.

목이 돌아가 부러졌음에도 자오링은 팔을 풀지 않았다. 곧 기병의 머리가 뜯어져 말과 함께 바닥을 뒹굴었다.

"헐, 쟤 왜 저래?"

자오링은 저들에게 무슨 원한이 있는 것처럼 동에 번쩍, 서에 번쩍 하며 무차별적인 학살을 계속했다. 언뜻 보기에도 이곳에서는 수백, 수천의 병력이 얽혀 전투를 벌이고 있었다. 각각 다른 형태의 갑주를 걸친 보병들이 진을 이루어 격돌했으며 기병들은 외곽에서 마상전투를 벌이기도 했다.

드드드드드!

반대쪽에서도 말들이 달려왔다.

"이쪽은 뭐……."

루산이 슬쩍 데일의 눈치를 살폈다. 그러자 데일 대신 리디아가 고개를 끄덕였다.

"어느 쪽도 선량하지 않아."

"좋아!"

루산이 몸을 쭉 올리고 싸크비스를 활짝 펼쳤다.

위잉―

시원한 냉기와 함께 마력으로 이루어진 화살들이 다섯 개 생성되었다.

파파파파팟!

동시에 쏘아진 화살들은 맞은편의 기병들을 관통하며 지평선 끝까지 날아갔다. 그리고 그 길에 존재하던 모든 생명체가 얼어붙었다.

키릭은 세이비어를 꺼내 들고 높이 들어 올린 뒤, 그대로 땅에 찍었다.

쾅!

천지를 진동시키는 굉음과 함께 바닥이 쩌억 갈라진다.

순식간에 전장에 울려 퍼지던 함성이 멈췄다.

터벅, 터벅.

자오링이 학살을 끝내고 걸어오는 발걸음 소리만이 남았다.

휙, 툭, 투둑, 툭, 데구르르.

몇 개의 머리통이 바닥을 굴렀다. 그녀가 상대한 쪽의 지휘계통의 수급으로 보이는 그것들의 눈동자에는 극심한 공포가 깃들어 있었다.

"이게 무슨 사태인지 데일 네가 설명 좀 해 줄래?"

"글쎄다."

"흥."

그때 양 진영 어딘가에서 고래고래 고함을 지르는 소리가 크게 울렸다. 잠시 패닉 상태에 빠진 병사들이었지만 순간 침착하게 대열을 정비해 뒤쪽으로 물러선다.

끼릭, 끼릭.

데일 일행들을 가운데 두고 각 세력이 멀찍이 떨어진 뒤, 뭔가 귀에 거슬리는 소리가 들린다. 양 병사들 사이가 갈라졌다. 그리고 긴 원통형의 물체들이 모습을 드러낸다. 그 형태는 양측이 거의 동일했다. 저건 또 무슨……

"이제 이해가 가네."

데일의 음성은 어느 때보다 차가웠다.

"뭔데?"

콰앙! 콰아아앙!

키릭은 저 원통형의 물체들을 어디선가 본 듯한 생각이 들었다.

구멍 난 안쪽에 채워져 있는 검은 가루와 무거운 철구. 그리고 뒤쪽에 늘어져 있는 두껍고 하얀 실타래.

'저걸 어디서 봤지…….'

순간 오싹한 느낌에 키릭의 눈이 그 물체의 가운데를 향했다.

콰앙! 콰아아앙!

불꽃과 함께 연기가 사방으로 퍼졌다. 다른 생각을 할 틈도 없었다. 키릭은 거의 본능적으로 푸른 방패를 발현시켰다.

팅! 팅팅팅팅!

"읏!"

아이들 주변에 반구 형태로 펼쳐진 방어벽이 흔들렸다.

날아온 물체는 키릭의 뇌리를 잠시 스쳤던 철구였다. 꽉 쥔 키릭의 주먹 크기와 비슷한 철구들 여러 개가 양 진영에서 동시에 일행을 향해 날아온 것이다. 자욱한 연기는 모두의 시야를 가렸다.

통, 드르르르.

잠시 후 연기가 걷히고 데일 일행들에게 철구를 날려 보냈던 자들의 입에서 신음이 흘러나왔다.

치칙, 치치칙.

그들은 아이들 근처에서 희미하게 발광하는 푸른 벽을 보고 할 말을 잃었다. 비록 몇 개 되지 않았지만 충분한 효과를 발휘할 줄 알았기 때문이다.

데구르르르.

상대편에서 쏘았던 철구 한 개가 힘을 잃고 이쪽 병사들의 발아래에서 굴렀다.

꿀꺽.

"고신! 고오시인!"

멀리서 들리는 후퇴 명령.

상대가 안 될 것임을 깨달은 한쪽이 먼저 전장에서 빠져나가려 했다. 그리고 곧 반대편에서도 큰 외침이 들렸다.

"텟코다! 텟코!"

하지만 자오링이나 키릭은 그들을 그냥 보내 줄 생각이 없었다.

"가도록 둬."

"왜!"

자오링이 사납게 데일을 노려보았다.

"지금 저들과 다툴 시간이 없어."

일단 이들의 리더는 데일이다. 이미 이전에 암묵적으로 동의한 점에 대해서는 모두가 따라야 했다.

"저쪽도 물러서는군."

키릭은 아직 베텔기우스의 방패를 거두지 않은 상태로 반대 측 병사들을 바라보았다.

양 군세가 완전히 사라진 뒤, 키릭이 푸른 방패를 거두었다.

휘이잉—

바람에 실려 온 피비린내가 너무나도 진했다. 전장이었던 이곳에 널린 시신의 숫자는 몇 백 이상은 되어 보였다. 물론 상당수가 자오링과 루산에게 목숨을 잃기도 했다.

"화약 무기야."

"화약?"

리디아는 처음 듣는 단어에 궁금증을 나타냈다.

"이 시대에 이런 형태로 등장해서는 안 될 물건이기도 하지."

"맞다. 시엔에서도 아직 다루기 힘든 물질이니까."

자오링의 말에 키릭의 눈썹이 꿈틀했다.

"시엔뿐만이 아니야. 로슈르 제국에서도 화약에 대한 연구는 상당히 진척되었어. 시엔이나 로슈르나 외부의 도움 없이 같은 시대에 비슷한 정도로 새로운 과학의 발견이 이루어진 것은 대단한 일이야."

"그럼 아까 그 병사들도?"

"놈들은!"

자오링이 분개하며 소리쳤다.

"더러운 침략자들에 불과하다. 시엔 동부 해안을 약탈하며 나의 백성들을 죽이는 천인공노할 놈들이지."

'나의 백성?'

루산은 자오링의 저 말이 이상하게 느껴졌다.

"그 더러운 침략자들이 너희 시엔도 만들지 못하는 대단한 무기를 가지고 있던데? 싸움을 벌이던 반대쪽도 마찬가지고."

데일은 뭔가를 아는 것 같으면서도 자오링에게 묻는다.

"나중에 내가 아버지께……."

자오링은 더 말하려다 말고 입을 급히 다물었다. 자신이 시엔의 황녀임을 굳이 말하고 싶지 않아서였다.

"시엔도, 로슈르도 보유하지 못한, 화약을 이용한 강력한 무기라. 어떻게 생각해? 이런 최신의 과학적 성과가 저들에게 가능할까?"

"절대. 적어도 내가 알고 있는 선에서는."

"그러니까 말이야……. 어떤 다른 존재가 저 두 세력과 문화 접변을 이루었다든지, 아니면 확실한 지배력을 갖추고 있다든지."

"이해가 안 간다."

"시엔이나 로슈르를 훨씬 능가하는 존재들이 있다면 충분히 가능한 일이 아닐까."

가능성은 충분했다. 자오링의 말대로라면 저들은 약탈을 일삼는 '야만'적인 군세였다. 그런 자들이 이 시대에서는 최첨단을 넘는 군사적 성과를 거두기는 거의 불가능했다. 경제적, 문화적으로도 상위의 존재들에게 지배받을 경우에는 말이 다르지만.

"한데 양쪽 다 같은 무기를 가졌잖아."

"서기서 의문이 생겼다는 거야. 가장 합리적인 가정은 두 세력 다 지배를 받는다는 거."

"그럼 이 싸움은?"

"조금 더 조사해 봐야겠지."

데일도 더 이상은 추리하기 어려웠는지 후일을 기약한다.

"이게 우리의 일과 관련이 있나."

"키릭……. 이 세상의 모든 일들은 이어져 있어."

언젠가 데일은 비슷한 말을 했었다.

"링, 아까 네가 때려잡던 자들은 동부해안의 약탈자들이라고 했지?"

"어. 대륙과 가까운 바다에 큰 섬이 있어. 저놈들은 거기서 왔지."

"그런데 여기가 동부해안일까?"

"뭐?"

순간 자오링도 다른 아이들도 뭔가 잘못된 점이 있음을 깨달았다.

"바람은 건조하고 누런 풀은 무성해. 전형적인 대륙성, 그것도 북부의 기후야. 즉, 여긴 내륙 깊숙한 곳이란 말이지."

"그럼 저들의 출현은……."

"맞아. 단순한 약탈을 위해 여기까지 왔다고 보기는 힘들어. 다른 목적을 가지고 있는 거야."

"우리가…… 제대로 오긴 한 걸까?"

"물론."

데일이 단호하게 말했다.

일행은 호난의 열쇠가 가리키는 방향을 따라 이동했다.

"텟코……."

말없이 한참을 걷던 자오링이 중얼거렸다.

"텟코는 북방민족들의 신이야. 한데 저들 중 한쪽이 우릴 그렇게 불렀어."

"그 텟코에 대해 더 아는 것 있어?"

데일이 묻자 자오링은 고개를 끄덕였다.

"이 땅에 최초로 금속을 선물해 주었다고들 하지. 북방민족들에게 청동의 시대를 종결시켜 준 고귀한 존재라고 해."

"으음. 철의 신이구먼."

"루산 말이 맞아. 북방민족들은 철기를 얻음으로 무섭게 거듭났지. 저들은 대륙 최대의 철산지가 북부에 있다는 것도 텟코의 은혜라 여겨. 곳곳에 텟코를 기리는 사원을 세웠대. 그중 가장 큰 사원은 텟카이 산 중턱에 있다더라. 산의 높이가 구름보다 높아서 끝이 보이지 않는다고들 하지."

"저기?"

"어?"

리디아가 손끝으로 가리킨 지평선 끝에 아주 희미한 무언가가 있었다. 언뜻 보면 그저 하늘과 닮았다고 착각할 만큼 그 색이 비슷하다.

"설마……."

"그 철의 신, 텟코가 태양의 조각과 관련이 있군. 뭘 망설이나, 어서 가지."

일행의 발걸음에 힘이 실린다. 그때 텟카이 산이라고 여겨지는 곳에서부터 바람이 불어왔다.

"킁, 킁."

냄새에 민감한 루산은 그 바람 속에 섞인 미약한 피비린내를 놓치지 않았다.

"이거 영 좋지 않은 냄새가 나는걸."

"놈들인가?"

자오링도 이때만큼은 눈치가 빨랐다.

"이 거리까지 풍겨 올 정도니까 꽤 많은 피가 흐른 것 같다. 못해도 수천 단위는 되겠어."

"서두르자."

일행은 더욱 빠르게 텟카이 산을 향해 달렸다.

예상했던 대로 산에 이르는 길은 피와 내장들 천지였다. 온전한 시신은 하나도 없었고, 대부분이 처참하게 터지고 깨진 상태였다. 아까 같이 다른 두 세력이 서로 싸우다 공멸했다고 보기는 어려웠다. 그 화약무기라는 것을 썼다 해도 모든 병사들이 조각나 버리기는 불가능했기에.

"무슨 일이 일어난 걸까. 서로 싸운 것 같지는 않은데."

"우리 말고 다른 누군가가 있었어."

"혹시, 자오링 너랑 비슷한 무공의 달인일까?"

루산의 물음에 자오링이 고개를 젓는다.

"시엔의 무인은 함부로 외부의 일에 관여하지 않아. 변방인들의 일이라면 더더욱. 게다가 이 정도로 무자비하게 학살을 감행할 실력을 가진 이는 몇 없어……."

갑자기 자오링의 표정이 묘하게 변했다.

"너 뭔가 떠오르는 게 있구나."

"아, 아니. 잠깐만."

'설마…….'

자오링은 순간적으로 장샤오펑을 떠올렸다.

그녀가 아는 최강의 고수는 장샤오펑 외엔 없었다.

그와 경쟁 관계에 있는 흑사회의 회주나 마교의 교주 또한 다른 고수들의 조력을 받는다면 이런 상황을 만들 수는 있었다. 한데 그들이 북방에 올 이유는 없었다. 그것은 장샤오펭도 마찬가지였지만.

"빨리! 빨리 가자."

자오링이 소리쳤다.

안 그래도 모두는 서둘러야 함을 알고 있기에 그녀의 태도가 약간 이상하다는 것을 깨달았다. 리디아의 축언 덕분인지 일행은 전혀 지치지 않고 매우 빠른 속도로 달릴 수 있었다. 산에 가까이 갈수록 시신들은 기하급수적으로 늘어났다. 곳곳에 화약무기인 커다란 원통들이 부서진 채 널려 있는 것을 보아 필사적인 전투가 벌어졌음이 확실했다.

문제는 이들을 뭉개 버린 존재가 대체 누구냐는 것이었다. 인간? 아니면……. 드래곤인가. 드디어 텟카이 산 아래에 도착한 일행들. 이들은 분명 길이라 짐작되는 곳 바로 앞에 조각나 있는 뭔가를 보았다.

"이거…… 사람 맞아?"

루산이 먼저 입을 열었다.

겉으로 보기엔 인간의 육신이 분리된 것처럼 보였다. 하지만 분명 달랐다.

윤기가 흘렀을 피부, 심장에서 힘차게 뿜어졌을 피, 음식물을 소화시켰을 각종 내장기관. 그리고 부서진 얼굴 안에서 좌우를 살폈을 눈알들.

여기까진 인간의 그것에 다름없었다. 그러나 하얗고 단단한 그것이 안 보였다. 수백 개에 달하는 뼈들이. 자세히 보면 인간과 흡사한 인형을 찢어 놓고 땅에 뿌린 듯한 광경이었다. 역시나 데일이 시체를 살폈다.

"음."

"어때?"

"이 내장들, 확실히 생물의 것과 유사해. 하지만 절대로 기능하지는 않았을 거야. 퇴화되었지만 형체만 유지한 상태?"

"뭐야, 그럼. 가짜란 거야?"

"가짜까지는 아니고. 만들어졌다는 뜻이야."

대체 이 작은 천재는 뭘 말하는 걸까. 이제껏 들어 본 것들 중에 제일 헛소리 같은 말이었다.

"원래 있었던 뭔가가 산소와 유기물을 공급해 주었어. 적어도 썩지는 말라는 의도였겠지. 뼈가 있어야 할 자리는 아직도 싱싱해. 여기 구멍들 보이지? 관 같은 게 들어갔던 흔적이야."

"그럼 인간은 아니란 거네."

키릭이 단순하게 결론을 내렸다.

"응."

"그럼 뭐지?"

"죽지 않는 자들."

"……"

아이들은 순간 말을 잃었다. 거의 전설이나 괴담처럼 전해지던 존재들이 데일의 입을 통해 나왔다.

"죽었잖아."

"다른 형태로의 이동이라 생각해."

"아! 어렵다. 정말, 너란 놈은."

루산이 사냥꾼 모자를 벗고 머리를 박박 긁었다.

"사실 아까 전투를 벌이던 두 세력과 만났을 때부터 짐작은 했어. 현재로서 이 세계의 인간들이 보유한 지식의 한계를 넘어선 존재는 드래곤과 죽지 않는 자들 정도거든. 드래곤은 그 자체가 초과학, 초물리, 초자연적 존재이기 때문에 딱히 현실과 관련한 과학에 관여할 필요는 없어. 또한 무척이나 이기적이고 독선적인 성격이라 인간들에게 뭔가를 나누어 준다든지, 지배를 통해 만족을 느낀다든지 할 이유도 없고. 그렇다면 남은 이들은 하나야. 죽지 않는 자들."

'아는 게 많아서 먹고 싶은 것도 많겠다.'

루산은 속으로 투덜댔다. 대체 누가 데일에게 저런 말도 안 되는 지식을 쑤셔 넣은 걸까. 그 올 씽 아이라는 초월적인 존재일까.

"우리가 상상하기도 불가능한 먼 과거부터 그들은 존재해 왔어. 어떤 약속? 아무튼 그런 것에 묶여 세상의 일에 손을 거두었고. 하지만 가끔 역사적으로 비정상적인 일들이 일어나곤 했는데 그중 상당수가 그들과 관련이 있다고 봐."

"이쪽에 알게 모르게 영향력을 행사해 왔다는 뜻인가."

키릭이 물었다.

데일은 키릭의 무표정 속에 숨은 작은 떨림을 그대로 느꼈다.

"억지로 균형을 맞춰 왔다고나 할까. 적어도 지난 5000년 동안은. 거기까지는 약속에 포함되는 일이었을 거야. 그들도 눈치를 좀 볼 존재가 있었으니까. 하지만 이제 그 약속도 끝이 보이지. 바로 우리가 세상에 나옴으로 슬슬 힘을 과시할 때가 왔음을 안 거야."

"어떻게 알아?"

자오링의 음성이 떨렸다. 데일은 분명 올 씽 아이를 통해 이러한 사실들을 말하는 것이 아니었다. 이것은 마치 데일이 원래부터 알고 있는 정보를 그대로 말하는 것에 다름이 없음을 자오링은 깨달았다.

그래서 데일이 두려워진다. 자오링은 지금 속에 말할 수 없는 비밀을 간직하고 있기 때문에……

"그런데 뭔가가, 아니, 누군가가 먼저 일을 벌였어. 지금 우리가 가는 길도 그 연장선에 있지. 죽지 않는 자들로서는 더 이상의 방관은 자신들에게도 위험했어. 그렇다고 예전과 같이 직접적인 개입은 불가능했지. 아직 '그'가 강림하지 않았으니까. 그래서 그동안 조금씩 쌓아 온 이쪽 세계의 세력을 이용할 수밖에 없었지. 난 그렇게 이해했어."

"그런데 그것마저 실패했다?"

루산의 짐작은 옳았다.

"뭐, 가끔은 경우의 수를 벗어난 일들도 일어나니까. 그들은 그것을 오류라고 해. 완벽함에서 극히 벗어난."

"서둘러야 할 이유가 또 생겼군."

키릭의 이 말은 모든 상황을 종합해서 내린 결론이었다.

산을 오르기 시작하자 시신들의 숫자는 급격히 감소했다. 그들은 아래쪽과 달리 조각조각 끊어진 시체가 아닌 온전한 모습이었다. 대신 극심한 공포와 고통을 겪은 듯 괴로워하다 죽은 표정이 역력했다.

"두려움에 떨다 산을 올랐군. 저들에게는 신성 그 자체인 이곳까지 와야 할 정도로 공포에 질렸던가."

키릭이 축 늘어진 시신의 팔을 잡아 들고 말했다.

"이 길의 끝에 사원이 있을 거야. 그곳에 가면 많은 정보를 얻을 수 있겠지."

드디어 일행은 대리석으로 이루어진 큰 건물 앞에 설 수 있었다.

"이 암석은 시엔 남부에서만 나는 특산물이야. 수천 년 전에 여기까지 이것을 운반해 올 정도라면 텟코에 대한 고대인들의 신앙심은 각별했던 것 같아."

자오링이 그녀의 감상을 말했다.

"……누군가 있어."

리디아였다.

타의 추종을 불허하는 감각을 지닌 키릭과 자오링, 루산도 알아채지 못한 타인의 존재를 리디아는 느꼈다. 즉, 생물체의 기운이 아닌 또 다른 정신적 교감을 통했다는 말이다. 모두의 눈동자가 일제히 사원의 입구를 향했다. 그곳은 깊은 어둠만이 가득했다.

"으……."

키릭이 먼저 신음을 흘렸다. 저 암흑의 공간에서 누군가 걸어오며 순간적으로 강한 기운을 흘려보냈기 때문이다. 루산은 저도 모르게 싸크비스를 움켜쥐고 숨을 몰아쉬었다. 다만 이상한 것은 자오링의 태도였다. 그녀의 심박수가 급격히 올라가며 벌겋게 달아오른 얼굴을 감추지 못한다.

쿵!

"악!"

상대적으로 육체적인 능력이 약한 리디아가 비명을 질렀다. 어둠 속에 머무는 누군가가 강하게 발을 굴렀기 때문이었다.

데일도 어지러운지 머리를 잡고 비틀거렸다.

스으윽.

아주 조용히 어둠을 걷고 나타난 한 사람. 놀랍게도 그의 정체는 장샤오펑이었다.

"우웃!"

루산이 몇 걸음 밀려났다. 키릭은 루산이 받은 것과 같은 기운에 노출되었지만 굳게 버텼다. 그러나 조금씩 그의 얼굴이 일그러지며 흔들리기 시작했다. 장샤오펑은 지금 자오링을 제외한 다른 아이들에게 무형의 기운을 개방했다. 다만 데일과 리디아에게만은 그 힘을 약하게 보냈을 뿐이었다.

"사, 사부?"

"오냐. 많이 늦었구나."

황당하다 못해 파랗게 질려 버린 자오링의 얼굴. 그녀는 지금 엄청난 혼란에 휩싸였다. 정말로 사부가 저 이민족 병사들을 학살한 주범?

"사부였어요?"

"그래."

"왜요."

"감히 조상의 얼이 깃든 이곳을 침범하려 하였기 때문이다."

장샤오펭의 조상이 대체 누구였기에.

"전 하나도 모르겠어요."

둘의 대화는 시엔 어로 이루어졌다. 따라서 다른 아이들은 그 대화가 무슨 내용인지 알 수 없었다.

"다들 들어오너라."

자오링이 장샤오펭의 말을 아이들에게 알려 주었다. 리디아의 축언으로 몸을 추스른 일행들은 곧 위대한 무인을 따라 사원 안으로 들어갔다.

어두운 복도를 지나 한참을 걸었다.

이렇게 긴 시간을 이동했다는 것은 이 사원이 텟카이 산을 뚫고 더 깊은 곳까지 연결되어 있다는 뜻이다.

은은한 열기를 느낀 루산이 냉기를 뿜어 일행을 시원하게 해 주었다.

장샤오펭은 그런 루산의 재주를 보고 슬쩍 웃음을 머금는다.

더 시간을 소모해 일행은 밝은 빛이 높은 곳에서부터 내리비치는 장소에 도착했다.

"아!"

자오링의 입에서 감탄이 나왔다. 좁은 길을 통과했다고는 믿기 어려울 만큼 거대한 홀이 나왔다. 마치 빛의 입자가 하나하나 살아 꿈틀거리듯 모든 공간에 가득한 신비의 사원. 더욱 감탄을 자아내는 것은 홀 가운데 고대용의 현신에 맞먹는 크기의 철로 된 입상이었다.

"……제3시대 로슈르 제국 기사의 모습이네. 책에서 본 그대로야."

데일은 현재 시점으로 '중세'라 일컬어지는 3시대의 기사가 그대로 재현된 상을 보며 고개를 끄덕였다.

"그렇다는 건, 여기 이 사원의 주인이 베난드록의 친구 중 한 사람이었음을 증명해 주지."

"또한 나의, 우리 가문의 시조이기도 하다."

"엉?"

갑자기 들린 장샤오펭의 말에 모두가 놀랐다. 그가 완벽한 로슈르 어로 말을 했기 때문이었다.

"뭘 놀라나. 오늘날에는 외국어 하나쯤은 필수가 아닌가. 쯧쯧."

사실 데 자리누스의 코치인 장샤오펭이 로슈르 어를 구사한다는 것은 어쩌면 당연했다. 다만 아이들이 모르고 있었을 뿐.

"사부가 여기 왜 있어요."

"나타나지 말았어야 할 존재가 이곳을 찾아왔기 때문이다."

"그게 누군데요."

"……."

장샤오펭은 대답을 않고 키릭과 데일을 지긋이 바라보았다.

"헤테르프."

"정답이로세."

데일의 답에 장샤오펭이 박수를 쳤다.

"기가 막히는군. 우리의 앞을 정확히 한 박자 먼저 지나고 있어."

키릭이 이를 바드득 갈았다.

"본래 고대용을 제외한 흑룡들은 별을 수호를 받지 않았다. 한데 타락한 용, 헤테르프는 그 자신의 힘으로 별의 가호를 얻어 냈지."

"그 별들을 워 스타라고 부른답니다."

데일이 말하자 장샤오펭이 인상을 찌푸렸다.

"알고 싶지도, 관심도 없다, 이 어린 것아. 어쨌든 본좌는 역행하는 하나의 별을 읽고 헤테르프의 이동을 찾아냈도다. 그리고 놈이 무엇을 노리는지도 금방 깨달았지."

"철갑의 기사, 드라헤드의 유물이군요. 더 정확히 말하자면 호난의 태양."

"제일 똑똑하다더니 그만큼 말도 많구나, 넌. 이름이?"

"데일입니다. 할아버지는 발라니스 잉그하임, 아버지 성함은 로그죠."

"잉그하임?"

장샤오펑의 이마가 더욱 구겨졌다. 뭔가 안 좋은 기억이라도 떠올린 듯.

"흠, 아무튼 본좌는 타락한 용에게서 유물을 지켜야 했다. 조상 대대로 소중히 여겨 왔던 보물 중의 보물이니까. 물론 그것을 본 적도, 어디에 쓰는지도 모른다. 그 주인이 따로 있다는 것만 알지."

"그게 저예요?"

자오링이 물었다. 하지만 장샤오펑은 빙그레 웃기만 할 뿐 대답을 해주지 않았다.

"난 서둘러 조상을 위해 세운 이 사원으로 왔단다. 그리고 그녀를 만났지. 세상 그 누구보다 아름다운 모습으로 날 기다리던 진짜 용을 말이다."

장샤오펑의 음성이 가라앉았다. 순간 아이들은 모두 오싹한 느낌에 몸을 떨어야 했다. 리디아가 보랏빛 정화의 벽을 펼쳐야 했을 정도로.

"강…… 하더구나. 용으로 현신하지 않고도 이미 극마의 경지 따위는 쳐다보지도 못할 정도였지. 마치…… 전설 속, 고대용들처럼 말이다."

"사부?"

자오링의 음성이 잘게 흔들렸다.

"링, 혹시 기억하느냐? 아주 오래전, 십자성의 끝이 강렬하게 빛나던 밤."

"기억이 날 것도 같아요."

"한 손으로만 널 상대하던 내가 두 손을 다 펼쳐야 했었지. 나중에 네가 그랬지? 한 10년은 더 늙어 보인다고."

"예."

"그랬다."

"예?"

"10년이 아니라 50년은 더 늙었느니라. 한 마리, 무서운 용과 싸워야 했으니까. 다만, 그때 그 용은 자신을 모르고 또 그릇에 불과했기에 50년 내공으로 간신히 눌러 버릴 수 있었도다."

슈우우우.

장샤오펭의 몸에서 증기가 뿜어져 나왔다. 두려움 가득한 자오링의 눈. 그녀는 무언가를 떠올렸을까?

"지금의 난 어때 보이냐."

"그대로예요, 제가 이 땅을 떠났을 때와 전혀 변하지 않은."

"그것은 아마⋯⋯. 끝에 이르렀기 때문일지니. 모든 것을 폭발시키고 짧게 빛을 발하는 초신성과 같도다."

데일은 장샤오펭이 말하는 초신성의 의미를 깨달았다.

"헤테르프를 물리쳤습니까?"

"그리 보이느냐?"

데일이 묻자 다정하게 답하는 장샤오펭.

"초인 중의 초인이신 당신께서 별의 폭발에 버금가는 힘을 발휘하셨어요. 아무리 드래곤이라 한들 목숨이 귀한 줄은 알았겠죠."

"클클클, 정답은 아니지만 비슷하긴 하구나. 결과적으론 나의 패배였도다. 두 팔과 심장을 잃었으니까."

투둑.

멀쩡해 보이던 장샤오펭의 두 팔이 먼저 땅에 떨어졌다.

강력한 그의 힘으로 조각나 버린 살덩이를 그저 붙여만 놓은 듯했다.

그것은 심장도 마찬가지였다. 심장이 있었던 자리는 부서지고 뭉개진 핏덩어리를 뭉쳐 넣은 상태. 그럼에도 장샤오펑은 살아 이 자리를 지키고 있었다.

"으, 으어……."

자오링의 눈에서 한 줄기 눈물이 흘렀다.

"타락한 용은 그녀가 원하던 것을 얻었다. 그러나 그것은 결코 조상이 지켜 오던 유물이 아니었도다. 우리가 짐작할 수도 없는 무언가를 용은 바라보고 있었노라. 로그의 아들아, 넌 무엇인지 알겠느냐?"

"……저 또한 알 수 없지요."

"그래, 그래……."

잠시 말을 멈추었던 장샤오펑은 곧 다시 입을 열었다.

"용은 떠났지만 난 여길 버릴 수 없었다. 그들이 나타났기 때문이니라."

"그들이라면."

"용암 너머의 불사자들. 아주 오랜 시간 동안 조금씩 세상을 바꾸려 했던 자들이니라. 용이 떠나고 그들이 이곳에 당도했다. 대륙을 넘어온 용을 자취를 찾아낸 것이지. 그들은 보다 현실적인 이득을 원했다. 조상의 유물, 태양의 조각 말이다."

"사부가…… 죽여 버리셨죠?"

장샤오펑은 울먹이는 자오링을 따뜻한 눈으로 바라보았다.

"그들은 죽지 않는단다. 그들에게 죽음은 선택의 다른 이름이지. 난 단지 그 선택을 조력했을 뿐이란다."

박살 냈다는 말을 어렵게 하는 것인지, 아니면 진짜로 그렇게 했다는 것인지 모호하기만 한 답변이었다.

"불사자들은 지금 두 세력으로 나뉘어져 있다. 한쪽은 조금 더 세상에 발을 담그고자 하고, 다른 쪽은 옛 흑룡과 했던 약속을 고집스럽게 지키려고 하지. 하지만 그들에게 두려운 존재는 흑룡이 아니란다. 그 모든 것들을 탄생시킨 위대한 자린이니라. 자린의 분노로 인해 불사자가 아닌 필사자가 될지도 모른다는 공포가 아직 남아 있기에 저들은 둘로 갈라졌다."

"하나가 여기를 치려 하자 다른 하나가 그걸 막기 위해 인간들을 동원해 전투를 벌인 거군요."

"그럴 것이다. 약속을 어기고 이곳에 들어온 불사자들은 결국 나에 의해 선택을 강요받았느니라. 아마 너희도 보았을 것이다. 불사자의 껍질을. 치열하게 싸우던 두 세력은 결국 본좌에 의해 괴멸되었도다. 그것을 알면서도 남은 불사자들은 이곳에 오르지 못했다. 흑룡과 맺은 약속을 어겼을 때, 어떤 결과가 벌어질지 이미 경험해 보았기 때문이다. 선택 따위는 없는 확실하게 강요된 죽음 말이다."

장샤오펭의 말은 제르 호바가 용암의 바다를 건넌 이유가 단순한 협약을 위한 것이 아니었음을 나타내 준다.

"자, 이야기가 너무 길었구나……."

으릉!

아이들은 장샤오펭의 말이, 마치 포식자가 내는 경고음과 같이 느껴졌다. 그때였다. 엄청난 크기의 철 입상의 눈이 벌겋게 달아올랐다.

"링, 나의 사랑하는 제자여."

"예, 사부님."

자오링은 처음으로 장샤오펭에게 극진한 예를 보인다.

"너는 죽음을 이길 수 있느냐? 그리고 시련을 받아들일 준비가 되었느냐?"

어디서 많이 들어 본 말이었다.

"저 가여운 아이도, 저 용감한 녀석도, 저 차가운 녀석과 저 검고 작은 녀석처럼 네게도 죽음을 극복할 마음가짐이 자리했느냔 말이다."

자오링은 드디어 깨달았다. 자신을 제외한 나머지 친구들은 이미 시련을 받아들였고, 그것을 극복함으로써 죽음을 이겨 냈다.

사부는 지금 자신을 각성시키고자 한다. 하지만 어떻게?

"살아남는다면……. 그때는 알 수 있을 게다. 하지만 그것을 이기지 못한다면……."

끝이다.

예언은 종결되고 세상은 평화를 맞이할 터.

하지만 과연 그럴까?

다섯 중 하나의 죽음만으로도 거대했던 제르 호바의 예언과 누구의 힘으로도 막을 수 없는 전쟁, 그리고 인간과 드래곤의 능력을 벗어난 별의 이동을 멈추게 한다?

"너무…… 멀리 와 버렸지."

자오링은 이 말을 예전에 한 번 했던 것만 같았다.

14장
불사자와 데 자리누스

RAJARIN

"음…… 향이 좋습니다."

듀카릿의 서재에서 한 사내가 차를 홀짝이며 말했다.

"저도 꽤 부유한 편이지만 이런 종류의 차는 처음이군요. 집정관 각하."

사내, 자칼롯은 한껏 여유를 부리며 의자에 몸을 기댔다.

"이건 부유함의 상징이 아니다, 자칼롯. 품위의 문제지."

"오, 명언입니다. 꼭 기억해 두지요."

듀카릿은 미소를 지으며 즐거워하는 자칼롯을 진하게 노려보았다.

"국방 연구소 산하 제3, 4연구 단지는 폐쇄될 것이다."

"호오, 의회의 늙은이들이 승인했습니까?"

"아니. 그들은 애초에 관심조차 없다. 아마 죽을 때까지 그 건에 대해 살펴볼 생각도 안 할 것이다. 자신들의 안위만을 중요시하는 자들이니까."

"부패를 척결했더니 이제는 납작 엎드린다……. 그래서 우리 공화국이 발전을 못하는 겁니다."

자칼롯의 말처럼 의회는 제 기능을 잃은 지 오래다.

예전에 수많은 공무원들이 부패혐의로 처형되고 그와 관련된 귀족 의원들 상당수도 추방되거나 연금되었다.

남은 자들은 혹시나 비리혐의를 받을까 봐 몸을 사렸다.

따라서 오히려 자칼롯의 활동으로 인해 국가 기능의 일부가 마비된 측면도 있었다.

"자, 이제 어떻게 할 테냐. 네 의견을 존중해 연구 단지를 없앴고 성과물을 각지에 분산시켜 보관하도록 했다."

"사병을 키울 생각입니다."

"사병? 네가 미쳤구나."

사사로이 병사를 모집해 훈련을 시키는 행위는 공화국의 반역자로 간주되어 즉결 처형 대상이다.

한데 자칼롯은 공화국의 법을 정면으로 어기겠다 말한다.

"이제 물러설 수 없습니다, 각하. 어리석고 무능한 공화국의 지도부는 사라져야 합니다. 군대는 내부적으로 썩었고, 창칼은 녹슬었지요. 제가 예전에 군을 건드리지 않았던 것이 후회될 정도로요. 이대로라면 우리 젝스나이츠는 연합 내에서도 시골 취급을 받을 겁니다. 그래서는 안 되지요."

"……."

"각하도 동의하시지 않았습니까. 공화국은 다시 일어서야 한다고요. 청년 시절의 그 열정, 잃어버리셨습니까?"

"그렇지 않다."

"각하만이 공화국을 연합 최고의 국가로 만드실 수 있습니다. 정녕 저

따분하고 멍청한 의회의 견제로 이빨 빠진 호랑이가 되셨습니까?"

"이놈!"

"혁명이 필요합니다. 강력한 권력을 바탕으로 공화국을 하나로 결집해야 합니다. 그리고 더 나아가서는 연합을 통일해 로슈르에 버금가는 하나의 국가로 일으켜야 합니다. 아, 죄송합니다. 이게 다 각하께서 예전에 말씀하셨던 것들이죠. 제가 주제넘게 입을 놀렸나 봅니다."

"현실의 벽은 어쩔 수 없었다."

"그래서 그 현실을 깨기 위해 제가 각하를 돕겠다는 겁니다."

"저 시꺼먼 이민족들을 끌어들여서?"

"……여전히 편견과 권위에 사로잡혀 계십니다."

"뭣?"

"모든 생물은, 아니 이 세상에 존재하는 모든 것은 하나에서 나왔습니다. 거기서 0이 나왔고 1이 나왔으며, 수억, 수조 개의 조합이 탄생했지요. 결국 차별은 저능한 자들의 열등감입니다."

"이익!"

듀카릿이 벌떡 일어나려다 말고 의자의 손잡이를 강하게 쥐었다.

"아무것도 보지 못하는 자들, 자신 외에 모든 것을 깔보는 자들, 그들 때문에 사회는 정체됩니다. 이제 남은 희망은 각하 본인이십니다. 썩은 부분을 잘라 내고 새로운 살을 키우십시오. 제가, 강력한 과학이 각하를 돕겠습니다."

한참을 부들거리던 듀카릿이 진정하자 자칼롯이 차 한 잔을 더 요청한다.

차를 마시며 침묵 속에서 또 시간을 보내던 자칼롯이 이내 일어났다.

"그럼 나가 보겠습니다. 당분간 제가 할 일이 태산 같아서요."

"……"

"아!"

문을 나서려던 자칼롯이 잠시 멈춰 섰다.

"각하께서는 제국의 유력자와 비밀리에 친분을 쌓으셨다죠?"

"너!"

듀카릿은 자칼롯의 정보력에 혀를 내둘렀다. 자신이 비델과 은밀한 거래를 했다는 사실을 자칼롯은 분명히 알고 있다.

이제는 짜증을 낼 기운도 없다.

"안심하세요. 그것도 다 공화국을 위한 행동이었다고 믿습니다. 어떤 거래가 있었는지는 저도 묻지 않겠습니다. 다만……."

잔뜩 일그러진 듀카릿의 얼굴을 재미있다는 듯 바라보는 자칼롯이다.

"줄을 잘못 대셨어요. 그들은 결코 각하를 도와 연합의 변혁을 꾀하지 않을 겁니다. 처음부터요. 그리고 앞으로도 불가능하지요. 제국은 이미……."

"가라. 오늘은 더 이상 너와 말하기 싫구나."

"후훗, 예."

듀카릿은 자칼롯이 방을 나서고도 한참 동안 머리를 감싸 쥔 채 신음을 흘린다.

끼리릭.

"응?"

자신에게 배정된 방에 들어간 자칼롯은 쇳소리에 고개를 돌렸다.

그리고 구석에 기둥처럼 서 있는 그를 발견했다.

"아프사라스."

다른 사람들이 들을 세라 목소리를 최대한 작게 낸다.

"무슨 일이오. 저택 안까지는 안 오기로 했잖소."

"먼저 보여 줄 것이 있다."

툭, 데구르르.

자칼롯은 아프사라스가 바닥에 던진 물체들을 유심히 살폈다.

"흡!"

그는 손으로 입을 막고 한 걸음 물러났다. 바닥을 구르는 물체들은 인간의 눈알들이었다.

"이, 이게 다 뭐요."

"너희 나라의 애국자들."

"으에?"

자칼롯은 대체 무슨 말을 하는지 도통 알아들을 수 없다는 표정을 짓는다.

"한때는 '너'를 위해 일하던 검정개들이었지."

검정개라면 검은 하현달 요원들을 낮추어 부르는 말.

"그, 그들이 왜……."

"이젠 네 목을 얻기 위해 '혈안'이 되어 있더군."

아프사라스의 표현대로 바닥의 눈알들은 잔뜩 충혈 된 상태로 뽑혔다.

"당신, 검은 하현달을 너무 우습게 본 것 아니오? 저들은 확실한 연락체계를 갖추고 있소. 이곳을 감시한 모양인데 그럴 정도였다면 벌써 듀카릿과 나에 대해 보고가 올라갔을 게요. 그러한 상황에서 요원들을 죽이다니. 시작부터 철퇴를 맞게 생겼소!"

"누가 죽였다던가."

"이……. 눈알을 보고도 그런 생각을 안 하겠소?"

끼기긱.

아프사라스가 살짝 고개를 들었다. 무척이나 오만한 자세로 자칼롯을 좌시하는 모습.

"이들은 이제 너의 충성스러운 개로 거듭났다."

"······?"

"영원한, 하지만 결코 축복이라고는 할 수 없는 삶을 그들에게 부여했다. 그것은 또한 오직 너만을 위한 삶이기도 하다."

"도대체 이해를 할 수 없소."

"기다리라. 곧 이들의 충성을 확인할 테니."

"······."

자칼롯은 아프사라스가 자신들을 감시하던 요원들에게 분명 참혹한 짓을 했다는 사실을 깨달았다. 그것이 과연 자신을 위한 일이었을지, 아니면 저들, 죽지 않는 자들을 위한 일이었을지는 미지수였다.

"휴우······ 아무튼 대계는 이미 시작되었소. 그대들의 역할이 클 것이오."

"틀렸어. 모든 것은 네게 달렸지."

"설마 이제 와서 발을 빼겠다는 게요?"

"우린 지켜보는 자라는 사실을 잊지 마라. 너의 역량에 따라 미래는 결정된다."

"진짜······ 그러길 바라오."

*　　*　　*

연합 군사장 회의는 지루하고 따분했다.

이번 회의의 목적은 대륙 남부에서 일어난 변란으로 제국의 동태가 심상치 때문에 그에 대한 연합의 입장을 정리하기 위한 것이었다. 철옹성 같았던 남부 제국군의 방위 체계 일부가 무너졌다.

수많은 제국군 병사과 간호 인력들이 무차별적으로 학살당했다고 한다.

물론 제국은 이러한 치부를 절대 외부에 공개하지 않았다.

하지만 자유 무역 연합의 정보력도 만만치는 않았다.

다음 문제는 과연 제국이 어떻게 나올까 하는 것이었다.

대대적으로 얼음의 대지에 병력을 투입하여 국지전이 아닌 전면전에 돌입할 것인가, 아니면 최대한의 무력시위로 남부를 벌할 것인가.

어느 쪽이든 연합이 긴장할 이유는 충분했다.

국제 관계에 있어 전쟁은 단순히 당사자 간의 문제가 아니기 때문이었다. 이 기회에 제국이 북쪽으로 영역을 확대할 가능성도 있었고 남부와의 전쟁을 핑계로 북부의 안정을 명분 삼아 군사력을 주둔하겠다고 통보할 수도 있었다.

어쩌면 병력을 내놓으라 요구할지도 몰랐다.

젝스나이츠 대표 귀족 출신 의원과 군사 호민관 후라니오 가낙이 이 자리에 있었다. 가낙은 불안한 눈길로 서로를 돌아보는 각국 군사장들을 보며 코웃음을 쳤다. 저들은 지금 진정 연합을 위해 걱정하는 것이 아니다. 자신들의 기득권이 흔들릴 것을 염려하는 마음이 그들의 눈에 고스란히 드러난다.

'얼마 남지 않은 시간인지도 모르고 그토록 누리고 싶은가.'

가낙은 데 자리누스의 일원이었다.

제르 호바가, 또는 자린이 이 땅에 강림한다면 멸망 아니면 새로운 시작이다.

그때는 현재의 모든 것들이 변화된다. 저들이 애써 지키고자 하는 그 기득권도 완전히 사라질 것이었다. 그것을 모르는 이들을 보고 있노라면 저절로 비웃음이 맺히는 것은 어쩔 수 없다.

툭.

옆에서 귀족 의원이 가낙을 건드렸다.

"예?"

의원은 눈짓으로 정면을 가리켰다. 가낙은 자신을 집중하고 있는 각국 대표들을 보고 일부러 얼굴을 붉힌다.

"아, 죄송합니다. 제가 잠시 딴생각을……."

"그대의 생각은 어떤지 물었소."

"무슨 생각 말씀이신지."

"로슈르 제국이 요구하는 부분에 대해 무조건적인 수용이냐, 아니면 우리도 어떤 조건을 걸 것이냐 하는 안건에 대해서요."

"으음, 제가 다른 분들의 말씀은 듣지 못해서……. 앞의 분들은 어떤 의견을 주셨는지요."

"무조건 수용이 열, 조건부 수용이 열둘이오."

"조건이라면 어떤?"

"무역에 있어 조금 더 많은 혜택이 아니겠소이까."

"허허."

가낙은 진심으로 헛웃음을 참을 수 없었다.

회의가 끝났다. 다른 대표들과 작별인사를 하는 둥, 마는 둥 가낙은 서둘러 자리를 떠났다.

"이봐요, 밀리티움."

귀족 의원이 가낙을 불러 세운다.

"예."

"아, 왜 그렇게 사람이 예의가 없소."

"예의?"

"회의가 끝나면 하루 정도는 몸을 편케 하는 것이 관례가 아니오. 한데 밀리티움은 무슨 급한 일이 있어 우리 공화국으로 가려 하시오."

가낙이 피식 웃었다.

"썩 즐겁지가 못해서 그럽니다. 카멜릭 의원님"

"에이, 그래도 사람이, 참······."

저들은 이곳에 남아 탐욕스럽고 지저분한 행위를 할 것이다.

"의원님은 더 계시다 오시죠. 전 공화국에서 먼저 처리할 일이 있답니다."

"허, 그럼 호민관의 몫까지 내가······."

회의를 위해 지원되는 자금과 물자들은 늘 실제보다 부풀려 보고되고 사용되어 왔다. 그 사용은 물론 최소한도에 그쳤고 나머지는 참석자들의 재산 목록에 올라간다. 지금 카멜릭 의원은 가낙의 앞으로 잡혔던 금전들을 자신이 가져도 되느냐고 묻는 것이다.

"그러세요. 의원님도 다음 선거를 대비하셔야죠?"

무척이나 호의적인 표정으로 카멜릭을 안심시키는 가낙이었다.

"고맙소. 그럼 공화국에서 봅시다."

희희낙락 웃으며 돌아가는 카멜릭을 선량한 눈으로 보던 가낙의 표정은 카멜릭이 사라지자 뻣뻣하게 굳었다.

'새로운 시작이 아니라······ 멸망인가.'

저런 자들이 세상에 가득하다면 자린은 결코 인류에게 더 이상의 기회를 주지 않을 것이다.

가낙은 검은 하현달 요원이 아닌 가문의 심복과 단 둘이 마차를 타고 우들란트를 떠났다.

이번 회의에 요원들의 대동은 금지되었기에 오히려 가낙이 마음껏 활동할 수 있었다.

마차는 북쪽으로 향하다 말고 말머리를 돌렸다.

그들이 가는 곳은 일라시니아 산맥 어느 곳에 위치한 데 자리누스의 총 단이있다.

가낙은 이를 위해 하루의 시간이 필요했던 것이다.

마차를 모는 심복은 스타비챠의 일인이었고 산맥에 접어든 이상 거리낄 것은 없었다.

"워~"

마차는 좁은 길 앞에 섰다. 지금부터는 걸어서 이동해야 한다. 흔적을 없애기 위해 스타비챠가 재빨리 마차를 분해해 땅에 묻었다. 두 마리 말 은 특수 훈련을 받았기에 이 장소를 크게 벗어나지 않을 것이다.

"뒤따르는 자는 확실히 없었지?"

다시금 확인하는 가낙. 스타비챠는 말없이 고개를 끄덕였다.

"가자."

둘은 그렇게 구불구불한 길을 따라 산을 올랐다.

길이 끊긴 뒤부터는 준비해 온 장비를 이용해 절벽을 타고 한참을 올라 야 했다. 그리고 마침내 그들은 총단에 이를 수 있었다. 그냥 보면 구름과 뾰족한 바위만이 가득한 어느 낭떠러지. 이들은 또 줄을 타고 그 아래로 내려갔다. 가낙은 이중, 삼중의 함정을 지나 작은 동굴에 이르러서야 안 심한 듯 한숨을 푹 쉬었다.

"그럼 이따가 보지."

"예."

스타비챠가 출입할 수 없는 지역에서 그와 일별한 가낙은 홀로 어두운 통로를 걸었다.

새로운 총단은 물론 처음이었다. 그전에도 퍼펙트 그레이를 제대로 영 접했던 적도 없었다. 가낙이 긴장할 수밖에 없는 이유다.

자신을 인도하는 불빛을 따라 한참을 들어가 철문을 지나자 생각 외로 넓은 광장이 나왔다. 그리고 정면에 있는 높은 단상들 가운데 누군가의 인영이 보였다.

꿀꺽.

가낙은 직감적으로 그가 자신의 주인인 퍼펙트 그레이임을 알아차렸다. 어둠으로 인해 가려진 퍼펙트 그레이.

그 옆에 거리를 두고 앉은 이는 누군지 알 수가 없다. 또 반대편에 삼각으로 놓인 빈 의자들도 가낙을 주눅 들게 만들었다.

"후라니오 가낙."

"예, 위대한 퍼펙트 그레이시여."

"너와 나는 피가 아닌 자린을 향한 충심으로 이어져 있도다."

"자린을 위하여."

가낙이 땅에 엎드려 극진한 예를 바쳤다.

"이 어둠 속에서 넌 무얼 보았느냐."

"눈앞의 거인과 그 거인을 보필하는 천사를 보았나이다."

가낙이 말하는 천사란 퍼펙트 그레이, 즉, 카본의 옆에 앉은 안첸트—히올라이—를 말함이다.

"틀렸다. 넌 아무것도 보지 못하였다."

"마, 맞습니다."

"넌 꿈을 꾸고 있다. 우리 앞에 펼쳐질 영원한 천국, 자린이 다스리는 세상을 말이다."

"오오⋯⋯."

가낙이 감격에 몸을 떨었다.

단 몇 마디 말로 가낙을 사로잡아 버린 카본이다.

"대륙과 이 세계가 혼란에 휩싸였다. 너는 아는가?"

"예. 남부에서 전쟁의 불씨가 일어났고 북부에서도 모종의 행동이 있으리라 사료됩니다."

"혼란의 끝은 평화다. 하지만 그것이 너무 일찍 일어났기에 멀게 느껴질 뿐이다."

카본의 음성이 왠지 침울하게만 들린다.

"이제 널 이곳에 부른 이유를 말하겠다."

"경청하겠습니다."

"북부가 하나로 뭉쳐서는 안 된다."

"예?"

"아득한 고대에도 북부의 결집은 막강한 힘을 발휘했었다."

"그렇습니다. 저희들의 조상은 암흑군대의 진군을 막아 내고 북부를 지켰습니다."

"그래서는 안 된다."

가낙은 순간 놀라 소리를 지를 뻔했다.

"그것은 결코 자린의 뜻이 아니었다. 인류가, 모든 생명체가 맞이할 신세계의 도래를 허용해야 한다."

"연합의 분열이 그것을 가능케 한다는 말씀이신지……."

갑자기 안첸트가 낮게 으르렁거렸다. 본능적인 공포로 오싹해진 가낙이 서둘러 입을 닫았다.

"북부의 힘을 이용해 자린의 강림을 거부하는 자들이 있다. 혹, 너는 아는가?"

"……."

"답해도 좋다."

"용암의 바다 건너…… 그들이옵니까."

"그렇다. 그들은 약속의 때를 원하기도, 또 원하지 않기도 하다."

아마도 이 말은 죽지 않는 자들이 내부적으로 두 파로 나누어져 있음을 시사하는 듯하다.

"그들은 이제껏 수면 위로 올라오지 않았다. 하지만 당겨진 약속의 날로 인해 제약에서 벗어날 수 있었다. 바로 지금도 너희 북부는 그들에게 서서히 잠식되고 있을 터, 그것을 방해하는 역할을 네게 맡긴다."

"오오오! 감사하나이다, 퍼펙트 그레이시여!"

가낙은 막중한 책임이 떨어졌음에도 그저 자신에게 믿음을 주는 카본이 그저 고맙기만 했다.

"연합 각국에 있었던 '자린의 사도들' ―가낙을 포함한― 대부분이 행방불명되었다. 그들은 이미 죽지 않는 자들에게 해를 입었을 것이다. 네가, 남은 자들을 이끌고 나의, 자린의 뜻을 펴야 할 터."

"믿어 주소서."

"잊지 마라. 너로 인해 인류가 또 다른 기회를 가질 수도 있음을. 그리고 그것을 방해하고자 하는 자들은 정말로 강하고 위험한 자들임을."

그제야 가낙의 심장이 조금씩 식어 갔다.

엄청난 임무를 받았기에 잠시 흥분했으나, 그 때문에 거쳐야 할 어려움에 대한 두려움이 문어발처럼 꾸물거렸기 때문이다.

"해서 네게 고대의 축복을 전하겠다."

"가, 감사합니다."

카본이 슬쩍 안첸트를 돌아보았다.

묵묵히 있던 안첸트는 물이 가득한 잔 하나를 꺼낸 뒤 자신의 손가락을 물어뜯는다.

까각. 푸숫.

손가락 끝이 깨지고 핏물이 튀는 소리가 가낙의 귀를 간질였다.

똑, 똑, 똑……

피가 여러 방울이 잔의 물에 섞였다. 잠시 후 안첸트는 잔을 놓았다. 그리고 그 잔은 놀랍게도 허공을 지나 서서히 가낙의 앞에 안착한다.

"마셔라."

거부할 생각도, 그럴 힘도 없었다. 가낙은 망설임 없이 잔을 들어 그 안의 액체를 남기지 않고 마셨다.

챙!

잔이 그의 손에서 미끌어져 바닥에 떨어졌다.

"으, 끄윽."

가낙은 위장을 태울 듯한 고통에 몸부림쳤다.

"참아라. 그러면 네게 막강한 능력이 부여될 것이다."

"으으윽, 끄아악!"

가낙은 바닥을 구르며 비명을 지른다.

척척척척.

일라시니아 산맥 어딘가. 규칙적으로 움직이는 몇 명의 발소리가 있었다. 경갑을 입은 한 명의 여성과 네 명의 남성. 조직에서는 여인을 퀸이라 불렀고, 다른 남자들에게도 각각 고유한 코드를 부여했다. 이들의 걸음은 거침이 없었다. 약간의 흥분이 느껴지는 몸짓은 앞으로 이들이 행하고자 하는 일들에 대한 기대 때문일 것이다.

척!

퀸이 먼저 걸음을 멈췄다. 그러나 나머지 네 사람도 그녀의 뒤에 나란히 섰다. 바위만이 가득한 절벽 아래에서 열기가 올라왔다. 이것은 전사들의 목마름과 같았다. 절벽 끝에 선 퀸은 수십 미터 아래에 있는 수백 명의 스탸비챠를 가만히 응시했다.

"준비됐나?"

작게 웅얼거리는 듯한 그녀의 음성은 스타비챠 한 명, 한 명의 귀에 정말로 확실히 새겨졌다.

"퍼펙트 그레이께서 명하셨다. 이제 우리의 모든 힘을 개방해도 좋다고. 단, 그날이 올 때까지 정체는 철저히 숨겨야 할 것이다!"

"우아아아아아!"

때 아닌 함성이 울려 퍼졌다.

"얼음 대지의 마귀들이 제국을 공격했다. 그리고 이 공격은 곧 거대한 전쟁으로 이어질 것이다. 아마도 셀 수 없을 정도로 많은 이들이 자린의 품으로 돌아갈지도 모른다. 너희의 가족이, 친구가, 스승이 그 속에 포함될 것임은 부인할 수 없다."

데 자리누스 조직원의 7할 정도가 로슈르 제국 출신임을 감안할 때 퀸의 이 말은 곧 정답이었다.

"하지만 전능하신 그분은 모든 생물을 위해 자리를 만드셨다. 영원한 쾌락과, 마르지 않는 기쁨이 가득한 천국이 그곳이다."

스타비챠들 하나하나의 눈이 강렬하게 빛을 발한다. 이들에게 죽음이란 일련의 과정에 불과했다. 라 자린의 영광을 확인하는.

"온 세상이 지옥으로 변할지라도 잊지 마라. 자린을 위하여!"

함성이 더욱 커졌다. 그런 그들을 만족스럽게 바라보는 퀸. 그녀의 뒤에 서 있던 네 사람 중 한 명인 화이트 잭—갈리우스—은 한숨을 쉬며 몸을 돌렸다.

'모든 것이 다 일그러졌어.'

비단 이런 생각을 하는 것은 그만이 아닐 터였다.

'어디서부터 꼬인 걸까.'

아무리 생각해도 조직의 원래 목표는 이것이 아니었다.

'우린 공멸이 아니라 세상의 구원을 바라보지 않았던가? 한데 왜.'

데일을 포함한 다섯을 합숙소에 모았을 때까지만 해도 이런 상황은 전혀 예상치 않았다. 예언에 따라 다섯이 함께 모여 제르 호바를 막아 내거나 처음부터 그 강림을 무위로 돌릴 것으로만 여겼다.

아니, 어쩌면 화이트 잭 자신만의 희망사항이었을지도 모른다.

5000년 동안 세상을 지켜 왔다는 음지의 수호자로서 자부심 같은 것도 있었다. 명백한 흑과 백의 관점에서 자신들은 올곧은 정의였다.

그런데 오늘에 이르러 그것이 모호해져 버렸다.

지금 조직 지도부의 방향은—아마도 퍼펙트 그레이의— 혼란과 분열이다.

결사적으로 막아 왔던 얼음 마귀들의 침략을 조직은 그냥 방관했다. 그것이 대전쟁으로 확산될 것이 확실함에 주인은 오히려 스타비챠들의 출전을 허용했다.

대체 누가 적이란 말인가.

얼음 대지의 제렌 디스? 자신들을 핍박한 로슈르 제국? 불사자들과 연계한 북부인들? 아니면……. 자신들이 거두고자 했던 용의 아이들인가.

화이트 잭은 지금 퍼펙트 그레이로 칭해지며 그 위대함을 뽐내는 이가 혹시 자신들이 아는 그가 아닐지도 모른다는 생각을 했다. 이제 누구도 미래를 장담하지 못한다. 목적을 잃은 조직에겐 미래가 없다.

아니. 아예 처음부터 이런 것이었던가?

화이트 잭의 얼굴에 짙은 그늘이 깔린다.

15장
피하고 싶은 싸움

RAJA RIN

콰과과과과!

거대한 철 입상의 눈에서 쏘아진 자주색 광선이 장샤오펭의 몸을 직격했다. 화악 밀려나던 아이들은 강렬한 빛에 휩싸이는 늙은 초인의 신체가 급격하게 변화하는 것을 마지막으로 눈을 감았다.

구오오—

약간의 시간이 흐르고 무언가가 숨 쉬는 소리에 아이들이 천천히 눈을 떴다. 가장 먼저 눈을 뜬 자오링의 입에서 비명이 튀어나왔다.

"꺄악!"

키릭을 가볍게 능가해 버리는 덩치. 길게 늘어져 땅에 닿은 팔. 구부정한 다리는 산양의 그것처럼 역방향으로 꺾여 있고 온몸에 난 털은 짙은 회색으로 반짝였다.

그르릉.

늑대와 비슷하게 변모한 얼굴은 데일의 몸보다 훨씬 거졌다. 튀어나온 주둥이가 열리고 그 안에 자리한 이빨에서 걸쭉한 침이 흐른다.

"사부니이이임!"

루산이 말릴 새도 없이 자오링이 괴물에게 뛰어갔다.

검붉은 괴물의 눈동자가 자오링을 향했다.

"사부님! 정신 차려요! 이게 다 뭐예요."

괴물의 손이 조금 꿈틀거렸다. 키릭이 자오링의 정면에 베텔기우스의 방패를 생성시키고 그 위에 리디아가 정화의 벽을 덧씌운 것은 거의 찰나였다.

콰직!

"컥!"

무지막지한 힘으로 자오링을 후려치던 괴물의 손은 정화의 벽을 녹여 버리고 방패마저 박살 내었다. 그러고도 힘이 남아 자오링을 가격하는 순간, 루산의 얼음 화살이 그 손을 허공에 정지시켰다.

퉁!

강한 바람의 압력에 자오링이 충격을 받아 넘어갔다.

칭!

"이컬렉터!"

리디아가 주문을 외쳤다.

슈아앗!

자오링의 몸이 급격하게 아이들 곁으로 빨려왔다.

쾅!

괴물이 다른 손으로 자오링이 있던 자리를 찍었다. 만약 그녀가 저기 있었다면 그대로 몸이 터져 버렸을 터.

"두 팔과 심장을 잃었던 링의 스승이 어떻게 그런 대학살을 벌였는지 이제 알 것 같네."

데일은 지나칠 정도로 처참했던 시체들의 상태는 바로 장샤오펑이 저런 모습으로 변해 저지른 것임을 깨달았다.

그어어엉!

괴물이 하늘을 향해 크게 포효했다. 그리고 성큼성큼 일행을 향해 걸어왔다.

콰아아!

바람이 찢어지는 소리가 마치 사나운 파도가 바위를 덮치는 소리와 같았다.

쿵!

키릭이 적절하게 방패를 불러 괴물의 주먹을 막았다. 아까보다 더 풍부한 창조의 힘이 방패를 강하게 키웠다. 키릭이 앞에서 방패를 펼쳐 괴물의 공격을 막아 내는 동안 리디아는 빠르게 자오링을 치유했다.

쾅! 콰앙!

괴물은 두 번, 세 번, 방패를 가격했다.

"큭!"

키릭은 피를 삼키며 강한 충격을 분산시켰다.

팟!

루산이 한껏 몸을 뒤로 날렸다.

"셋 하면 비켜!"

무려 다섯 번의 주먹질을 막아 내며 키릭이 고개를 끄덕인다.

윙~ 위잉~

방패가 방어하는 범위가 더 커졌다. 리디아와 데일이 축 늘어진 자오링을 양쪽에서 부축하고 자리를 피했다.

"하나! 둘!"

사방에서 빛의 입자가 발생해 싸크비스 앞에 모였다.

빛나는 시위를 힘껏 당기는 루산.

"셋!"

쾅!

푸른 방패가 순식간에 작아져 키릭의 교차한 팔뚝에 모였다. 그리고 괴물이 그 점을 강타하자 반동에 의해 키릭의 몸이 쭈욱 밀려난다. 그와 동시에 루산의 화살이 괴물의 손을 관통하고 바닥에 꽂혔다.

쩌저적.

땅 속으로 사라진 화살은 눈 깜박할 사이에 주위를 절대 영도의 지옥으로 만들어 버렸다.

크아악!

다리를 타고 올라오는 냉기가 괴물의 몸을 빠르게 얼려 갔다. 그리고 곧 벌어진 주둥이에서 뿜어진 하얀 입김을 마지막으로 완전히 얼음 덩어리로 변했다.

꽈악.

키릭의 주먹에 힘줄이 돋았다. 살이 터질 듯 부풀어 오른 주먹에 막대한 힘이 담겼다.

"차앗!"

번개처럼 달려와 주먹을 날리는 키릭.

쨍!

얼음으로 변한 괴물이 몸이 산산조각으로 분해되었다.

후두두둑.

붉은 파편들이 바닥으로 떨어졌다. 괴물은 그 형체를 완전히 잃고 한낱 얼음 조각으로 변해 버렸다.

"퉤!"

키릭이 피 섞인 침을 뱉었다. 키릭과 루산은 곧이어 데일이 있는 곳으로 걸어왔다.

"아직 안 깼어?"

"응. 정신적 충격이 너무 컸나 봐."

리디아가 걱정스럽게 대답했다.

"이거 너무 쉬웠어. 등장만 요란했지 뭐야."

루산이 휘파람을 불며 괴물, 아니 장샤오펑의 잔해를 바라보았다.

"이제 뭘 어떻게 해야 하지? 태양의 조각을 찾아야 여길 떠날 텐데 말이야."

그때 자오링의 눈이 천천히 열렸다.

"사…… 사부님은."

아직 제대로 정신을 차리지 못했음에도 사부의 안위를 걱정하는 자오링이다. 그녀의 물음에 누구도 대답하지 못했다. 잠시 후 완전히 정신을 차린 자오링이 주변을 두리번거렸다.

"사부님은!"

누구를 향한 원망일까. 자오링의 음성이 격하게 떨리며 그녀의 입에서 고함이 터져 나왔다.

"어쩔 수 없었다."

"뭐?"

키릭이 눈을 돌려 검붉은 얼음 조각들을 바라보았다.

"아니지?"

자오링은 크게 떠진 눈을 감지 못하고 입술을 파르르 떤다.

"데일, 아니라고 해 줘."

데일은 자오링을 쳐다보지도 않는다. 순간 일행이 자리한 공간의 공기가 무겁게 쳐진다.

"너냐?"

자오링이 루산에게 물었다. 그냥 어깨만 으쓱하며 시선을 회피하는 루산.

"너도?"

키릭은 무표정하게 고개를 끄덕인다.

"이 잡놈의 것들이!"

파아앗!

'아휀 드릴.'

그녀의 머릿속에서 울려 퍼진 용언.

콰콰콱!

키릭이 찰나에 베텔기우스의 방패를 꺼내지 않았다면 아이들은 모두 몸에 수만 개의 구멍이 생겼을 것이다.

"ㅎㅎㅎ."

징그러운 웃음을 흘리며 자오링이 일어났다. 그녀의 신체를 따라 생겨난 수십만 개의 녹색 줄기가 공기를 타고 흐느적거렸다.

"이것들이 미쳤구먼? 감히 내 사부를 저 꼴로 만들어?"

리디아가 뭔가를 중얼거렸다. 평정을 나타내는 주문을 읊은 것.

"입 닫아!"

자오링이 소리치자 강한 기운이 리디아에게 집중되었다.

"악!"

거울이 깨지는 듯 그녀와 자오링 사이에 있던 공기가 일순 부서졌다.

"안 되겠네 저거."

그렇지 않아도 자오링을 별로라고 생각하던 루산이었다. 손바닥에 침을 뱉으며 문지르던 루산이 그녀에게 다가간다.

스스스스.

얼어 버린 침이 가루가 되어 바닥으로 날렸다.

"야! 검은 머리!"

자오링이 듣기 싫어하는 별명을 부르며 루산이 그녀의 시선을 잡았다.

"이거나 먹어라."

"죽일 테다!"

"아이스 커튼!"

루산이 비비던 손을 좌악 털었다. 바닥에서부터 날리던 얼음 결정들이 빠르게 결합하며 마치 커다란 천처럼 변해 자오링을 덮어 간다.

"어딜!"

자오링의 머릿속에서 또 다른 용언이 지나갔다.

파아앗!

하늘거리던 녹색 줄기들이 급속도로 회전하며 주변의 공기를 달군다.

때문에 그녀에게 씌워졌던 아이스 커튼이 녹아 증발해 버렸다.

"헐."

루산은 회심의 한 수가 너무도 허망하게 사라지는 것을 보고 허탈해한다.

"비켜라."

키릭이 그 묵직한 몸을 움직였다.

"오냐! 너 이 자식."

으드득, 이를 갈며 자오링이 키릭을 환영했다.

데일은 그런 그들을 말리지 않고 지켜보기만 했다. 친구들의 다툼이 자칫 피를 튀기는 싸움으로 번질 상황이었음에도 표정의 변화가 없다. 데일은 지금 기다리고 있었다. 이 공간이 변하기만을. 태양의 네 번째 조각을 숨긴 바로 그 공간으로. 그리고 그 순간이 왔다. 키릭이 세이비어를 뽑아 들고 자오링을 베어 내려는 찰나. 자오링이 그녀의 주먹을 감싼 녹색의 기운을 마음껏 펼치려는 찰나. 철 입상의 눈에서 또다시 광선이 쏟아졌다.

파아아앗!

쾅!

한 차례 격돌로 자오링과 키릭 둘 다 반대쪽으로 밀려났다.

"응?"

자오링이 먼저 이상한 점을 눈치챘다.

광선은 미미하게 회전하며 장샤오펭의 조각들을 쓸고 지나갔다.

"어? 어어."

얼음이 물로 변화하지 않고 바로 수증기가 되어 증발했다.

꿈틀.

박살 난 신체의 조각들이 움직였다.

"저거 지금 붙으려 하는 거 맞지?"

황당한 표정으로 그 기괴한 광경을 보던 루산이 힘없이 말했다.

"이제 진짜 시련이야. 물론 링이 극복해야겠지. 우리는 도울 뿐이고."

데일이 자오링을 바라보는 시선은 차갑기만 했다.

─난 못해.

'해야 해.'

키릭은 흔들리는 여성의 음성에 반응했다.

─왜지?

다른 누군가의 음성이 또 들려왔다.

─저 녀석을…… 내 손으로 끝낼 수는 없다.

여성의 음성은 어쩐지 자오링의 그것과 무척이나 비슷했다.

─적을 동정하는 건가."

이 음성은 루산의 것이 아닌가.

—베텔기우스를 위해 이미 20만의 암흑군대를 제물로 바쳤지 않은가. 난 너의 뜻을 존중해 그것을 묵인했고. 그런데도 최후의 일격을 포기하시겠다?

키릭은 자신을 두고 대화하는 둘에게 참을 수 없는 적개심이 들었다.

조금 전, 철 입상이 광선을 쏘았고 그것이 박살 났던 자오링의 사부를 재생시키는 것까지 확인했다. 그 뒤, 공간 전체에 떠돌던 빛이 사라지고 어둠만이 남았다. 이전에 다른 조각들을 얻었을 때와 같은 음울하고 칙칙한 그런 공간으로 변한 것일까.

그때 갑자기 눈앞이 밝아지며 묘한 음성이 들려온 것이다.

—과거를 보았다고?

자오링의 목소리를 한 여인이 이번엔 자신에게 물었다.

—무엇을? 무슨 일들이 있었기에 네가 이런 꼴이 되도록 마음을 바꾸지 않는 거냐.

키릭은 저도 모르게 히죽 웃었다.

'고통스럽군. 이제 끝내 주겠나.'

생각은 곧 언어가 되어 상대에게 전해졌다.

—내 손으로……. 그의 심장을…….

이번에는 여인, 자오링을 닮은 여인의 마음이 키릭에게 전해졌다.

—할 수 없어!

그녀는. 자신을 연모한다. 한데 왜 그것을 알고도 모른 척했을까. 그리고 왜 이토록 증오의 감정만이 남아 그녀를 거부하는 걸까.

왜일까……. 자오링?

파아앗!

키릭의 귀가 아닌 눈에 어떤 환상이 펼쳐졌다.

'어…….'

일그러졌던 키릭의 얼굴이 점점 펴졌다.

'그랬구나……. 그것도 모르고.'

그녀가 키릭의 심장을 가지고 죽음을 기다려야 했던 이유. 그것이 눈앞을 스치고 지나간다. 하지만. 이것으로 모든 것이 해결되지는 않는다.

단순히 과거의, 확정되지 않은 기억의 일부 때문에 현실에서 느끼는 지독한 거부감을 해소할 수는 없었다. 이는 분명 다르다. 그녀의, 현재 자오링의 진짜 존재 가치는 또 다른 의미를 지닌다. 누구인지 모를 존재가 끼어들어, 전혀 예상할 수 없는 계획을 그녀의 유전자 내에 각인시켰을 수도 있다.

'넌…… 위험해.'

키릭은 이 생각을 끝으로 눈앞의 환상이 사라져 버리는 것을 느꼈다.

쿵.

모든 공간이 예의 그 기이한 금속으로 뒤덮였고 끝을 알 수 없는 천장에서 한 줄기 빛이 지상으로 내려왔다. 그 빛은 여전히 거대함을 자랑하는 철 입상을 마치 반으로 가른 듯 정확하게 가운데를 지난다.

두근, 두근.

역시나 맨 앞에 키릭이 섰다.

그의 모공에서 안개처럼 흘러나온 창조의 기운은 아직 제 형태를 만들지 않고 일행들 주변으로 흘렀다. 조금 전까지 죽일 듯 키릭과 싸우던 자오링은 의욕을 완전히 잃은 표정으로 키릭의 등에 딱 붙어 불안해한다. 충격으로 휘청했던 리디아는 어느덧 평온을 되찾고 아이들 모두를 위해 노래한다. 싸크비스를 만지작거리는 루산은 주위를 살피며 방어벽이 될 만한 것들을 찾는다. 그리고 데일. 그의 눈은 이미 먼 곳을 향해 있었다. 데일의 머릿속에는 다음 조각을 위한 어떤 계획이 그려지고 있지는 않을까.

크오.

완전하게 재생한 장샤오펭. 그는 더욱 커진 괴물의 모습으로 아이들의 앞에서 포효한다.

외전
자오링, 비극을 말하다

RAJA RIN

우둑!

"우어억!"

오른쪽 팔꿈치 관절이 빠진 남자의 입에서 비명이 터졌다. 쓰러지는 그를 두고 검은 형체 하나가 재빠르게 이동한다.

"쌴!"

끝에 술을 달아 놓은 대도 하나가 검은 형체의 목을 노리고 들어왔다.

팟!

살짝 몸을 숙인 채 아래쪽에서부터 손바닥으로 도면을 쳐 낸 뒤 반대쪽 주먹으로 대도를 휘두른 팔꿈치를 가격하는 검은 형체는 여자였다.

"케엑!"

팔이 반대로 꺾여 덜렁거리는 자가 침을 튀기며 넘어간다.

칠흑같이 검은 머리칼, 뽀얀 피부에 붉은 입술, 끝이 살짝 올라간 작은 눈과 그리 높지 않은 코.

가벼운 무도인의 복장을 한 여성의 생김새다.

트라폴리아 대륙 아주 멀리 존재하는 또 다른 대륙, 이라코스타인의 전형적인 모습.

그녀와 생사의 싸움을 벌이고 있는 자들은 이라코스타 대륙의 해안을 주름잡는 해적들이었다.

풍덩!

여자는 뒤를 노리고 덮쳤던 해적의 칼을 살짝 흘린 후 그 팔을 잡고 그대로 던져 바다로 날려 버렸다.

열이 넘는 해적들과 홀로 싸우는 여자.

새털 같이 가벼운 움직임으로 흉악한 적들을 하나하나 해치우는 모습이 아름다운 무희의 율동과도 흡사하다.

이라코스타 대륙의 절반을 차지한 거대제국 시엔에서도 극히 일부만 익히고 있다는 근접박투술.

이 작은 여성의 몸을 통해 극강의 비기가 유감없이 발휘되자 해적을 피해 선실에 숨어 있는 승객들은 감탄과 더불어 두려움마저 느낀다.

빠각. 와드득.

여인이 지나는 자리마다 큰 덩치의 해적들이 팔이나 다리, 때로는 가슴을 부여잡으며 쓰러졌다.

공격을 흘리며 상대의 관절이나 뼈를 그대로 뽑거나 부러뜨리는 기술은 언뜻 보면 살상 위주라기보다는 적을 무력화시키는 데 중점을 두는 듯하다.

팅!

여자가 두 손바닥으로 대도를 잡고 부러뜨렸다.

대도의 주인인 해적 두목은 멍한 표정으로 자신의 반쪽난 무기와 여자의 얼굴을 번갈아 보며 말을 잊었다.

"더 할 텐가?"

손을 탁탁 털며 여자가 물었다.

"아, 아닙니다요."

"그럼, 이것들 데리고 꺼져. 바다에 빠진 놈은 알아서 건지고."

"옛! 물론입지요."

두목이 부상으로 끙끙대는 해적들을 다그치며 서둘러 자신들의 배로 도망쳤다.

여자는 뒤도 돌아보지 않고 내빼는 그들을 보며 흐트러진 머리칼을 쓰다듬는다.

뚜벅, 뚜벅.

해적들은 떠났으나 승객들은 여전히 선실에서 나오지 않았다. 그러나 단 한 명만이 천천히 걸어 나와 여자에게 다가갔다.

짝짝짝짝.

진심이 들어간 박수에 여자가 그를 돌아보았다.

그 자리엔 후드를 눈까지 눌러쓴 중간키의 남자가 서 있었다.

"너지? 해적들에게 이 배가 출항했다는 것을 알린 녀석이."

"설마요."

얇게 웃음 짓는 후드의 사내를 쏘아보던 여자가 고개를 돌려 바다를 바라본다.

"뭐, 직접 알리지는 않았습니다만."

"됐어."

여자의 능력을 시험하고자 했음이 틀림없었다.

"기분 나쁜 자식."

"영광이로군요. 처음으로 저를 평가하셨습니다."

둘이 대화를 시작하자 승객들이 하나둘 선실을 빠져나와 멀찍이 선 여자를 보며 저들끼리 잡담을 나눈다.

이라코스타 대륙과 트라폴리아 대륙 간에는 교류가 거의 없었다.

서로의 존재를 분명히 인지하고는 있지만 딱히 무역의 필요성을 느끼지는 않았기 때문.

로슈르 제국 초창기 때까지만 하더라도 누미비아의 바다 사나이들이 전설을 따라 이라코스타로 가는 항로를 개척하곤 했었다.

하지만 제국이 안정기에 접어들고 일라시니아 산맥 북부의 부족들이 국가의 모습을 갖추어 갈 무렵이 되어서는 그마저도 완전히 끊어졌다.

다만, 지금처럼 서로에게 없는 사치품을 조달하기 위한 소규모 밀무역은 조금씩 있어 왔다.

시엔을 떠나 참포라 불리는 야만족들의 섬을 경유해 출발하는 밀무역선.

"이봐, 룩."

"말씀하시지요. 무화 공주."

후드의 사내는 룩.

비숍, 퀸, 폰 그리고 나이트와 같은 피스 중 하나였다. 로슈르인이 확실한 그가 무슨 이유로 이곳에?

그리고 화려한 격투를 선보인 여인의 이름은 자오링. 그녀는 대제국 시엔을 다스리는 황제의 열두 번째 딸이자, 무인의 숲이라 불리는 격투가들의 세계를 평정한 대무도가 장샤오펭의 첫째 가는 제자였다.

"아버지이신 폐하와 사부의 명령이니까 일단은 가겠지만 분명히 해 둘 것이 있다."

룩이 자오링에게 어서 말하라는 듯 고개를 비스듬히 내리며 그녀를 응시했다.

"첫째, 내 신분을 절대 발설하지 말 것. 둘째, 네가 말한 국립대학이란 곳이 내 마음에 안 들 경우, 바로 자퇴하더라도 훼방 놓지 말 것."

룩이 싱긋 웃으며 고개를 끄덕였다.

"마지막으로 내가 잠적하더라도 찾아내지 말 것. 알겠어?"

"맹세합니다."

자오링은 말을 마치고 더 볼 일 없다는 듯 몸을 돌려 바닷바람을 음미했다. 그녀를 조용히 지켜보던 룩이 잠시 후 말을 걸었다.

"서운하지 않으십니까? 보통 이런 경우 눈물 한 방울 정도는 흘리던데요."

뒤에서 들리는 룩의 음성을 듣던 자오링은 묘한 표정을 지으며 눈을 감았다.

"난……."

자오링이 눈을 떴을 때, 그녀의 앞에는 오직 망망한 대해만이 펼쳐져 있을 뿐.

"울지 않는 자오링."

자오링은 조용히 멀어지는 룩의 기척을 느끼며 다시 눈을 감았다. 그녀의 귀에 룩이 뭔가를 중얼거리는 소리가 닿았으나 로슈르 어를 알아들을 수 없었다.

그러나 확실하게 알 수 있었던 한 단어.

자린.

이라코스타와 트라폴리아, 그 외 나머지 두 대륙 모두가 공유하는 옛 전설의 이름.

*   *   *

7살 때였나. 처음으로 별궁 밖 세상을 보도록 허락받았을 때가.

생모인 샤허우 귀인과 매일 바뀌던 환관들, 유모 구안 씨 외에는 누구도 만나 본 적이 없었다.

그리 넓지는 않았던 별궁 내부가 세상의 전부라고 여겼던 자오링.

그녀는 굳게 닫혀만 있던 거대한 철문이 열린 뒤, 수백 금위군의 호위를 받으며 나타난 풍채 좋은 장년인을 멍한 눈으로 바라보았었다.

샤허우 귀인과 별궁 내 모든 사람들이 흙바닥에 엎드려 만세를 외칠 때에도.

당황한 환관이 가늘게 떨며 어서 숙이라고 속삭였지만 자오링은 끝까지 몸을 굽히지 않았다.

저 장년인의 정체가 무엇인지 깊이 생각해 볼 만큼 나이를 먹지 않았거니와 세상과 담쌓은 생활로 인해 이 모든 상황을 판단할 배움도 부족했기 때문이었다.

온 천하—자오링에겐 별궁이 세상의 전부였기에—가 숨죽였다.

자오링을 굳은 얼굴로 응시하는 이는 일월천하—이라코스타—의 7할을 지배하는 막강한 제국 시엔의 황제 자오준, 일명 자오 대제였다.

그는 무슨 이유로 지난 7년간 버려 두었던 귀인과 딸을 만나러 온 것일까.

"……."

그의 근엄한 눈을 한참이나 바라보던 자오링은 그제야 뭔가 잘못되었음을 알고 울먹였다.

"울보로군."

자오준은 이 한 마디만 남기고 몸을 돌렸다. 어린 자오링의 마음에 어떤 상처를 남기고.

울보? 어딜 봐서.

그날 이후, 자오링과 생모는 별궁 생활에서 해방되었다.

생모는 귀인에서 빈으로 격상되었으며 자오링에게 공주의 지위가 내려
졌다.

자오준의 이런 파격적 행보에 대해 많은 이들이 수군거렸지만 대놓고
말할 수는 없었다.

여러 소문 중 가장 그럴듯한 말은 최근 강호무림의 지배자인 무극진인
장샤오펑의 진언이 있었다는 것이었다.

좌, 우 승상과 군문의 장, 태대공공, 심지어 친인척조차 홀로 만나지
않는 황제가 유일하게 독대를 허락했다는 무극진인.

그가 자오링 모녀의 일에 개입했다면 충분히 가능한 일이다.

그렇게 일 년이 흘렀다.

황제 자오준은 그들 모녀에게 약간의 자유를 주었으나 결코 가까이 두
지는 않았다.

훨씬 더 넓고, 더 많은 이들이 있으며 더 밝은 세상만을 허락했을 뿐이
다.

그는 대신 가끔 그녀들이 머무는 거처 먼 곳에서 몇 명의 호위만 대동
한 채 말없이 바라보다 떠나기를 반복했다.

누구도 자오준의 심중을 알지 못했다.

그는 과연 무엇을 보고 또 무엇을 원하는 걸까.

이날도 자오준은 정원에서 뛰어노는 자오링과 궁녀들을 차분한 얼굴로
응시한다.

"……"

자오준의 고개가 살짝 돌아갔다.

황제이기 이전에 극강한 무인의 반열에 들었던 자오준은 지금 누군가의 방문을 받았음을 느꼈다.

"다들 자리를 비키라."

황제의 한 마디는 주변에 있던 모든 호위들을 순식간에 사라지게 만들었다.

"어서 오시오, 진인."

휘잉—

미약한 바람이 불었다고 생각한 순간, 자오준 곁에 누군가가 섰다.

허름한 면복에 하얀 수염이 덥수룩한 초로의 사내. 무극진인 장샤오펑의 등장이다.

"일 년 만에 보는구려. 어디 다녀오셨소?"

천하의 아버지인 황제지만 장샤오펑에 대해서는 보통 높임을 쓸 정도로 예를 보였다.

"멀리 떠나 있는 아들놈의 체면 때문에 잠시 자리를 비우게 되었습니다."

"흠, 그 아들이라면 특납파니—트라폴리아 대륙—의 나씨국—로슈르—에 가 있다는?"

"맞습니다. 못난 셋째 아들이지요."

장샤오펑의 첫째, 둘째 아들은 아직 다 여물기도 전, 행방불명—또는 살해—되었다고 알려져 있다.

셋째 아들은 트라폴리아 대륙으로 건너가 비밀 결사에 가입한 뒤, 남부의 마귀들과 싸우는 중이었고.

"허허, 그 먼 나라에까지 가서 무얼 했소?"

"한 가지 어려운 약속을 하고 왔습니다."

자오준은 굳이 더 이상 묻지 않았다.

지상 최강의 무인 장샤오펑이 누군가와 약속을 했다는 것은 자신이 끼어들 그런 성질의 일이 아님을 알았기 때문이다.

"한데 무슨 일로 본 황제를 찾았소."

자오준의 물음에 장샤오펑은 바로 답하지 않고 얼굴을 돌려 멀리 있는 누군가를 향해 시선을 주었다.

"한결 밝아진 모습입니다."

자오링을 말함이다.

"……."

"후회는 없으십니까?"

"후회하고 있소이다."

자오준의 얼굴에 살기가 깔린다.

"진인은 아시오? 저 아이가 태어난 날이 제삿날이 될 수도 있었음을."

"왜 베어 버리지 않으셨습니까."

"내 손으로 그릇을 파괴하고 싶지 않아서였을 게요."

속마음과 달리 궁색한 변명을 지껄이는 자오준을 보며 장샤오펑이 미소를 지었다.

"7년 동안 아무런 일도 일어나지 않았다고 들었습니다."

"저 아이는, 다른 넷과 마찬가지로 불길한 존재요. 지나간 7년이 중요한 게 아니라 앞으로 수십 년 내에 일어날 수 있는 멸망의 가능성을 주목해야 하오."

"그럼 지금이라도 명령하시지요. 고통 따위는 없을 겁니다."

순간 자오준이 장샤오펑을 노려보았다.

그의 눈에는 '네가 감히!' 하는 감정이 역력하다.

"거 보십시오, 폐하. 폐하께서는 다른 가능성을 염두에 두고 계시지 않습니까."

"끄응……."

장샤오펑은 곤란해 하는 자오준을 재미있다는 표정으로 바라보았다.

"폐하께선 제가 왜 찾아왔는지 물으셨습니다."

"그렇소만."

"가능성을 만들어 볼까 합니다."

"그게 무슨 소리요?"

"공주를 제 제자로 삼고 싶습니다."

"에?"

자오준의 얼굴이 놀라움으로 물들었다.

"감히 폐하 앞에서 농담을 할 정도로 무례한 인간은 아닙니다."

"그건 아오. 하지만……."

"제가 공주를 지키고 또 가르쳐야 할 이유가 있습니다. 아까 말씀드린
그 '약속' 이란 것도 그에 포함됩니다."

"지금 본 황제에게 타인의 뜻을 강요하는 게요?"

말은 이렇게 하지만 자오준의 얼굴에 분노는 보이지 않았다.

"폐하. 이런 말씀 드리긴 송구하지만, 공주는 분명 몇 차례에 걸쳐 녹
룡의 본성을 드러낼 겁니다. 그리고 그것을 막을 수 있는 이는 천하에 저
밖에 없습니다."

"……인정하오."

"언젠가 공주가 다른 용의 아이들과 함께 세상에 나서야 할 때가 올 겁
니다. 전 그때까지 공주를 강한 정신력과 강한 무력을 지닌, '인간' 으로
다듬어 놓으려 합니다. 아, 물론 그전에 폐하의 허락이 있어야겠지요."

자오준이 자오링을 향해 눈을 돌렸다. 제발 아니길 빌었던 자오링의 탄
생.

자신이 씨를 뿌려 태어난 수많은 황자, 황녀들과 마찬가지로 그저 평범한 인간이길 바랐던 딸.

하지만 자오링이 나던 그날, '세이토우르의 별'이 강렬한 빛을 발했다.

즉, 유전의 도구 또는 그릇이 바로 자오링이라는 증거. 더군다나 그 별은 한 점을 향해 이동을 시작했다.

모든 별들이 일직선이 되면, 태양과 달이 모이는 그때 한 점에서 함께한다면. 고대의 참혹했던 전쟁이 재현된다.

이미 다른 네 개의 별들이 시간차를 두고 움직였기에 불안한 마음도 있었다. 결국 그 불안감은 현실이 되었고 인류 멸망의 모래시계가 작동했다.

만약 그날 자오링의 가느다란 목을 꺾어 버렸다면?

흑룡의 예언은 몇 세대 후에나 일어날 법한 흔한 전설로 남았을 것이다.

그리고 인류는 철저한 대비를 할 테고.

한데 그러지 못했다. 아니, 않았다.

태어나서도 울지 않는, 녹색으로 물든 피부에 불길하기 그지없는 용의 문양을 이마에 드러낸 갓난아기의 눈에서 그는 묘한 감동을 느꼈다.

무정하고 잔혹해야 할—이러한 성향은 자오 일족에게 흔하다— 녹룡의 '진짜 현신'이 될 자오링이지만, 그 눈에는 이상하리만치 상서로운 기운이 서려 있었다.

그 때문일까.

그는 만분의 일에 불과한 가능성에 희망을 걸었다.

다섯의 탄생은 흑룡의 재림을 불러올 멸망의 시발점이 아닌, 흑룡을 막아 낼 열쇠이리라는.

"뭐 허락씩이나. 그냥 데려다가 키워 주시오. 나중에 좋은 가문 자식이랑 혼인도 시켜야 하니 너무 거칠게 다루지는 마시오, 껄껄껄."

　　　　*　　*　　*

　자오링이 황제의 명에 의해 장샤오펭의 제자가 되기 전날.

　여느 때와 마찬가지로 어린 자오링은 유모의 자장가를 듣다가 잠이 들었다.

　꿈에서 자오링은 하늘을 날았다. 검고 또 붉은 구름이 가득한 하늘. 여기는 태양도 없고 창공을 휘젓는 새도 보이지 않는다.

　푸른빛을 잃고 어둠에 몸을 내맡긴 그곳에 간간히 새빨간 번개가 용이 꿈틀거리듯 스쳐 갈 뿐이다.

　한데 전혀 두렵거나 하지 않았다.

　자오링은 그저 무심하게 끝없이 나아가기만 한다.

　그리고 닿은 황폐한 대지.

　땅 위에 착륙한 자오링은 '육중한' 몸을 이끌고 천천히 걷는다.

　쿵! 쿵!

　멀리 화염에 휩싸인 태양이 떠오르지 못하고 무언가에 막혀 요동친다. 어떤 강력한 존재가 있어 자연의 위대함조차 무너뜨리는 것인가.

　자오링은 그르렁거리는 자신의 숨소리를 들으며 앞으로 나아갔다.

　쉬이잉—

　강한 바람이 불어 눈앞에 보이는 모든 것을 쓸고 지나갔다.

　그리고 남은 자리에 그가 있었다.

　불쌍한 저 태양을 바라보며 긴 머리칼을 휘날리는 미지의 인물.

　자오링은 그의 뒷모습을 보자 약간 짜증이 솟음을 느낀다.

　"왔어? 오랜만이네."

"저런, 나 기억하지 못해?"

"하긴 꽤 긴 시간이 흘렀으니까. 너에게도 또 나에게도 많은 변화가 있었고."

"근데 여기까지 와서 그런 모습을 할 필요는 없잖아."

쉴 새 없이 지껄이는 그의 말을 듣다보니 머리가 지끈거린다.

그가 천천히 몸을 돌렸다.

호리호리한 체격에 큰 키.

시엔에서도 흔한 뿔테 안경을 쓰고 코 아래 짧게 수염을 기른……. 붉은색 머리카락을 자랑하는 남자.

"급하게 찾아와서 미안."

사내가 정중하게 고개를 숙이며 사과했다.

"앞으로 기회가 별로 없을 것 같아서 말이지. 그래서 좀 무리해서라도 찾아올 수밖에. 일단 내 소개를 하지. 어차피 난 예전의 내가 아니니까."

그르릉.

자오링은 뭔가 불만이 있는 듯 또 거친 숨을 뱉는다.

"아타르 슈네인. 지금은 이 이름과 이 모습으로 세상을 돌아다니고 있어."

아타르?

자오링은 그 이름에서 상당한 불쾌감을 느꼈다.

"다른 친구들은 대화하기가 좀 껄끄러워. 그나마 네가 나랑 마음이 잘 맞았잖아? 물론 '친구'로서 그랬다는 거지. 해서 부탁 좀 할게."

─아휀 드릴.

콰콰콰콰!

자오링은 자신의 것이면서도 자신의 것이 아닌 기이한 음성을 듣고 순간적으로 움찔거렸다.

몸 전체에서 알 수 없는 힘이 끓어오르며 모공 하나하나를 뚫고 막강한 기운이 실처럼 꿈틀거렸다.

"이크! 벌써부터 기분 나빠할 건 없잖아. 들어 보지도 않고서."

—아르크 해머란트.

두 개의 '용언'이 중첩되며 상상할 수도 없는 에너지가 발생했다.

벌레처럼 꿈틀거리던 수만 개의 녹색 기운에서 일제히 빛줄기가 뿜어졌다.

엄청난 장관을 연출하며 일직선으로 아타르 슈네인이라는 사내를 노리고 쏘아져 가는 빛. 순간 그의 얼굴에 만족스러운 웃음이 번진다.

"좋아, 아직 잊지 않았구나. 무정함 뒤에 숨어 있는 '증오'라는 감정을⋯⋯."

콰아아아아아아.

수만 빛줄기가 그를 강타하며 공간 전체를 파괴한다.

"이봐! 잘 들어 둬! 내 제안을 하나 하지. 그건⋯⋯."

흠칫.

자오링은 피부를 저려 오는 묘한 기운을 느끼고 눈을 떴다.

꿈을 꾼 것은 같은데 그 내용을 떠올리려 애쓸 기분은 아니었다.

이미 초극에 이른 무공은 그녀에게 미세한 솜털이 떨어지는 것마저도 감지할 수 있는 감각을 선물했다.

그리고 그 감각은 지금 자오링에게 어떤 불길함을 알려온다.

몸을 일으켜 둘러본 주변은 고요했다.

닭살이 돋을 만큼 강렬했던 느낌은 지금 사라지고 없지만 자오링은 일단 밖을 확인하기 위해 나섰다.

어둠을 가로지르고 계단을 올라 도착한 갑판.

고고한 달빛만이 자오링을 반겼다.

아니, 또 한 사람이 더 있었다. 룩이라는 이름의 트라폴리안.

"뭘 보고 있나?"

자오링이 그에게 다가가 묻는다.

그러나 룩은 굳은 표정을 한 채 뭔가를 중얼거릴 뿐 바로 답하지 않았다.

"이봐, 감히 내 말을 씹어?"

"……왜 나오셨는지요."

"그냥. 넌?"

"친구를 기다리고 있었습니다."

"친구라면……. 아, 그때 그 새?"

자오링은 늘 룩의 한쪽 어깨에 올라있던, 갈색 독수리를 떠올렸다.

"어째 잘 안 보이더구먼. 난 또 잡아먹기라도 했는지 알았어."

"저는 아니지만 누군가 맛있는 새벽 만찬을 즐긴 듯하군요."

쓸쓸하게 웃는 룩이 왠지 이상했다.

"쉬운 길은 아닐 거라 생각했습니다."

"자꾸 무슨 소릴 하는 거지?"

쉬이잉—

그때 바람의 방향이 급격하게 바뀌었다.

동시에 자오링은 자신의 잠을 깨웠던 찌릿함을 다시 느낀다. 룩이 또 그 입으로 알아들을 수 없는 말을 중얼거렸다.

그리고 그를 중심으로 불그스름한 막이 구형을 만들며 커졌다. 그 막은 곧 배 전체를 덮은 뒤 색을 잃고 사라진다.

"결계를 쳤지만 오래 가지는 못할 겁니다. 자오링 공주님, 그들이 오기 전에 이 배를 떠나세요."

"장난해?"

자오링은 룩을 안 뒤 저린 진지한 모습은 처음 보았다.

자신의 감각이 큰 불행을 예견하는 것이라면 룩 또한 그것을 알았음이 분명하다.

"이 배를 몰래 뒤따르는 시엔 해군의 전함이 있습니다. 신호를 보냈으니 곧 올 겁니다. 공주님은 아무래도 다시 시엔으로 가셔야 할 것 같군요."

"아, 좀 알아듣게 설명해 봐."

"공주께서도 아시다시피 제겐 특별한 능력이 있지요. 친구의 눈을 통해 먼 곳을 보는 것도 그중 하나입니다."

"오호, 누군가 이 배를 노리고 있다는 뜻이로군. 넌 독수리의 눈으로 그것을 보았고."

룩이 고개를 끄덕였다.

"왜, 여기엔 너도 있고 널 따르는 능력자들도 있어. 모른 척했지만 상인들 중에는 아버지 황제께서 딸려 보낸 절대의 고수들이 숨어 있지. 그리고 나 또한 강해."

"……."

"쓸데없는 걱정 따위는 하지 마. 이번에는 팔, 다리를 분질러 놓는 정도로 끝내진 않을 테니까."

뿌우웅─

상선 뒤쪽에서 큰 배 한 척이 신호를 보내며 접근했다.

그 크기로 보아 해군 전함이 분명했다.

"상대가 만만치 않다면 여기 상인들이나 옮겨."

"공주님."

"어서!"

내공이 섞인 자오링의 호통에 룩이 움찔했다.

상인들은 뜬금없이 자신들을 깨우는 거친 무리들에 무척이나 놀란 듯했다. 하지만 해군의 전함을 보고 잔뜩 겁에 질려 군말 없이 짐과 밀수품들을 버리고 배를 떠났다.

상선의 선장과 선원 일부, 그리고 전함에서 옮겨 탄 병사들, 황궁무사들과 룩의 수행원들을 포함해 30여 명 정도만이 남았다.

그들은 점점 멀어져 가는 전함을 바라보며 차가운 밤바다의 바람에 살짝 몸을 떨었다.

슈우우우우—

갑자기 무언가가 길게 공기를 가르며 날아오는 소리가 들렸다.

그리고 그 수는 하나가 아니었다.

다섯 방향에서 동시에 쏘아진 10개가 넘는 불덩어리가 보였다.

"저, 저거!"

선장이 놀라 외치는 소리.

쾅! 콰콰쾅!

상선에 불덩어리 두 개가 떨어졌다. 그러나 룩이 펼쳐 놓았던 결계에 걸려 허공에서 흩어진다.

나머지 여덟 개는 상선이 목표가 아니었다.

"허!"

쾅!

불덩어리에 직격당한 전함이 폭발을 일으켰다.

그 불덩어리의 정체가 무엇이든 단 몇 개로 인해 위풍당당하던 거대 전함이 불을 뿜으며 무너졌다.

쾅! 콰앙!

연쇄폭발 속에서 수많은 사람들이 폭풍에 휘말려 하늘 높이 떠오르며 불탔다.

일월천하의 바다를 지키는 막강한 해군 전함은 이 불의의 기습으로 완전히 조각이 나 버렸다.

으득.

자오링은 처음에 상선을 지나 날아가는 불덩어리를 보고 크게 위협을 느끼지 않았다.

저것들이 전함에 닿을지도 미지수였고 설사 직격한다 해도 이처럼 큰 참사가 벌어질 줄은 몰랐기 때문이다.

대체 저 불은 무엇으로 만들어졌기에.

"제 생각보다 훨씬 위험한 상황이 되었습니다."

룩이 차분하게 말했다.

"누구지?"

자오링이 침착하게 물었다.

끼긱. 끼이이익.

룩이 대답하지 않는 사이 뭔가가 상선으로 접근했다.

그것들은 짐작했던 바와 같이 배였다.

다섯 척이 각 방향에서 상선을 포위하듯 둘러싼 채 물결에 흔들거린다.

펄럭펄럭.

달빛을 받아 푸르게 빛나는 깃발. 해골 같기도 하고 어떤 땅의 모양을 상징적으로 표현해 놓은 것 같기도 한 그림이 그려져 있다.

깃발을 확인하고서야 룩의 입이 열렸다

"푸른 산호섬. 어둠의 해적들입니다."

"해적이면 해적이지 뭐가 그리 거창해?"

저들의 역사에 대해 잘 모르는 자오링은 이 사태의 심각성을 인식하지 못했다.

"아직 대양을 절반도 건너지 않았습니다. 한데 남부 어딘가에 웅크리고 있어야 할 고대의 유령들이 나타난 겁니다. 저 또한 저들에 대해 역사책에서밖에 본 적이 없군요. 하지만 푸른 산호섬의 해적들이 얼마나 위험하고 무서운 자들인지는 잘 알지요."

자오링은 룩이 대단한 실력자임을 모르지 않았다.

마법이라는 괴상한 능력은 그녀의 사부가 인정할 만큼 뛰어난 힘이었다.

한데 그랬던 룩이 지나치게 긴장하고 있었다.

자오링은 왠지 저 해적들과 싸워 보고 싶어졌다.

지금껏 진심을 다해 상대와 붙어 본 적이 얼마나 있었던가. 장샤오펑과 사형제들을 제외하곤 있는 힘껏 무공을 펼쳐 본 적이 없었다.

긴장되면서도 묘한 기쁨이 그녀를 감쌌다.

"가까이 왔는데 더 이상 불 공격을 가하지 않는군."

"이제부터가 진짜일 겁니다."

어느새 룩과 자오링 주변으로 모인 무인들과 수행원들.

그들 또한 전의를 다진다.

*　　　*　　　*

콰아아악!

사람 몸 길이만 한 대도를 휘두르는 해적이 있었다.

그는 다른 해적들과 옷차림부터 달랐으며 또 그만큼 강력한 무력을 보유했다.

아마도 저들을 이끌고 온 대장과 같은 존재가 아닐까. 다른 해적들이 자오링의 무사들과 동등한 대결을 펼치는 사이, 그는 한 칼이 한 명씩 숨을 끊어 놓았다. 벌써 여덟 명이 그의 칼에 목이 달아났다.

"이얍!"

자오링이 기합을 지르며 덤벼든 해적졸개의 겨드랑이로 파고들었다.

한 손으로 놈의 허리를 잡고 다른 손에 내공을 모아 갈비뼈 안쪽을 강하게 질렀다.

퍼걱!

반대쪽으로 기의 이동이 일어나며 해적의 내장이 모조리 한쪽으로 쏠려 부서진다.

놈들에겐 신음이나 비명이란 것이 없었다.

자오링의 한 수, 한 수에 격살당하면서도 끝까지 입을 열지 않는다.

팡!

자오링이 내지른 팔꿈치에 또 다른 해적의 가슴이 뚫렸다.

반대쪽 등판까지 큰 구멍이 생겼고, 그 안에서 살짝 바람이 일었다가 사라진다.

풍덩!

마법을 난사하던 룩의 조력자 하나가 목을 잃고 바다로 떨어졌다. 그가 있던 자리에는 긴 칼을 든 해적 두목이 가슴을 툭툭 치며 서 있었다.

'이익!'

놈에게 괜한 경쟁 심리가 발동했다.

자오링은 순간 해적 두 놈의 머리통을 잡고 허공으로 뛰었다.

우지직.

놈들의 목이 부러지며 눈과 입에서 검은 연기 같은 것을 흘렸다.

'이놈들은 대체⋯⋯.'

분명 일반적인 인간은 아니었다.

시엔에서도 가끔 괴이한 자들이 나타나 세상을 어지럽히곤 했으나 저런 인간 외의 존재들은 들어 본 적도 없었다.

슈우욱―

자오링은 허리 쪽이 시원해지는 느낌을 받자마자 빠르게 바닥을 굴렀다.

그 순간 그녀의 위를 스치고 지나가는 은빛의 무언가가 반짝였다.

"커어억!"

황궁 무사 두 명이 허리가 잘린 채 넘어갔다.

피식.

자오링은 분명히 보았다.

해적 두목이 자신에게 무서운 공격을 한 뒤 노골적으로 비웃는 모습을.

"저 자식이!"

"잠깐!"

뛰어오르려던 자오링은 룩의 고함을 듣고 멈칫거렸다.

"파이어……"

룩의 조력자들이 싸우다 말고 서둘러 몸을 피한다.

"볼!"

콰콰콰콰!

룩의 손에서 둥글게 타오르는 화염구가 쏟아져 나갔다.

무려 이십여 개에 달하는 화염구는 정확하게 해적들에게 적중했다.

화르륵.

마찬가지로 비명조차 남기지 않고 산화해 버리는 해적들.

전투가 잠시 소강상태로 접어들었다.

"공주님, 잠시 무사들과 뒤로 물러서세요. 난전은 오히려 해가 됩니다."

"무슨!"

확—

룩이 거칠게 자오링을 노려보았다.

자오링은 룩의 일그러진 얼굴에 놀라 뒷걸음쳤다.

"말 좀 들으세요. 이대로 고집을 부리다간 모두가 죽습니다."

룩이 말하는 사이 그의 수하들이 일종의 진을 형성했다. 룩을 중심으로 원을 그리며 선 그들은 정확하게 다섯 방위에 위치해 있다.

후으으읍!

다섯 원소를 상징하는 수하들이 주문을 읊자 공기의 흐름이 룩을 향했다. 힘을 모아 주고 있는가. 크게 숨을 들이쉰 룩이 이내 외쳤다.

"디케이!"

찌잉—!

룩이 손가락을 뻗은 장소에 무형의 벽이 솟아올랐다. 그리고 그 벽은 적들과 아군 사이에서 넓게 퍼진다. 해적 몇 명이 공격을 가하기 위해 다가오다 그 벽에 닿았다.

치이익—

그러자 그들의 몸이 이상 반응을 일으키며 썩어 들어가기 시작했다.

"이것으로 잠깐의 시간을 벌었습니다. 어서 내력을 회복하세요."

"이미 그러고 있어."

다른 황궁무사들과 달리 자오링은 별다른 자세를 취하지 않아도 간단한 호흡을 이용해 내공을 모을 수 있었다.

"저기 저 자식이 두목이겠지?"

"그런 듯합니다."

놈은 이미 대도를 거두고 팔짱을 낀 채 이곳을 바라보고 있었다.

그 모습이 무척이나 여유롭다.

"너 룩! 나중에 얘기 좀 하자."

자오링이 이 말을 하고 나서야 룩의 입가에 희미한 웃음이 퍼진다.

척, 척.

그때였다. 해적 두목이 천천히 벽을 향해 걸어온 때가.

스릉.

놈이 다시 칼을 뽑았다.

"뭐하려는 거지?"

설마 룩의 마법을 칼 따위로 베어 버리려고?

설마가 아니었다. 놈은 곧바로 칼을 들어 힘차게 사선으로 휘둘렀다.

파지직.

"저 자식! 또 웃어?!"

난전이 다시 벌어졌다.

이번에는 다행히도 룩과 그의 마법사들이 일정한 공간을 점유하고 강력한 마법 공격을 퍼부어 주었기에 적들이 한꺼번에 밀려 들어오지 못했다.

마법사들을 해치려는 해적들은 자오링의 먹잇감이 되었고 갑판의 왼쪽 부분에서만 무사들과 해적들 간의 단병 접전이 계속되었다. 해적들 다섯 당 황궁 무사 하나가 죽었다. 자오링은 이쪽의 피해를 최소화하기 위해 이리저리 날아다니며 해적들의 숨통을 끊었다.

어느새 흠뻑 검은 피를 뒤집어쓴 그녀는 가끔씩 도기를 날리는 두목의 공격을 최대한 방어하며 무인들을 보호했다.

"그레이트 라이트닝!"

파파팟!

번쩍 하고 빛이 휩쓸고 간 자리엔 해적들의 타다 남은 시체만이 뒹굴었다. 역시 들은 바와 같이 저들 세계 전투의 핵심은 마법사였다.

파파파, 팅!

일대를 쓸고 지나가던 번개가 뭔가에 막혀 흩어졌다.

"놈!"

자오링의 분노를 한 몸에 받은 자는 예상한 대로 해적의 두목이었다.

대체 저자는 얼마나 강한 능력을 가지고 있을까. 또 저런 힘이 있다면 손쉽게 자신들을 상대할 수 있을 텐데 뒤에서 한 번씩 공격과 방어만을 하며 시간을 허비한다. 자오링이 크게 뛰었다. 뒤에서 룩이 외치는 소리를 외면하고 몰려 있는 해적들의 가운데로 떨어진다.

"얍!"

내공을 잔뜩 머금은 주먹이 회전했다.

그리고 그 궤적에 있건 해적들은 떡처럼 구겨진 채 바깥으로 튀어 나가며 절명했다.

"너 이리 와!"

달려드는 해적들을 박살 내며 두목에게 접근하는 자오링. 한데도 놈은 끝까지 묘한 웃음을 머금은 채 그녀의 요구에 응하지 않는다.

스윽.

놈이 갈수록 뒤로 물러섰다.

"도망 가냐!"

아니다. 도망가는 자의 표정은 저렇지 않다. 그가 물러난 자리에는 해적 졸개들이 우르르 몰려들어 자오링을 막았다. 자오링은 힘을 아껴 가면서 눈앞의 적들을 부수고 또 꺾었다. 이런 그녀의 분투에 힘입어 무사들이 전진하며 해적들을 배의 머리까지 압박했다.

'별것 아니네.'

등장은 화려했으나 결국 자신들에게 밀려나는 해적들을 보며 자오링은 생각했다.

이제 조금만······.

콰앙!

상선이 한 차례 크게 흔들렸다.

"어억!"

룩의 마법사 한 명이 휘청거리다 바닷물 속으로 빠졌고 그런 그를 향해 해적들이 작살을 던졌다. 모두가 정신을 차린 후 상선을 흔들었던 굉음의 진원지를 보았을 때, 그곳에는 칠흑의 검사가 있었다. 스르르 윤기가 도는 검은 판금갑옷. 도저히 인간이라 여기기 힘들 정도로 큰 신장. 투구 아래에서 붉게 빛나는 두 개의 점. 거칠게 기복하며 갑옷을 마찰시키는 강한 호흡.

존재감만으로도 주변을 주눅 들게 만드는 자였다.

그는 분명 저 해적들과 한패임이 틀림없었다.

"······."

—흐흐흐, 허허허허, 아하하하하!

어디선가 저음의 기분 나쁜 웃음소리가 울려 퍼졌다.

분명 저 검은 검사에게서 나오는 소리가 틀림없으나 이상하게도 사방에서 쏟아지는 듯한 착각이 일었다.

척, 척.

검사가 다가왔다. 아직 무기도 뽑지 않았건만 어마어마한 위압감에 몇몇은 벌써부터 자신의 목을 쓰다듬는다.

"에잇!"

참다못한 황궁 무인 하나가 놈을 향해 돌진했다.

스르르.

검사가 손을 쓰는 것을 보지도 못했다.

하지만 무인은 몸이 여덟 조각으로 잘려 피와 함께 뒤쪽으로 날아갔다.

휙!

검사가 자오링에게 고개를 돌렸다.

'흡!'

저 눈.

누군가의 피보다 더 붉게 빛나는 마왕의 눈.

자오링은 그 악의에 찬 눈을 보고 처음으로 죽음의 공포를 맛보았다.

"으……."

자오링의 다리가 저절로 떨렸다.

턱.

그때 자오링의 어깨를 잡아주는 손이 있었다.

"고귀한 자오링. 여기까지가 제 한계랍니다."

"뭐라고?"

자오링은 룩이 하는 말을 듣고 어이가 없는 듯 반문했다.

"전 더 이상 자신이 없군요."

"무슨 개소리를 하는 거야!"

"헤이룽(흑룡)의 예언을 상기하세요. 당신들 모두가 함께해야 합니다."

"뭐?"

"살아남아 로슈르에 도착하신다면 얼마 지나지 않아 저희 동료들이 당신을 맞이할 겁니다. 그때 이 표식을 보여 주세요. 이것은 헤이룽을 상징하기도 하지만, 저희의 상징이기도 합니다. 그럼 그들은 제 죽음과 더불어 당신의 신분도 확인하겠지요."

룩은 품속에서 붉은색 천을 꺼내 반으로 찢은 뒤, 자오링에게 전했다.

그리고 그 천에는 검은 드래곤의 머리를 수놓아져 있었다.

"헤이룽이라니. 뭔 소리냐."

"자린의 뜻이 당신과 다른 분들께도 함께하길……."

"야!"

펑!

둘 사이에서 강렬한 빛이 터져 나왔다.

자오링은 자신의 몸이 허공에 붕 떠서 하염없이 뒤로 날아가는 것을 느꼈다. 마지막으로 바다에 빠지기 직전, 자오링은 검은 판금갑옷의 검사에게 막강한 마력을 날리는 룩의 뒷모습을 보았다.

풍덩!

*　　*　　*

꼬르륵.

자오링은 한없이 가라앉는 와중에도 눈을 감지 않았다. 물속에서 바라본 상선은 그녀가 바다에 빠진 뒤, 곧바로 거대한 폭발을 일으켰다. 마치 꿈결처럼……. 배의 잔해와 주인을 알 수 없는 시신들이 조각난 채 바다로 흩어지는 것을 본다. 그렇게 자오링은 깊이, 더욱 깊이 어두운 심해로 잠겨 들었다.

—억울한가…….

'……?'

—오해와 미움만을 남긴 채 가야 한다니. 하아.

'억울하긴 뭐가. 넌 뭔데?'

—저런. 벌써 잊었어? 이런, 이런. 울보에다가 기억력도 좋지 않구먼.

'울보라니! 난 울지 않아.'

—그럼 지금 네 눈에 그건 뭐지?

'헛!'

자오링, 비극을 말하다 389

화아악!

자오링은 자신의 눈에서 폭포수처럼 쏟아지는 뜨거운 액체를 느끼고 정신을 차렸다. 시리도록 차갑던 바닷 속이 아닌 메마른 황야.

"흠. 내 능력으론 이 정도가 끝이야. 조금 더 고도의 정신력을 요하는 힘은 다른 친구가 전문이지."

자오링은 곁에서 말을 거는 이를 돌아보았다.

어디서 많이 본 듯도 한데 기억에 정확히 남아 있는 자는 아니었다.

다만 강렬한 색감을 지닌 붉은 머리칼에 이상하게 마음이 쓰인다.

"이거 봐. 얼마나 속상했으면 눈물이 끝도 없이 나올까. 불쌍한 친구 같으니."

"누가 네 친구야. 난 시엔의 공주라고. 너 따위 이상한 작자와는 격이 달라."

"공주? 너의 모습을 봐. 동화 속의 아름다운 공주와는 상당한 거리가 있을걸."

자오링은 그자의 말을 듣고, 자신이 흘린 눈물이 만들어 낸 웅덩이에 얼굴을 비춰 보았다.

"헉!"

이 괴물은 누구지?

분명 자신의 얼굴이 있어야 할 자리에는 생전 처음 보는 기괴한, 마치 뱀의 껍질을 뒤집어쓴 것만 같은 추악한 마녀가 피눈물을 쏟고 있었다.

"끄아악!"

"오, 친구. 너무 놀라지 마."

"이게 다 뭐야! 대체 왜 날 괴롭히지? 어서 꺼져!"

"걱정 마. 곧 갈 테니까. 단지 예전에 내가 했던 제안이 아직 유효한지 알고 싶어서 이렇게 찾아왔지."

"무…… 무슨 제안?"

순간 자오링은 먼 기억 속에 잠들어 있던 단편 하나가 슬며시 고개를 드는 것을 느꼈다.

"물론 그건 네게도 나쁘지 않아. 피눈물을 쏟을 만큼 억울했던 심정을 해소시켜 줄 테니까."

"……그게 정말인가, 라흐다."

자오링의 음성이 변했다.

완전히 다른 인물, 아니 다른 존재로 변한 듯.

"당연하지. 마음에 품었던 이에게서도, 이해하리라 생각했던 친구에게서도 오해 받고 버려진 너였어. 더불어 이 세상 전체도 너에 대해 잘못 알고 있지."

"그건 상관없다. 난……. 그저 그들에게 같은 고통을 안겨 주고 싶을 뿐."

고대용의 중간체 상태로 일어선 자오링, 아니 세미토우르.

하지만 그녀의 가슴과 목 사이에 있어야 할 그것이 안 보인다.

텅 비어 버린 그 자리에 있었던 드래곤 하트가.

"그럼 제안은 받아들인 것으로 알지."

아타르 슈네인이 가늘게 미소 지으며 말했다.

"그럼 부탁해. 너의 손에, 너의 선택에 '인간'의 미래가 달려 있다는 걸 잊지 말고."

세미토우르가 천천히 고개를 끄덕였다.

"그리고 선물."

딱!

슈네인이 첫째, 셋째 손가락을 튕겨 소리를 냈다.

"네가 받은 망각의 인을 제거해 주지. 그것만으로도 넌 다른 친구들보다 우위에 설 수 있을 거야."

순간, 황야였던 공간이 사라졌다.

"어푸! 어푸푸!"

갑자기 숨을 따라 밀려드는 짠 바닷물에 놀라 자오링이 허우적거렸다.

이대로 가다가는 익사할 것이 빤하다.

자오링은 내기를 순환시켜 몸의 온도를 높이고 몸에 힘을 뺐다.

침착하게 몇 번 떴다 가라앉았다를 반복하면서 조금씩 숨을 마셨다.

폐에 공기가 가득 차자 몸이 서서히 떠올랐다.

"푸어!"

안정된 자세를 잡고 지속적으로 호흡을 시작하니 곧 정신이 또렷해졌다.

강한 충격에 바다로 떨어진 뒤 어디까지 흘러왔는지 알 수 없었다.

그저 보이는 것이라곤 망망대해.

'빌어먹을.'

가슴이 쓰리고 분노가 차올랐다.

끼룩.

그때 자오링의 귀를 자극하는 소리가 들렸다.

'새! 육지가 가까이 있다는 뜻.'

자오링은 몸을 회전시켜 천천히 사방을 둘러보았다. 저 멀리 바다 위에 희미하게 검은 육지가 보였다. 꽤 먼 거리였지만 남은 내력을 최대한 끌어모은다면 충분히 닿을 수 있다.

"에라이!"

버럭 소리를 지른 자오링은 그곳을 향해 힘차게 나아가기 시작했다.

유난히 뾰족한 바위에서 누군가가 나타났다. 마침내 목표한 해안에 도착한 자오링이었다.

으드득.

자오링이 이를 갈았다.

"울지 않아…… 울지 않아."

"울보로군."

기억에 남아 있는 자오준의 음성이 그녀를 괴롭힌다.

"빌어먹을 로슈르. 고집불통 아버지. 미친 사부. 썩을 놈의 룩…… 역겨운 괴물 놈들."

이런 고생을 하게 만든 모든 이들을 저주하는 자오링.

그녀는 한참이나 욕을 뱉으며 화를 터트렸다.

"후우, 후우."

자오링의 눈이 팔목을 향했다.

수면 위에 올라 정신을 차린 뒤 잃어버릴세라 단단히 묶어 둔 붉은 천이 보였다.

"헤이룽."

흑룡 제르 호바. 반드시 무너뜨려야 할 최대의 적. 어째서 이런 생각이 드는지는 잘 몰랐다.

마치 누가 자신의 뇌에 깊이 새겨 놓은 명령과도 같다.

'붉은 머리…….'

바다에 빠지던 찰나, 순간적으로 본 것도 같은 미지의 인물. 그저 자신만의 착각일까. 혼란스러워진 자오링이 이내 머리를 감싸 쥐었다.

"아…… 으."

그녀의 얼굴이 일그러졌다.

"으윽, 아아아아아!"

달을 보고 울부짖는 늑대처럼 허공을 향해 괴성을 토하는 자오링.

그녀의 눈에서 뜨거운 눈물이 한없이 흘러나온다.

*　　*　　*

나는 괴물이다.

너희가 따르는 나는 피도, 눈물도 없는 잔혹한 마신이다.

나의 웃음 속에는 울부짖는 인간의 비명이 숨어 있고

나의 부드러운 손길 뒤에는 처참한 파괴의 증거가 잠자고 있다.

입에는 거짓을 담고, 눈에는 기만을 담았노라.

자오링은 싸크비스의 몸으로 빨려 들어온 뒤 누군가 부르는 노랫소리에 정신이 들었다. 그리 거북스럽지 않은 음색. 아니, 오히려 반가운 느낌마저 들었다.

용감했던 푸른 용.

너의 심장은 이렇게 내 손에서 힘차게 뛰고 있건만.

너의 육체는 누구를 기다리며 잠자고 있는가.

자오링은 어느덧 노래에 취해 싸크비스의 몸속이라 생각되는 공간—이 상한 액체가 가득하지만 숨을 쉴 수 있는—을 유영했다.

'응?'

자오링의 눈에 사람의 모습이 보였다.

그 또한 자오링과 마찬가지로 액체 속을 부드럽게 떠다니는 중이었다.

'그놈이다.'

추악한 드래곤 싸크비스가 인간의 형태로 있었을 때의 모습.

'이노오옴!'

자오링이 주먹을 불끈 쥐며 빠르게 다가갔다. 그녀는 지금 자신의 모습이 어떠한지 몰랐다. 완벽한 고대용의 중간체로 변한 뒤, 온몸에서 튀어나온 수십만 개의 녹색 줄기가 빳빳이 고개를 들고 그 끝에서 빛을 흘린다.

'이야야얍!'

펑!

자오링의 주먹이 싸크비스를 강타했다. 하지만 거기서 끝. 싸크비스는 여전히 눈을 감은 채 떠다닐 뿐이다.

펑! 퍼엉!

몇 번을 때려도 마찬가지였다. 터져 나갔어야 할 저 육체는 아무런 손상도 입지 않고 자오링을 농락한다. 자오링이 이성을 잃었다.

그리고 미친 듯이 싸크비스에게 폭력을 가했다.

'죽어! 죽어 버리라고!'

그릉…….

자오링은 자신의 음성이 점점 짐승의 그것에 가까워진다는 사실조차 인식하지 못한다.

'그어어어엉!'

파아앗!

'아악!'

강력한 반발 작용이 자오링을 덮쳤다.

"난 못해."

"왜지?"

레스모이가 의아한 듯 물었다.

"저 녀석을…… 내 손으로 끝낼 수는 없다."

세미토우르의 말에 레스모이가 씁쓸하게 웃었다.

"적을 동정하는 건가."

"……."

"베텔기우스를 위해 이미 20만의 암흑군대를 제물로 바쳤지 않은가. 난 너의 뜻을 존중해 그것을 묵인했고. 그런데도 최후의 일격을 포기하시겠다?"

"비아냥거리지 마. 우리에겐 어울리지 않는 행동이니까."

"크크크크."

레스모이는 망설이는 세미토우르를 보며 한껏 비웃어 준다.

"그럼 설득이라도 하게? 다시 우리와 함께 제르 호바의 뜻을 관철시키자고?"

"이미 늦었어. 너무 멀리 와 버렸지."

"어쩌자는 건가."

"……."

세미토우르는 레스모이의 화살에 맞아 사지가 얼어붙어 깨져 나가고 머리와 상체 일부만 남아 있는 베텔기우스를 바라보았다.

그녀가 용맹했던 친구에게 다가간다.

강대한 중간체로서의 몸을 버리고 연약한 인간의 신체로 회귀한 채 피고름을 뱉어 내는 베텔기우스.

그의 눈썹이 가늘게 떨린다.

"……유언이라도 들으러 왔나, 친구."

꿀떡거리는 베텔기우스의 드래곤 하트.

그것이 아직 그의 생명을 유지시켜 주고 있다.

"과거를 보았다고?"

"……."

"무엇을?"

"……."

"무슨 일들이 있었기에 네가 이런 꼴이 되도록 마음을 바꾸지 않는 거냐."

베텔기우스가 히죽 웃었다.

"넌 이용당한 거야. 그 요망한 일라신에게. 네가 무엇을 보았든 그건 가짜야. 네 정신에 들어와 왜곡된 감정을 공유시킨 거지. 넌 그녀에게 늘 헌신적이었으니까 그저 믿어 버린 것뿐이고."

"진실은……. 누구도 몰라. 아르…… 제르 호바조차도. 그 또한 그것을 알고자 무척이나 애를 썼었지. 친구여, 우리들 중에 진짜 악당은 누구일까? 제르 호바도, 일라신도, 너도, 나도, 레스모이와 라흐다도 아니야."

세미토우르의 몸이 전율로 떨렸다. 위대한 일곱 드래곤의 하나인 그녀가 이런 반응을 나타낼 정도로 그의 말이 충격적이었나?

"고통스럽군. 이제 끝내 주겠나."

이 말은 세미토우르에게 한 것이 아니다. 조금 떨어진 곳에 서 있는 레스모이를 향한 말. 하지만 그는 고개를 저었다. 냉혹한 척하고 있지만 레스모이에게 베텔기우스는 정말로 아끼던 친구였기 때문이다. 아직까지는 친구의 마지막을 직접 집행할 용기가 그에겐 없었다.

"세미토우르. 네 손으로, 그의 심장을."

"내 손으로…… 그의 심장을……?"

세미토우르가 손을 들었다. 어느 때보다 떨리는 그녀의 손. 이 손으로 얼마나 많은 인간과 동족들을 해쳤던가.

"크윽."

그녀가 갑자기 일어났다. 그리고 뒷걸음치며 소리친다.

"할 수 없어. 그냥……."

슈우웃!

순간 이들이 머무는 공간이 일그러졌다. 베텔기우스의 레어는 오직 그의 정신을 통해 이루어진 세계. 한데 다른 무언가가 이 세계에 간섭하고 있다. 당황할 것도 없었다. 이런 힘을 가진 자는 단 하나뿐.

"이런!"

레스모이가 소리쳤다. 그가 먼저 이 공간에서 추방되었다.

"너!"

이곳에 있지 말아야 할 존재가 나타났다.

그 존재는 순식간에 레어의 지배자로 올라섰고, 세미토우르를 압박했다.

"끅!"

위대한 드래곤의 입에서 비명이 터졌다.

슈아아앗!

그녀의 가슴이 크게 갈라졌다. 그리고 드러나는 드래곤 하트. 세미토우르의 심장이 치명상을 입었다. 그 박동이 멈출 때까지 증식하는, '그'가 만들어 낸 저주의 핵, 누클레우스.

털썩.

세미토우르가 베텔기우스 옆으로 쓰러졌다. 잠시 후, 그가 다가왔다.

"너……."

"쉿. 말하지 마. 그럼 수명이 더 줄어들 테니."

부드러운 그의 음성은 이런 상황을 연출한 장본인이라 칭하기에는 너무 맑았다.

"왜……."

"들어선 안 될 것을 들었으니까."

무얼 말하는 거지? 혹시 베텔기우스가 언급한 그 과거라는 것? 하지만 세미토우르는 그에 대해 자세한 내용은 들은 적이 없다.

"우리에게 과거 자체란 없어야 해. 우리의 존재를 설명할 수 있는 모든 단어들도."

"나, 나는."

"너무 일렀어. 하지만 동참할 수밖에 없었지. 만 년을 내다봐야 할 우리의 사명이 작은 의문으로 무너져 버렸고. 이젠 다시 시작할 수도 없어. 그냥 다 사라져야만 하겠지."

심장에서부터 퍼지는 끝없는 아픔에 세미토우르는 더 이상 입을 열지 못했다.

"이제 네가 무얼 해야 할지 알 거야. 조용히…… 떠나 줘."

세미토우르는 옆에 있는 베텔기우스가 가늘게 웃음을 터트리는 소리를 들었다.

그리고 그의 드래곤 하트가 뽑히는 소리도.

퍼석.

인간과 흑룡족의 영웅이 세상을 떠났다.

툭.

세미토우르는 눈앞에 빛을 발하는 심장이 떨어지는 것을 보았다.

"이건 선물. 빼앗겨 버린 마음, 이것으로 대신해."

"큭, 끄으윽!"

슈우우웃.

잠깐의 시간이 흐르고 모든 것이 사라졌다.

"으아아아아아!"

남은 자리에는 비참하게 변해 버린 드래곤의 외침만이 울린다.

캬아아아!

퍼억!

이번 공격은 효과가 있었다. 자오링의 주먹을 감쌌던 녹색 실들이 싸크비스의 몸을 뚫고 반대쪽에서 꿈틀거렸다.

근원을 알 수 없는 지극한 분노. 자오링의 각성이 시작되었다.

다섯 중에서 가장 늦게 태어났고, 용의 유전을 이을 도구, 또는 용을 받아들일 그릇으로서도 부족했던 자오링. 그녀는 잠시간 펼쳐졌던 과거의 환영을 통해 무언가를 깨닫고 진정한 고대용의 힘을 아낌없이 분출한다.

'헬 로마드.'

'아르크 해머란트.'

'로우도나.'

자신만의 용언이 자연스럽게 권능을 발현했다.

막대한 창조적 에너지가 그녀의 몸에서 뿜어져 나왔다.

'으아아아앗!'

펑!

싸크비스의 육체가 폭발해 사라졌다. 그리고 홀로 남아 액체를 달구는 자오링. 그녀의 눈에서. 피가 번져 나와 액체에 섞인다.

울지 않는 세미토우르, 아니, 울지 않는 자오링.

자신의 가치를 잃은 드래곤······

〈『라 자린』完〉